박주정

1962년 전남 고흥군에서 태어났다. 1992년 교직에 첫발을 내딛었고, 이듬해 집으로 찾아온 학교부적응 학생 여덟 명과 함께 살았다. 이후 공동학습장을 만들어 10년 동안 707명의 아이들과 함께 먹고 웃고 떠들고 ▮▮▮ ▮▮ 싸우면서 동고 동락했다. 이 같은 과정▮ ▮▮▮▮▮▮▮▮ 교육철학을 제도와 정책이 ▮▮▮▮▮▮▮▮ ▮▮▮시교육청 장학사로 근▮▮▮▮ ▮▮▮▮▮▮▮ ▮▮을 위한 단기 위탁교육 ▮▮ ▮▮▮▮▮ ▮▮▮로 개설했다.(2004) 금란교실의 ▮▮ ▮▮▮▮ ▮▮한하고자 장기 위탁대안학교인 '용연학교'를 설▮▮다.(2008) 이 역시 국내 최초이다. '용연학교'의 성공은 학교부적응 고등학생의 장기 위탁대안학교인 '돈보스코학교' 설립으로 이어졌다. 안전사고 예방을 위한 '광주학생해양수련원' 건립을 주도했다. 계획수립부터 준공까지 7년이 걸렸다.(2010~2017)

국내 유일 24시간 위기학생 신속대응팀 '부르미'를 창설하고, 초대 단장을 맡았다.(2015) 마음치유가 필요한 학생을 위해 전문의 상담 및 지원을 제공하는 '광주학생마음보듬센터' 개소에 앞장섰다.(2016) 광주광역시서부교육지원청 교육장을 거쳐 2023년 현재 광주 진남중학교 교장으로 일하고 있다. 708, 709…… 힘든 아이들을 살피는 마음의 끈을 지금도 놓지 않고 있다.

네이버 블로그 blog.naver.com/2664029
인스타그램 www.instagram.com/jjkongnamul
유튜브 박주정Story @story2529

선생 박주정과

707명의

아이들

선생 박주정과 707명의 아이들

1판 1쇄 발행 2023. 8. 15.
1판 5쇄 발행 2024. 10. 7.

지은이 박주정

발행인 박강휘
편집 강지혜 디자인 윤석진 마케팅 김새로미 홍보 반재서
발행처 김영사
등록 1979년 5월 17일(제406-2003-036호)
주소 경기도 파주시 문발로 197(문발동) 우편번호 10881
전화 마케팅부 031)955-3100, 편집부 031)955-3200 | 팩스 031)955-3111

값은 뒤표지에 있습니다.
ISBN 978-89-349-5433-0 03810

홈페이지 www.gimmyoung.com   블로그 blog.naver.com/gybook
인스타그램 instagram.com/gimmyoung   이메일 bestbook@gimmyoung.com

좋은 독자가 좋은 책을 만듭니다.
김영사는 독자 여러분의 의견에 항상 귀 기울이고 있습니다.

선생 박주정과 707명의 아이들

분노는 내려놓고 사랑을 취하라

박주정 씀

김영사

**"사랑이 모든 것을 이긴다는 것을 보여주는
이 책이 마중물이 되어 제자를 사랑하고,
교사를 존경하는 교육 환경이 만들어지기를 희망합니다."**

사랑의 실천적 나눔과 봉사라는 말도 너무 흔해서 어느새 빛이 바랜 요즘, 박주정 선생님이 지난 수십 년간 '당연한 의무인 양' 실행해온 헌신적인 일들은 읽는 이에게 감동을 넘어 부끄러움을 느끼게 합니다. 지금 여기 나부터 늦지 않게 마음을 내어 무언가 좋은 일을 시작하고 싶게 만드는 책입니다. **이해인** | 수녀, 시인

'교육장'이라는 무거운 직함 이면에 인간 박주정은 가히 충격적인 인물입니다. 아무 잘못 없이 아버지를 잃은 어린 박주정은, 기나긴 삶의 질곡 가운데서 힘들고 감당하기 어려운 고비를 만날 때마다 뜨거운 열정과 헌신과 희생과 땀으로 이겨왔습니다. 온전한 인간승리요, 감동입니다. 책을 잡는 순간부터 놓을 수가 없습니다. 이 인생 드라마가 책장을 뛰쳐나와 우리에게 더 가까이 다가오고, 많은 사람들이 이 이야기를 읽고 감동받아 감사한 삶으로 이어졌으면 좋겠습니다.

김종기 | 푸른나무재단 명예이사장

CBS 〈세바시〉와 〈새롭게 하소서〉를 보면서 이 시대 참 스승의 감동적인 이야기에 많은 사람들이 울고 웃었습니다. 드라마 같은 삶이 드디어 책으로 출간되었습니다. 고흥 바닷가 소년 시절의 가슴 아픈 사연에서 10년간 707명이나 되는 아이들과 한집에서 살았던 이야기, Wee스쿨의 모델인 용연학교 성공사례, 위기의 아이들을 구해낸 '부르미' 활동 그리고 여러 에피소드까지. 읽는 동안 내내 깊은 감동과 참 위로의 은혜를 받았습니다.

김진오 | CBS 대표이사 사장

이 책에는 학생들의 행복한 교육을 꿈꾸는 참 스승의 이야기가 담겨 있습니다. 학생들과 함께 기뻐하고, 슬퍼하는 바보 같은 선생님을 잊지 않겠다고 고백하는 제자의 이야기가 많은 분들에게 널리 알려지면 좋겠습니다. 사랑이 모든 것을 이긴다는 것을 보여주는 이 책이 마중물이 되어 제자를 사랑하고, 교사를 존경하는 교육 환경이 만들어지기를 희망합니다. **이인희** | 대구 월성초등학교 수석교사

이 이야기는 평범한 우리가 받아들이기 어려울 만큼 벅찹니다. 마치 예수 그리스도가 '나를 따르려거든 자기 십자가를 지고 따르라'라고 한 말씀처럼. 박주정은 아이들과의 공동생활 10여 년 뒤에 교육청 장학사로 새로운 여정을 시작하는데, 관료행정의 틈바구니에서도 아이들을 위해 서슴치 않고 상식과 관행을 거스르는 과감한 시도를 멈추지 않았습니다. 반대와 역경이 왜 없었을까요. 하지만 체면과 관행, 법과 규정을 넘어 아이를 중심에 놓고 접근하는 그의 교육적 열정과 헌신 앞에서 모든 장벽은 결국 허물어졌습니다. **이종태** | 건신대학원대학교 석좌교수

심각한 학교폭력을 겪은 어린이가 자라서 교사가 되었습니다. 그는 가정과 학교와 사회에서 상처받은 제자들 옆에서 손잡아주고, 말들어 주고, 같이 울어줍니다. 그때마다 제자들한테 많은 것을 배웠다는 박주정 선생님과 같은 교사가 있기에 우리 교육은 아직 희망이 있습니다. 그 희망을 살리는 길은 이 책을 많은 사람들이 읽고, 박주정과 같은 교사가 혼자 외롭게 걸어가지 않도록 믿어주고 지지해주는 것입니다. 그런 사회가 되기를 두 손 모아 빌고 빕니다. **이주영** | 동화작가, 초원장학회 이사장

가르침이 아니라 동행이었다

나는 많이 울었다. 어려운 학생들을 보면 나도 함께 아프고 힘들었기 때문이다. 아파서 울었지만 울어서 아프기도 했다. 빨간 프라이드로 50만 킬로미터를 달리며, 스스로 생을 마감한 학생 138구의 시신 옆에서 울 수밖에 없었다.

나는 잘하는 아이들보다 항상 못하는 쪽, 힘든 쪽의 아이들 곁에 서 있고 싶었다. 모범적이고, 특기가 많고, 따뜻한 가정의 아이들은 저만치서 지켜만 봐도 잘해나가기 때문이다. 그러니 얼굴에 상처와 원망, 그늘과 한숨이 가득한 아이들에게 먼저 다가갔다. 아니, 쫓아갔다. 돌아보니 '교육'이라는 무거운 단어를 생각할 겨를도 없이 달렸다.

나의 교육은 가르침이 아니라 동행이었다. 형용사가 아니라 동사였다. 침침한 교실에서, 벌판이나 강가에서, 경찰서나 재판정에서 늘 아픈 아이와 함께했고, 그들의 고통스러운 부모와 휘청거리는 조부모와 함께 있었다.

교단 현장을 떠나 교육청에서 전문직으로 근무할 때는 제도적으로 학생들을 도울 수 있는 정책개발에 동분서주했다. 24시간 현장으로 달려가는 '부르미' 제도, 공교육 Wee센터의 첫 모델이 된 '금란교실', 선생님들과 함께 설립한 '용연학교', 어려운 학생들의 손을 잡아준 'K-명장과 함께하는 진로 캠프'에 이르기까지, 전국으로 확산시킨 이런 교육사업들은 힘들었던 만큼 지금도 애착이 크다.

그런 와중에 CBS 〈새롭게 하소서〉에 출연했다. 유튜브를 통해 볼 수 있는데 170만 회의 조회수를 기록했다. 1시간 30여 분의 긴 방송을 10회 이상 보았다는 분도 있었다. 그리고 많이 울었다고 했다. 내 고통의 울음이 시청자들에게도 어떤 울림으로 전달되었다고 하니 많은 위로가 되었다. 처음 우리 집으로 불쑥 찾아와 막무가내로 동거를 허락해달라고 했던 여덟 명의 학생들. 그 여덟 명의 어린양이 707명을 살렸다면서, 방송에서 다 말하지 못한 10년 세월을 책으로 써달라는 분들이 있었다. 지금까지의 교직 여정을 책으로 정리해보자는 권유도 많이 받았으나 모두 거절했다. 나름 순수하게 일했는데 자랑이 될 것 같았기 때문이다. 그런데 전국의 기관, 학교, 기업, 종교단체 등에서 강연을 하며 사람들을 만날 때마다 책이 있으면 좋겠다는 한결같은 반응이 있었다. 더불어 몇몇 출판사의 출간 제의가 있어 망설이다가 마침내 책을 내기로 했다.

이제 지나온 발자취가 한 권의 책으로 묶이지만 10년 세월을 함께했던 '707'의 아픔은 지금도 진행 중이다. 얼마 전 우리 학교로 전학 온 학생이 날마다 말썽을 일으켜 연일 그 일을 수습하느라 초죽음이다. 갈수록 자신감이 떨어진다. 사실 여기에 소개한 사연들은 일부분일 뿐이다. 아직은 내 마음이 덜 다독여져 필설할 수가 없다. 차마, 차마 공개할 수가 없다.

선후배 교육자님들과 주변 분들에게 신세를 참 많이 졌다. 보은할 길이 없기에 이렇게라도 절절한 마음을 기록으로 남긴다. 가정에서는 아이들의 돌반지를 훔친 아버지였기에 가족에게 용서를 구한다.

《선생 박주정과 707명의 아이들》의 발간을 계기로 독자와도 함께하고 싶다. 빨간 프라이드는 가고, 707명의 열혈 아이들은 중장년이 되었지만, 새로운 아이들과 함께하는 나의 동행은 앞으로도 계속될 것이다.

2023년 8월 영산강변에서

박주정

· 차례 ·

3. 학교를 만들겠습니다

4. 인철이에게는 스프링이 있었다

5. 주정이의 자식들

1

모래냐 바위냐

아버지를 죽게 만든 아이

그날, 아버지는 밤늦도록 돌아오지 않았다.

산골 서당의 훈장이던 아버지는 국민학교(초등학교)도 나오지 못해 자기 이름 석 자도 제대로 쓸 줄 모르는 문맹의 동네 청년들을 늘 안타깝게 생각했다. 그래서 누구든 가리지 않고 가르치고자 했다. 농한기에 문을 연 서당에는 동네 청년들이 모여들었고, 아버지는 그들에게 한문을 가르쳤다.

아버지는 다리가 한쪽뿐이었다. 내가 태어나기도 전에 군에서 주최한 체육대회에 나가 달리기 시합을 하다가 넘어져 다리가 골절되었다. 의술이 어두운 시절이라 병원에는 가지 않고, 집에서 낫겠거니 하면서 습부濕敷만 했다. 그러다 상태가 점점 나

빠졌다. 뒤늦게 여기저기 병원을 다녀보았지만 이미 때가 늦어 결국 한쪽 다리를 절단하는 지경에 이르렀다. 시기를 놓쳐 병을 키운 셈이다. 이 이야기는 들을 때마다 한스러운 마음이 든다.

원래 우리 집은 부농이었다. 아버지는 젊은 날 경찰도 하고, 신문기자 생활도 하고, 다리를 다치기 직전에는 학교에서 아이들을 가르치는 선생님이었다. 그런 아버지의 장애는 집안의 불행으로 이어졌다. 병원 치료비 때문에 논밭을 모두 팔게 되었고, 마지막에는 살던 집까지 팔아 우리 가족은 오갈 데 없는 신세가 되었다. 결국 동네 인근의 깊은 산속으로 이사를 가게 되었고, 문중에서 마련해준 손바닥만 한 땅을 개간해 겨우 먹고살았다. 죽도록 일을 해도 입에 겨우겨우 풀칠을 할 수 있을 뿐, 삶은 더 나아지지 않았다. 나는 뻐꾹새 울음밖에 없는 그 산중에서 태어났다.

그곳에서도 아버지는 여전히 동네 청년들에게 한문을 가르치고 주산도 가르쳤다. 나는 아버지의 이런 열정 덕분에 동네 형들과 함께 한문과 주산을 배웠다. 초등학교 2~3학년 때부터 한문을 많이 아는 아이로 학교에 소문이 자자했다. 주산도 잘 놓고 암산도 잘했다. 그래서 여러 일을 맡았고 곧잘 해냈다. 특히 시험이 끝나고 성적처리를 할 때면 학교에서는 항상 나를 불러 전교생의 성적처리를 맡겼다. 그때마다 능숙한 솜씨로 주판알을

튕겼다. 그때는 이런 주산 실력이 내 운명을 바꿔놓을 줄은 상상도 하지 못했다.

운명의 6월이었다. 중간고사를 마치고 담임선생님이 전교생 성적표를 내게 주며 소계小計를 내라고 했다. 주산으로 각각 점수를 가산加算해 열심히 집계하던 중 내 성적표가 나왔다. 몹시 궁금했다. 그래서 주판으로 살짝 가리고 성적표를 보았는데, 순간 깜짝 놀라고 말았다. 성적이 이상했다. 국어 40점, 수학 50점, 도덕 60점. 도무지 말이 안 되는 점수였다. 분명히 뭔가 착오가 있는 듯싶었다. 그래서 교무실로 가 선생님께 말씀드렸다.

"선생님, 제 점수가 이상해요. 성적표가 뭔가 잘못된 것 같습니다."

그러자 선생님은 거두절미하고 버럭 화를 냈다. 동시에 그 큰 손으로 어린 나의 뺨을 세게 때렸다. 나는 아무런 영문도 모른 채 뺨을 맞고 서 있었다. 속으로 '선생님이 왜 이렇게 화를 내실까?' 생각했다. 선생님의 '폭력'은 여기서 멈추지 않았다. 이번에는 한쪽 귀를 잡고 교실로 끌고 갔다. 방과 후라 교실에는 아무도 없었다. 교실에 들어가자마자 선생님은 또다시 솥뚜껑 같은 손으로 내 뺨을 때리며 온몸을 발로 찼다. 무슨 분노가 그리도 컸던지 급기야 책상 위에 놓여 있던 주판을 들더니 그걸로 내 얼굴을 내리쳤다. 주판이 부서지며 주판알이 교실 바닥으로 한꺼번에 쏟아졌고, 피가 줄줄 흘러 내 얼굴과 온몸은 피범벅이 되었다. 나는 그 순간에도 들고 있던 성적표에 피가 묻으면 안 된다는 생각에 성적표를 한쪽 손으로 가리며 피할 틈도 없이 쏟아지는 주먹과 발길질을 맞았다. 너무 억울하고 분했지만 어쩔 도리가 없었다.

울면서 고개를 넘고, 또 넘어 산속 집으로 왔다. 학교에서 우리 집에 오려면 고개 두 개를 넘어야 했다. 집에 와보니 아버지가 큰 가마솥에 불을 때고 있었다. 그날은 모내기를 하는 날이었다. 몸이 불편한 아버지는 일을 할 수 없으니 일하는 사람들이 먹을 밥을 짓고 있었다.

내 얼굴을 본 아버지는 깜짝 놀라며 물었다.

"너 얼굴이 그게 뭐냐? 누가 때렸냐?"

얼굴에 박힌 주판알 두 개를 뽑아내며 아버지는 경련이 인 듯 바르르 떨었다. 나는 울면서 선생님에게 영문도 모른 채 두들겨 맞은 일을 말했다.

"나쁜 놈."

화가 난 아버지는 양손에 목발을 짚고 힘을 주어 벌떡 일어나더니 그길로 선생님을 찾아 학교로 향했다. 어린 마음에 속으로 '이제 선생님은 우리 아버지한테 혼났다'고 생각했다.

밤 11시가 넘도록 아버지는 돌아오지 않았다. 불같이 일어나 학교로 쫓아간 아버지가, 우리 아버지가 집에 돌아오지 않았다. 가족들은 무슨 일이 있나 싶어 모두 마당에 나와 기다리며 아버지가 오는지 건너편 고갯길만 쳐다보고 있었다. 그때 등불 하나가 보였다. 나는 "아버지다!" 하고 소리를 쳤다. 그런데 이상하게도 언덕을 내려오는 등불의 속도가 엄청 빨랐다. 다리가 불편한 아버지는 그런 속도로 내려올 수가 없었다. 잠시 뒤 등불을 든 한 남자가 우리 집으로 들어와 엄마를 불렀다.

"숙모, 주정이 아부지가 돌아가셨어요."

엄마는 어이가 없다는 듯이 심드렁하게 말했다.

"어이 조카, 그게 무슨 말이당가?"

"아, 주정이 아부지가 돌아가셨단 말이요."

혼비백산한 우리 가족은 반신반의하며 한걸음에 아버지가 '돌아가셨다'는 학교 앞 가게로 달려갔다. 아버지는 학교 앞에 도착해 바로 선생님을 만나지 않고, 가게주인에게 담임선생님을 불러달라고 부탁했다고 한다. 아버지의 부탁을 전하려고 가게주인은 학교에 갔고, 아버지는 선생님을 기다리는 그 순간에도 분을 참지 못했던 것 같다. 혈압이 급격히 올라 심장마비로 가게에서 운명했다. 선생님을 만나지도 못하고 아버지는 학교 앞 가게에서 그렇게 세상을 떠났다.

다음 날 어머니가 나를 불렀다.

"주정아, 아버지가 돌아가셨어도 너는 학교에 가서 공부를 해야 한다."

이렇게 말씀한 어머니의 마음을 나는 지금도 이해하지 못한다. 남편을 황망히 잃은 어머니가 울분에 차서 그랬는지, 집안에 아무리 큰일이 생겨도 공부는 꼭 해야 한다고 생각해서 그랬는지…… 하지만 이후에도 어머니에게 왜 그날 나를 학교에 보냈냐고 물어보지는 못했다.

그날이 6·25기념일이라 담임선생님이 교단 위에서 〈6·25 노래〉를 가르치고 있었다.

"아아-잊으랴. 어찌 우리 이날을 조국을 원수들이 짓밟아 오던 날을-"

나는 노래를 부를 수가 없어서 입만 벙긋거렸다. 학교에 있는 내내 눈물이 쏟아졌다. '나 때문에 아버지가 돌아가셨다'란 생각에 슬픔, 분노, 자책 같은 감정이 마구 뒤섞여 더욱더 슬프고 힘들었다.

운명한 지 3일째 되는 날, 운동장 옆길로 아버지의 상여가 지나가는 모습이 보였다. 묘지로 향하는 운구였다. 동네 청년들이 상여를 메고 가면서 학교를 향해 돌멩이를 던지기 시작했다. 수없이 많은 돌멩이가 학교로 날아왔다. 청년들 몇몇은 거친 욕을 퍼붓기도 했다. 아버지의 억울한 죽음에 대한 울분과 항의의 표시였다. 아버지는 그들에게 하나밖에 없는 스승이었다. 교감 선생님이 나를 부르더니 "주정아, 아버님 상여가 나가니까 저 상여 뒤에 서서 따라가라." 하며 내 등을 토닥여주었다.

아버지의 죽음은 너무도 갑작스러웠지만, 어머니와 우리 8남매는 길게 슬퍼할 시간도 없이 생계를 위해 뿔뿔이 흩어져야 했다. 형들은 샘 파는 일을 하는 등 노동판으로 떠돌았고, 누나들도 객지 사방으로 나가 힘들고 어려운 길을 걷게 되었다. 아버지의 운명으로 온 집안이 풍비박산이 났고, 나는 아버지가 나 때문에 돌아가셨다는 죄책감에 평생 극심한 트라우마를 겪게 되었다.

아버지를 돌아가시게 한 담임선생님이 있는 학교에 더는 다닐 수가 없었다. 그래서 바로 큰누나가 사는 부산으로 전학을 갔다.

부산 큰누나 집으로

산골에 살던 어린아이가 도시에 와보니 모든 것이 신기했다. 사람도 많고, 차도 많았다. 기가 죽고 움츠러들었다. 상상도 하지 못했던 또 다른 세상이 펼쳐졌다. 큰누나 집에서 전학 갈 학교까지는 그렇게 멀지 않았다. 부산에 온 다음 날 누나 손을 잡고 학교에 갔다.

담임선생님에게 고개를 깊이 숙여 인사를 했다. 담임선생님은 내 성적표를 유심히 보더니 "공부를 참 잘했군!" 하고 칭찬을 해주었다. 내 성적은 1학년 때부터 모두 '수'였다. 그때는 성적을 수, 우, 미, 양, 가로 매겼는데, 담임선생님은 반 학생들에게 나를 한껏 띄워서 소개했다.

"이 박주정 군은 보통 학생이 아니다. 전라도 고흥에서 온 수재 학생이다. 1학년 때부터 지금까지 '우'가 하나가 없는 천재 학생이다."

아이들에게서 "와–"하는 감탄사가 쏟아졌다. 어린 나이에 이런 관심을 받자 몹시 쑥스러웠다.

한 달 뒤에 월말고사 시험을 봤다. 16등이었다. 전교 16등도 아니고, 반 학생 50명 중 16등이었다. 믿기 어려운 성적이었다. 시골에서는 항상 전교 1등이었는데, 당황스러웠다. 선생님의 칭찬이 떠올라 창피하고 부끄러웠다. 집에 돌아와 누나에게 성적을 고백하며, 다음번 시험에는 꼭 1등을 하겠다는 약속도 했다.

누나에게 머리를 면도기로 빡빡 밀어달라고 했다. 눈앞으로 머리카락이 우수수 떨어지는데 누나는 깔깔깔 웃었다. 지금도 머리카락을 밀어준 누나를 떠올리면 참 재밌는 사람이라는 생각이 든다. 어린 동생이 밀어달라 한다고 두말없이 밀어준 것도 그렇지만, 거기에 해맑은 웃음까지 보태다니.

시골에는 민둥머리가 흔했다. 차분하게 위생관리를 할 여력이 없는 처지에 서캐나 머릿니 걱정을 하지 않을 방법이 머리카락을 깨끗하게 밀어버리는 것뿐이었다. 부산은 하루가 다르게 발전하는 대도시였다. 그래서인지 민둥머리가 별로 없었다. 있더라도 청년들이었다. 어린 학생이 머리를 빡빡 밀었으니, 누군가는 반항기 많은 아이라고 생각했을 것 같다. 나는 머리카락을 정리하듯 마음을 정리하고자 했다. 공부를 열심히 하는 데만 온 신경을 집중하겠다는 다짐의 표현이었다.

그런데 공부할 책이 없었다. 반 친구들은 모두 전과와 수련장이 있었다. 나는 돈이 없어서 참고서를 살 수가 없었다. 살 엄두도 내지 못했다. 얹혀사는 처지에 누나한테 말할 수도 없었다. 이가 없으면 잇몸으로 산다고 했다. 고맙게도 친구들이 많이 도와주었다. 반 친구들은 전과나 수련장을 주저 없이 빌려주었다. 나는 빌린 교재들로 최대한 빠르게, 그리고 깨끗하게 공부하고 돌려주었다. 두 달 뒤에 두 번째 시험을 보게 되었는데, 학급에서 2등이었다. 날아갈 듯 기뻤다. 누나도 매형도 집안에 경사가 난 것마냥 기뻐했다. 지금 생각해보니 이후에도 그때처럼 열심히 공부해본 적이 없었던 것 같다. 그날 처음으로 누나한테 통닭한 마리를 얻어먹었다.

6학년 말쯤 작은형이 군에서 제대해 부산으로 왔다. 오갈 데가 없으니 작은형도 누나네 집에서 함께 살게 되었다. 작은형은 누나 바로 위 오빠다. 넉넉하지 않은 신혼살림에 친정붙이 두 명이 얹혀살았으니 누나 마음이 오죽했을까 싶다. 지금 생각해도 머리가 절레절레 흔들어지는 힘든 시절이었다.

"동생아, 주정이 데리고 있으면서 너무 고생했다. 신혼인데 이제 주정이는 내가 데리고 갈게."

결국 작은형이 나를 데리고 누나 집을 나왔다. 누나와 매형은 작은형과 나에게 매우 잘해주었다. 그만큼 우리의 미안함은 컸다. 분가하니 그 미안함을 키우지 않는 것만으로도 마음 한쪽이 가벼워졌다.

중학교 1학년 때였다. 형과 나는 단칸방에서 생활했다. 비가 새고 부엌도 없었다. 말할 수 없이 불편했다. 작은형은 우물을 파는 '노가다' 일을 했는데, 특별한 기술도 없고, 직장을 구하기도 힘들었다. 당시에는 우물을 팔 때 기계의 힘을 빌리지 않고 모두 사람 손으로 했다. 사람들이 몰려들어 우후죽순처럼 마을이 형성되던 시절이어서 우물을 파는 일도 직업이 될 수 있었다. 하지만 일거리는 많지도, 꾸준하지도 않았다.

어느 날 작은형은 깻잎을 가져왔다. 길거리 공터에서 뜯은 것이라 짐작했다. 반찬이 없어서 깻잎을 간장에 찍어 먹었다. 초라한 밥상이었지만 마음은 편했다. 또 어느 날 작은형은 신문지에 싼 인삼을 주워 왔다. 누가 인삼을 들고 가다 길에 떨어뜨린 것이다. 닭 한 마리를 사 와 인삼을 넣고 닭죽을 끓였다. 작은형은 동생이 못 먹어서 영양실조에 걸릴까 봐 늘 걱정했다. 형은 먹는 둥 마는 둥 하고 나만 먹었다. 덕분에 나는 배가 터지도록 먹었다. 그런데 그 인삼 닭죽을 먹고 취해 3일 동안 잠만 잤다. 하마터면 죽을 뻔했다.

학교가 끝나고 집에 오면 방바닥에 엎드려 공부를 했다. 방바닥에다 글도 쓰고 산수 문제도 풀어서 장판지는 온통 연필 자국이었다. 얼핏 보면 장난치듯 무슨 암호가 적힌 것처럼 보였다. 작은형은 장판지를 보고 크게 화를 냈다. 반듯하지 못한 내 공부 태도를 나무란 것이다. 나는 '종이가 없다'란 말을 하지 못하고 조금 억울한 눈빛으로 형을 쳐다보았다. 잠시 침묵이 흘렀고, 형은 방바닥 상황을 알아차렸다. 종이가 없다는 사실을 군이 확인하지 않았다. 우리는 그냥 서로 부둥켜안고 엉엉 울었다.

공부 욕심이 많은 나는 거의 잠을 자지 않아 늘 체력이 달렸다. 작은형은 그런 나를 걱정하며 항상 말했다.

"이제 그만하고 자거라. 몸 버리면 공부 못 한다."

막노동을 하는 작은형은 언제나 지친 몸이었다. 그런데도 흙범벅이 된 옷을 빨고 나서 내 밥을 차려주고는 밖으로 나갔다. 아무 말도 없이 나갔다가 밤늦게 들어오기를 반복했다. 한번은 어디를 가는지 몰래 따라가 보았다. 형은 부산대학교 앞 공터에서 포장마차를 하고 있었다. 헌 리어카 하나를 구입해 나무를 덧대어 만든 포장마차였다. 자갈치시장에서 사 온 해물과 어묵 등이 놓여 있었다. 돈이 부족하니 낮에는 막노동, 밤에는 포장마차를 했던 것이다.

또 죄책감이 밀려왔다. '아버지가 살아 계셨다면 형제자매들을 다 공부시켰을 것이고, 이렇게 살지는 않았을 텐데…… 나 때문에 온 식구가 이렇게 고생하는구나'라고 생각하니 목이 메었다. 학교 수업이 끝나면 작은형을 도와야겠다고 다짐했다.

다음 날 포장마차에 갔다. 물론 공부할 책도 가지고 갔다. 작은형이 힘들 테니 거들어야겠다는 생각이었다. 가방을 들고 포장마차에 나타나자, 작은형이 나를 놀란 눈으로 쳐다보았다.

"너, 내가 이거 하는 줄 어떻게 알았어?"

"그냥 알게 됐어요."

"그런데 왜 왔어?"

"제가 도와야죠. 형이 하는 일을……"

작은형은 아무 말 없이 나를 노려보더니 여러 안줏거리와 어묵이 끓고 있는 포장마차를 엎어버렸다. 나는 깜짝 놀랐다. 작은형은 정색하며 말했다.

"네가 형을 생각한다는 게 고작 이거냐! 너는 공부하고 성공해서 형들에게, 부모 형제에게 희망을 줘야지! 기껏 이런 일이나 돕겠다는 거냐?"

화가 난 작은형은 빈 리어카를 끌고 가버렸다. 지금도 널브러진 포장마차가 한 컷의 사진처럼, 내 기억 속에 선명하게 각인

되어 있다. 선명한 그 사진 위로, 나를 물끄러미 쳐다보던, 안타까워하면서도 화가 난 듯한 작은형의 눈빛이 포개진다. 드라마의 한 장면 같기도 한 그 이미지, 그 느낌을 나는 지금도 간직하고 있다. 살면서 형제자매에게 정말 잘해야겠다고 다짐한 순간이었다.

중학교 2학년 때, 작은형이 결혼을 했다. 밤늦게까지 도서관에서 공부하고 집에 돌아가면, 형수님은 언제나 이불속에 내 저녁밥을 식지 않게 넣어두었다. 밤낮없이 공부한다고 칭찬도 아끼지 않았다. 형수님은 자상하고 좋은 분이었다.

하지만 작은형과 둘이 살 때보다 불편했다. 형수님이 들어오면서 집안이 더 따뜻해졌지만, 자꾸 형수님 눈치가 보였다. 하루는 작은형에게 말했다.

"형님, 나 그냥 시골로 가서 학교 다닐라요."

작은형은 극구 말렸다. 중학교만 졸업하고 가라고 했다. 나는 작은형의 반대를 뿌리치고 어머니가 있는 고향, 고흥으로 돌아왔다. 전라남도 고흥군 도화면에 있는 흥양중학교 2학년으로 전학했다.

야간 경비와 매혈

내 인생에서 가장 고통스러운 시기는 고등학교 때였다. 아버지가 허망하게 운명하고 나는 누나와 형이 있던 부산에서 지내다가 다시 고향인 고흥으로 돌아왔다. 가난한 집안 형편은 조금도 나아져 있지 않고 그대로였다. 어머니는 고등학교 진학을 포기하라고 했다. 나 또한 고등학교에 가겠다고 떼를 쓸 수 없었다. 온 가족이 함께 가난에 묶여 있다는 사실을 어린 나는 너무 잘 알고 있었다.

주변 사람들은 몹시 안타까워했다. 똑똑하고 머리 좋은 아이이니 어떻게든 고등학교를 보내면 안 되냐고 어머니를 설득할 정도였다. 이곳저곳에서 동정 어린 말들이 오가는 가운데 어느 날 담임선생님이 우리 집으로 찾아왔다. 선생님은 어머니에게 일단 시험만이라도 보게 하자고 통사정했다.

우여곡절 끝에 광주진흥고등학교에 입학할 수 있었다. 우수한 성적으로 고등학교에 합격했지만, 광주에서 지낼 거처가 없었다. 아는 친척도 없었다.

우리 동네에 돼지장사를 하는 분이 있었다. 마을마다 다니면서 돼지를 사들여 도축장에 넘기는 일을 했다. 그분은 돈을 많이 벌어서 광주에다 집을 한 채 마련해 아들을 교육시키고 있었다. 그분의 아들이 고등학교 3학년이었는데, 그 집에서 고3인 형과 함께 생활하게 되었다. 1학년인 내가 3학년 형에게 공부를 가르치는 조건이었다. 형이고 동생이고, 가르치고 배우고 등을 생각할 입장이 아니었다.

그 형은 야간고등학교에 다녔다. 형은 말이 학생이지 공부하고는 담을 쌓았다. 온몸에 문신을 하고, 손등에는 담뱃불로 지진 흔적이 여럿 있었다.

함께 지내던 방은 '상하방'이었는데, 조금 넓은 방을 여닫이문으로 막아 두 개로 나눈 형태를 '상하방'이라고 불렀다. 형은 학교 수업을 마치고 밤늦게 집에 들어오는데 혼자 올 때가 거의 없었다. 친구들은 물론이고 여학생들까지 데리고 왔다. 여학생들을 데리고 온 날은 500원을 주면서 독서실에 가라고 했다. 독서실에서 자는 날이 늘었다.

추운 겨울에 독서실에서 공부하다가 잠을 설치고 집에 오면 정체불명의 형들이 술을 마시고 곯아떨어져 쿨쿨 자고 있었다. 잠든 형들 사이로 밥을 하러 들어갈 수가 없었다. 당시에는 석유 곤로로 밥을 했는데 형들이 누워 있으니 밥할 공간이 없었다. 아침을 거르고 점심 도시락도 없이 학교에 가는 날이 부지기수였다.

형은 내게 시골집의 아버지에게서 전화가 오면 '공부 잘하고 있다'고 말하라고 신신당부했다. 가끔 확인 전화가 오면 형이 시킨 대로 거짓말을 했다.

"예예, 형 공부 잘하고 있어요."

술 취한 형 집에서 1학년을 보냈는데 도저히 공부를 할 수가 없었다. 거짓말을 계속하기도 힘들었다. 갈 곳이 없는데도 무작정 나왔다. 자칫 형들에게 휩쓸릴 것도 같았다. 그 집을 나와 건설현장에서 야간경비를 시작했다. 야적해 놓은 건축자재를 밤새 지키는 일이었다. 건설공사장 불빛 아래서 공부하고 그곳에서 잤다. 아침에 일어나 책가방을 챙겨 학교에 갔다.

겨울이 무서웠다. 바람을 막는 것은 숭숭 뚫린 건축자재뿐이었다. 밤새 자재 틈새로 칼바람이 들어와 자고 일어나면 이가 아파 밥을 먹을 수가 없었다. 그런데 더 모질게도 이 일조차 계속하기 어려웠다. 공사가 끝나면 다른 건설현장을 찾아다녀야 했다. 소문으로 또는 알음알음으로 공사현장을 찾아 여기저기 떠돌았다. 야간 경비 자리가 없을 때는 할 수 없이 친구 자취방에서 며칠을 보내기도 했다. 말이 학생이지 떠돌이 생활이었다. 부산 형님 집에서 살 때는 비록 방은 좁았지만 거처가 있었기에 공부에만 집중할 수가 있었는데, 광주 고등학교 생활은 그렇지 못했다. 우수한 성적으로 입학했는데 2학년, 3학년 때 성적은 반에서 겨우 중간 정도였다.

점심시간이 되어 친구들이 도시락을 먹을 때, 나는 슬그머니 밖으로 나왔다. 수돗가로 가 수돗물로 허기를 때웠다. 세수를 하면 코에서 피가 덩어리째 쏟아져 세숫대야 물이 벌겋게 물들었다. 그때 소원은 밥 한번 실컷 먹어보는 것이었다. 친구들이 도시락에 계란프라이를 가져와 맛있게 먹는 모습이 그렇게 부러울 수가 없었다. 지금도 냉면 위에 올려진 달걀 반쪽이 귀하게만 보인다.

피를 팔아야 했다. 배가 너무 고파서 그랬다. 가뜩이나 못 먹는데 피까지 팔았으니 몸이 지탱하지 못했다. 학교 수업시간에 여러 차례 쓰러졌다. 속된 말로 벼룩의 간을 빼 먹은 것이다. 내가 쓰러지면 친구들이 부축해 밖으로 데리고 나왔다. 학교에서 자주 쓰러지니, 3학년 때는 담임선생님이 내게 학교에 나오지 말라고까지 했다.

"너는 학교에 안 나오면 졸업시켜준다."

나를 살리기 위해 담임선생님이 그렇게 간곡하게 말씀한 것이다.

그 시절을 생각하면 지금도 잊을 수 없는 친구가 있다. 3학년 때 우리 반 실장이던 친구 '나영철'이다. 내가 학교에서 쓰러져 의식을 잃자, 그 친구가 나를 등에 업고 부산 형님 집까지 갔다. 형님과 형수님이 나를 부둥켜안고 울었다. 나는 병원에 입원했고, 친구는 병원에서 함께 있다가 밤늦게 광주로 돌아갔다.

2022년 4월이니 얼마 전 일이다. 광주의 한 대학병원에서 종합검사를 받았다. 진단 결과 뇌에 꽈리가 생겨 급하게 뇌수술을 하지 않으면 위험하다고 했다. 심란해하고 있는데 그 친구 나영철에게서 안부 전화가 왔다. 꽈리 이야기를 했더니 깜짝 놀라며 "뇌는 위험한 곳이니 서울에 있는 유명한 병원에서 다시 한번 검사를 받고 수술을 하더라도 해라." 조언했다. 친구는 서울에서 한의원을 하고 있었다.

친구가 뇌 전문병원을 소개해 급히 서울로 갔다. 환자복을 입고 병실에 누워 있는데 별별 생각이 다 들었다. '내 인생이 이렇게 끝나는가?' 지난 일이 슬프게 스치고 지나갔다.

그런데 이게 어찌 된 일인가. 전문의가 밤에 병실로 오더니, "검사를 해본 결과 엑스레이 판독이 잘못되었습니다." 했다. 전혀 엉뚱한 판독은 아니고 그렇게 볼 수도 있다고 설명했다. 그 길로 옷을 갈아입고 광주로 내려왔다. 머리에 칼을 대지 않고 건강하게. 그 친구는 두 번이나 내 생명을 구한 은인이다.

　　고3 막바지 대학 입시철이 다가왔다. 어느 대학에 합격해도 등록금을 내고 다닐 수가 없었다. 마침 전남대학교 공과대학 화학공학과가 정부 시책에 따라 특성화 대학으로 지정되었다. 내 성적이면 등록금을 전액 면제받을 수 있었다. 그렇게 나는 1981년 봄, 전남대학교 화학공학과 학생이 되었다.

모래냐 바위냐

양돈장에서 돼지 키우는 아르바이트로 대학 생활을 시작했다. 돼지우리를 청소하고, 때맞춰 돼지에게 밥을 주는 일이었다. 양돈장은 현재 국립5·18민주묘지가 있는 광주 망월동 근처에 있었다. 도심에서 조금 떨어진 외진 곳이었다.

대학교 중간고사 시험날 새벽이었다. 학교도서관에 가서 책을 좀 봐야겠다는 생각으로 이른 새벽에 일을 시작했다. 양돈장을 청소하고 돼지밥을 주면서 바쁘게 움직였다. 그런데 갑자기 숨이 턱 멎을 것 같은 고통이 느껴졌다. 고통은 발바닥에서 시작해 머리끝까지 타고 올라왔다. 어둑한 새벽에 부산하게 뛰다보니 바닥에 있는 뾰족한 대못을 보지 못하고 밟아버렸다. 대못이 장화를 뚫고 발바닥 깊이 들어왔다. 발이 퉁퉁 부어올랐다. 겨우 시험을 치르고 병원에 갔다. 세균이 온 발에 퍼져서 수술을 해야 한다고 했다. 오랫동안 발을 절뚝거리며 학교를 다녔다. 돼지 양돈장에서는 더 이상 일을 할 수가 없었다.

그 후 어느 고등학생 집에서 입주 과외를 했다. 학생의 부모는 시골에서 농장을 경영하고 있었다. 한 달이면 한두 번 정도 광주에 와 아들을 챙겼다. 학생은 공부에 전혀 관심이 없었다. 학교를 착실하게 다니지도 않았다. 오히려 나쁜 짓을 많이 하고 다녔다. 타이르고, 설득하고, 충고도 해봤지만 소용이 없었다. 막무가내였다.

한 번은 나쁜 짓을 크게 했다. 학교에서 알게 되면 퇴학 등의 조치까지 받을 수 있는 심각한 일이었다. 하는 수 없이 학생의 어머니에게 전화를 했다.

"그놈 사고 칠 줄 알았소. 내일모레쯤 즈그 삼촌이 찾아갈 것이요."

어머니는 전화를 뚝 끊어버렸다. 다음 날 삼촌이란 사람이 찾아왔다. 그런데 '삼촌'을 보자마자 그 자리에서 몸이 얼어붙었다. 대명천지에 날벼락을 맞은 듯했다. 억겁 년 악연도 이럴 수는 없었다. 학생의 삼촌은 아버지를 죽음으로 내몬, 초등학교 때 담임선생님이었다. 얼른 정신을 수습하고 일어서서 인사를 했다.

"선생님 안녕하십니까?"

"어? 너냐? 너였구나, 애를 가르치려면 똑바로 가르쳐, 인마!"

선생님은 나무라듯이 말하고 조카를 데리고 밖으로 나가버렸다. 이 운명적인 만남을 이야기하면 아무도 믿으려 하지 않았다. 나조차도 반신반의했다. 이해할 수도, 이해하기도, 우연이라고 말할 수도 없는 고통스러운 만남이었다. 수백 날을 생각해도, 이 만남을 설명할 어떤 말도 찾을 수가 없었다.

혼자 방 안에 앉아 있는데 온 사지가 덜덜 떨렸다. 죽이고 싶었다. 저런 사람이 어떻게 선생을 계속하고 있을까, 누구 때문에 우리 가족이 이토록 험한 고생을 하고 사는데, 생각하니 세상이 참으로 원망스럽고 야속했다. 도저히 참을 수가 없었다.

울분을 참지 못하고 머리를 벽에 찧었다. 이마에서 피가 줄줄 흘러내렸다. 어느 허름한 술집을 찾아 들어가 잘 마시지도 못하는 소주를 한없이 들이부었다. 마시면서 울었고, 울다가 마셨다. 세상 모든 것이 원망스러웠다. 내 마음속에 잠재되었던 분노가 걷잡을 수 없는 증오심으로 변해 불타올랐다. 방황이 시작되었다. '어떻게 하면 그를 죽일 수 있을까' 하는 생각뿐이었다.

그 집을 나와 대학교 지도교수님을 찾아갔다. 내 처지를 말씀드렸더니, 교수님 또한 혼자 자취하고 있으니 함께 생활하자고 했다. 18년간 나를 지도해준 나의 참 스승님이자 소중한 은인 박돈희 교수님이다. 교수님은 이후에도 내 인생의 굽이마다 힘을 주었고 길을 안내해주었다.

어느 날 교수님이 물었다.

"야! 주정아, 너는 밤에 자면서 무슨 잠꼬대를 그렇게 하냐? 나쁜 놈, 나쁜 자식, 누구를 그렇게 계속 욕만 하니?"

할 수 없이 교수님께 지난 과거를 이야기했다. 가만히 듣고 있던 교수님은 "진짜 나쁜 사람이네. 그런 사람이 어떻게 선생을 한대……"라면서 말을 잇지 못했다. 나보다 더 흥분한 듯 얼굴이 벌게졌다.

어느 여름날, 기차여행을 떠났다. 한적한 바닷가에서 갯내를 맡으며 해풍이 부는 백사장을 걷고 싶었다. 현지에 도착해보니 사람들이 드물었다. 아직은 피서철이 이른지 바닷가는 한적했다. 멀리서 낚시꾼 몇 사람이 잔잔하게 세월을 보내고 있었다. 간혹 갈매기가 날았다. 파도 소리에 짭조름한 갯내가 실려왔다. 잊고 살았던 고향 생각이 절로 들었다. 백사장을 걷다가 나무 그늘이 드리운 바위에 앉아 가지고 온 책을 한 권 꺼냈다.

책의 내용은 두 친구가 사막을 여행하는 이야기였다. 여행 도중 한 친구가 뺨을 때렸다. 뺨을 맞은 친구는 아무 말도 없이 모래 위에 썼다.

"오늘 친구가 내 뺨을 때렸다."

이번에는 어느 늪지대를 여행했다. 늪을 지나다가 호수에서 목욕을 했다. 호수에는 식물의 잔뿌리가 눈에 보이지 않게 많이 얽혀 있었다. 발이 뿌리에 걸려 빠져 나올 수가 없었다. 그때 친구가 호수로 뛰어들어 그를 구해주었다.

이번에는 그 친구가 바위에 썼다.

"친구가 나를 구해주었다."

친구가 물었다.

"뺨을 맞을 때는 모래 위에 글을 쓰더니, 이번에는 바위에 글을 새기냐?"

그는 말했다.

"원수는 모래 위에 글을 써야 바람이 불면 지워지게 돼, 은혜는 바위에 새겨서 평생 잊지 말아야 해."

이 글을 읽는 순간 마음속에 켜켜이 쌓인 초등학교 선생님에 대한 증오와 분노를 해풍에 날려 보내야겠다는 마음이 들었다. 갑자기 눈물이 주루룩 흘렀다. 후두둑 비가 내리는 것처럼 모래 위로 눈물이 떨어졌다. 얼마나 지났을까. 실컷 울고 나니 마음이 한결 가벼워졌다. 어깨를 짓누르고 있는 무거운 짐을 내려놓은 기분이었다. 용서할 수 있는 힘이 생긴 듯했다. 그런데 이때 마음에 찾아든 '용서'는 착각이었다. 마음의 안정을 찾고 학업에 열중하기 위해 스스로를 속인 것뿐이었다. 저 깊은 곳에 응어리진 피멍까지 없애지는 못했다.

하루종일 등교, 온종일 하교

'왜 아직까지 학생들이 등교를 안 하지?'

1992년 3월, 광주에 있는 한 실업계 고등학교 2학년 담임으로 사회생활을 시작했다. 출근 첫날, 설레는 마음으로 아침 일찍 학교에 갔다. 기대를 가득 안고 아침조회를 하러 교실에 들어가는데, 학생 대여섯 명만 앉아 있었다. 순간 너무 일찍 왔나 싶어 시계를 보았다. 시간에는 아무 문제가 없었다. 고개를 갸웃하며 가장 앞에 앉은 학생에게 물었다.

"학생들이 왜 아직 등교를 안 하지?"

아무 말이 없었다. 초면인데 반말을 해서 대답하지 않나 싶어 다시 존댓말로 물었다.

"학생들이 왜 아직 등교를 안 하죠?"

그러자 학생이 벌떡 일어섰다.

"그걸 왜 저한테 묻습니까? 학교에 안 나온 그놈들한테 물어보세요."

퉁명스럽게 말하고는 자리에 앉아버렸다. 어이가 없었다. 명색이 담임선생님인데 저렇게 버릇없이 말하다니, 불쾌하기 짝이 없었지만 꾹 참았다. 옆 반 교실은 몇 명이나 왔나 싶어 복도로 나가 쭉 둘러보았다. 다른 반도 겨우 대여섯 명 정도 앉아서 아침조회를 하고 있었다. 조회랄 것도 없었다. 학생들은 담임선생님 말을 듣지 않고, 그냥 책상에 엎드려 있었다.

1교시가 끝날 때쯤 한 학생이 교실로 들어왔다. 2교시, 3교시, 4교시…… 계속해서 몇 명씩 교실 문을 열고 들어왔다. 학생들의 등교 시간은 딱히 정해져 있지 않았다. 하루 내내 등교였다. 하교는 등교의 역순이었다. 쉬는 시간은 물론이고 수업 중에도 하나둘씩 학교를 빠져나갔다. 선생님의 허락을 맡지도 않았다. 온종일 하교였다. 하루 내내 등교요, 온종일 하교인 셈이었다. '이 학교는 소문대로 문제 학생들이 많은가 보구나'란 생각이 절로 들었다.

그 당시 실업계 고등학교의 분위기는 많이 어수선했다. 가정형편이 어렵거나 부모님의 부재로 생활환경이 좋지 않은 경우가 많았다.

학기 초여서 학생들에게 교과서를 나눠주자 놀라운 일이 벌어졌다. 일부 학생들이 교과서를 소각장으로 가져가 불태우거나 학교 쓰레기장에 버렸다. 태워버린 책은 어쩔 수가 없었다. 나는 쓰레기통이나 폐기물 장소에 버린 책을 거둬 교실 한쪽에 산더미처럼 쌓아놓았다.

학생들은 교실 바닥에 침을 함부로, 그리고 너무 많이 뱉었다. 이빨 사이에 공기를 넣어 찍찍 소리를 내며 침을 공중에 날리기도 하고, 옆 친구한테 뱉기도 했다. 뱉지 말라고 수십 번을 말해도 막무가내였다. 나는 쉬는 시간이면 교실로 가 밀걸레로 침을 닦고 다시 교무실로 왔다. 반복하다 보니 쉬는 시간에 밀걸레로 침 닦는 일이 습관처럼 되었다.

"박 선생, 아무리 해도 안 돼. 우리도 해봤어."

"어야, 무관심이 최고네."

밀걸레를 든 내게 격려하듯 말을 건네는 선생님들이 얄미웠다. 학생들을 저렇게 방치하다니, 이해가 가지 않았다.

그렇게 학기초가 지나고 몇 달이 흘렀다. 교정의 꽃은 하나둘 피어 화사한데 내 마음은 한없이 침울했다. 학교생활에 점점 회의를 느끼기 시작했다. 학교에 와서 학생들을 위해 할 수 있는 일은 교실 바닥의 침을 닦고, 출석 체크를 하는 것 외에는 없었다.

학생들을 사랑하고, 어려운 문제에 부딪히면 상의도 하는 형제간, 부자간 같은 선생님 모습을 기대하며 교직을 택했는데 실망이 컸다. 유별난 사명감 같은 건 없더라도, 오래전 내게 힘을 주었던 선생님들 같은, 그런 역할을 하고 싶었다. 진로문제, 성적문제, 교우관계 등을 놓고 사제 간에 격의 없이 대화하고 정을 나누는 그런 선생님이 되고 싶었다.

자괴감이 쌓이기 시작했다. 학교에 나오면 힘이 빠졌다. 과연 내가 무얼 하는 사람인지 의구심이 들었다. 이런 분위기에서 근무하는 내 자신이 초라하게 느껴졌다.

결국 사표를 제출했다. 교장선생님은 내가 내민 사표를 보더니, 첫 마디가 "자네, 이럴 줄 알았네"였다.

"그나저나 자네는 혼자 벌어 생활한다는데 아내하고 상의는 해봤는가?"

"집사람하고 상의한 적은 없습니다."

"그러면 생활은 어떻게 하려고 그런가?"

"무슨 수가 있지 않겠습니까. 그냥 정리할랍니다."

집에 와서 아내에게 학교를 그만두었다고 말했다. 아내는 "당신이 밤마다 잠꼬대를 하는 걸 보면서 짐작은 했어요"라고 말했다.

"앉으라고." "가지 마라고." "야, 침 뱉지 말라니까."

이렇게 소리 지르며 밤마다 잠꼬대를 했다는 것이다. 학교 생활에 문제가 많다는 걸 아내는 알아차렸다. 그저 "다른 사람들도 참고 근무하니까 당신도 그랬으면 좋겠어요."라고만 했다. 나를 책망하지는 않았지만 걱정스러운 눈빛까지 감추지는 못했다.

"여보, 걱정하지 마세요. 젊고 건강하니 무엇을 한들 세 식구 목구멍에 풀칠은 못 하겠어요."

아내를 안심시키기 위해 한 말이지만 뚜렷한 대안은 없었다. 어떤 곳을 떠나면 누구든 잔상이 남기 마련이다. 첫 발령받은 학교를 떠나면서 내게 남은 이미지는 밀걸레였다. 웃어야 할지, 울어야 할지 알 수 없는 마음으로 그렇게 교직을 떠났다.

교수님을 찾아갔다. 연구실 문이 잠겨 있었다. 한 시간쯤 서서 기다렸다. 복도에서 교수님이 책을 끼고 천천히 걸어오는 게 보였다. 뛰다시피 가서 인사를 했다. 교수님은 나를 반갑게 맞아주었다.

"학교생활은 잘하고 있지?"

"교수님, 드릴 말씀이 있어서 왔습니다."

그간 학교에서 일어났던 일들, 나의 노력, 내 마음의 상태를 교수님께 숨김없이 진했다. 교수님은 한숨만 푹푹 쉬었다.

"그래 앞으로 어떻게 하겠다는 것인가?"

"별수 있습니까? 시간강사 자리라도 여기저기 알아볼 생각입니다."

"시간강사도 경력이 필요하기에 쉽지는 않네, 그래 한번 수소문해보세."

강의를 할 수 있는 곳이라면 어디든지 이력서를 제출했다. 집에서는 아내의 걱정이 태산 같았다. 아내는 딸에게 "우리 이제 뭘 먹고 살지?"라고 입버릇처럼 말했다. 초등학교에 다니던 딸이 하루는 "아빠, 우리 이제 뭘 먹고 살지?"라고 말할 정도였다. 아내가 알미웠다. 어린 딸에게까지 무슨 저런 말을 했을까, 야속한 생각도 들었다.

여러 곳에 이력서를 제출했지만, 한 군데에서도 연락이 오지 않았다. 그해 12월 교사임용고시가 있었다. 메아리 없는 이력서를 뒤적이다가 포도청인 목구멍 때문에 다시 시험을 보게 되었다. 이번에도 합격했다. 이듬해 3월에 다시 학교에서 교사로 근무하게 되었다. 속으로 빌었다. 광주 시내 수많은 고등학교 가운데 그 학교만 아니기를…… 그런데 이게 무슨 조화인지, 전에 다니던 그 학교로 또다시 발령을 받았다. 사표를 내고 나온 학교에 임용고시를 봐서 다시 들어간 교사가 몇 명이나 될까. 허탈했다. 교장선생님께 인사를 하고 교무실에 갔더니 알 듯 모를 듯한 웃음으로 모두들 반갑게 맞아주었다.

역시, 또 2학년 담임을 맡게 되었다. 이번에는 마음가짐을 달리 했다. 작년처럼 열심히 뭔가를 해보려는 교사가 되지 않겠다고 작정했다. 내 인생에서 '거꾸로' 다짐은 처음이었다.

학교 생리를 알아가면서 학교생활에 적응해갔다. 동료 선생님들은 "쉬었다가 오더니 이제는 도사가 되었네."라고 놀리기까지 했다. 수업시간에는 학생들을 보는 게 아니라 칠판을 보고 수업했다. 그래야 내 마음이 편하고 수업을 진행해 나갈 수 있었다. 뒤를 돌아보면 책을 보거나 집중해서 듣는 학생이 거의 없었다.

작년 2학년 때 제자들이 "선생님, 학교에 사표 써놓고 또 오셨네요."라면서 놀렸다. 그럴 때면 "야, 이놈들아! 너희들 보고 싶어서 또 왔다."라고 말했다. 속으로는 여간 민망한 게 아니었다.

내가 사는 열 평짜리 주공아파트는 학교 근처에 있었다. 수업을 마치면 곧장 집으로 갔다. 아내도 학교생활에 적응해가는 내 모습을 보고 내심 기뻐하는 눈치였다. 예전처럼 뭔가를 해보려고 노력하지 않았다. 다른 선생님들이 하는 대로 수업하고, 종례했다. 마음을 내려놓고 생활하니 편했다.

부끄러운 적응이었다. 참 스승이 되겠다는 생각은 수없이 해보았지만, 마음뿐이었다. 행동으로 옮겨지지 않았다. 아무런 반응이 없는 곳에서 새롭게 뭔가를 시도하기가 쉽지 않다는 것을 깨달았다. 내 초보 교직 생활은 월급 받고, 생계를 유지하는 것이 전부였다.

빨간 프라이드

운명의 8자

6월 초여름 어느 날 밤, 늦은 시간에 가족끼리 이야기를 나누다 막 잠자리에 들려던 참이었다. "띵동, 띵동." 밖에서 초인종 소리가 계속 울렸다. '이 시간에 누가 초인종을 계속 누를까?' 의아해하며 현관문을 열었다. 순간 당황했다. 문 밖에는 우리 반 학생들이 서 있었다. 한두 명도 아니고 여덟 명이었다. 그중 네 명은 우리 반 애들이 맞는데 나머지 네 녀석은 우리 반 같기도 하고 아닌 것 같기도 했다. 애들이 학교를 가끔 나오고, 나도 학생들한테 신경을 쓰지 않다 보니 얼른 알아보지 못했다.

"이 밤중에 너희들 뭔 일이야?"

"놀러 왔는데요?"

"뭐라고? 놀러 왔다고?"

학교에서 하도 지쳐 아이들 꼴도 보기 싫었다. 그런데 집으로 오다니, 들일 생각이 전혀 없었다. 그렇다고 한밤중에 찾아온 '손님'을 그냥 돌려보낼 수도 없는 노릇이었다. 그나마 내게 좋은 기억 몇 가닥이라도 있으니 찾아오지 않았을까 싶은 생각도 들었다. 기왕지사 이렇게 찾아왔으니 뭐라도 먹이고 보낼 생각이었다.

"그래, 왔으니 들어와라."

아내가 쳐다보며 누구냐고 물었다. 좋아하지 않는 눈치였다. 아이들 몸에서 담배 냄새, 술 냄새가 풍겼다. 거실로 들어오니 발냄새까지 보태져 그야말로 순식간에 집 안을 악취가 채웠다. 다들 덩치가 큰 녀석들이었다. 열 평 아파트에 여덟 명이 앉으니 좁은 거실이 콩나물시루가 되어버렸다. 서로서로 몸이 부딪혀 움직이기가 어려울 지경이었다.

우리 집에는 에어컨이 없었다. 온 집 안에 열기가 달아올랐다. 아내는 갑자기 찾아온 손님들 앞에서 어쩔 줄을 몰라 허둥댔다. 초등학교 3학년이던 딸 단비는 덩치가 큰 오빠들이 나타나니 신기한 눈으로 쳐다보았다. 그동안 집에 찾아온 사람이 거의 없어서 단비에게는 꽤 흥미로운 사건이 펼쳐진 셈이었다.

특별히 내줄 음식이 없었다. 다행히 냉장고에 반쪽 남은 수

박이 있어서, 꺼내어 여덟 조각으로 잘라 나눠주었다. 예상치도 못한 상황이 발생했다. 이 녀석들이 수박씨를 조심스럽게 뱉지 않고 공중을 향해 푸푸 쏘아 올린 것이다. 단비는 오빠들이 왜 저러냐고 물었다. 아내는 어이가 없다는 표정이더니, 빨리 보내라고 눈으로 신호를 계속 보냈다. 나는 아이들에게 "시간이 늦었으니 그만 집에 가라." 하고 조심스럽게 말했다. 녀석들은 "여기가 편해요."라면서 갈 생각을 전혀 하지 않았다. 한참이 지나 조금 단호하게 다시 말했다.

"이제 시간이 됐으니 집에 가거라."

"하룻밤 자고 가면 안 돼요?"

그러자 다른 애들도 덩달아 자고 간다고 했다.

"우리는 여기서 잘 건데요?"

"어디서 잔다고? 이 거실에서? 이 좁은 데서?"

"네, 괜찮아요, 좋아요, 하하."

"안 돼, 얼른 가."

참으로 난처했다. 아내는 눈치를 계속 보냈다. 나는 어찌해야 할지 몰랐다. 이번에는 짜증 섞인 말투로 말했다.

"자고 가는 건 좋은데 너희들 보다시피 이 좁은 거실에서 어떻게 여덟 명이 잘 수 있겠냐?"

"괜찮아요."

아내 눈치, 아이들 눈치를 동시에 보면서 어렵게 말했지만, 돌아오는 대답은 간결했다. 생각을 확실히 굳힌 것이 분명했다. 완력으로 쫓아낼 수도 없고, 선생님의 권위가 통할 녀석들도 아니었다. 결국 나는 항복했다.

"그래라."

안방에 들어가니, 아내가 "당신 지금 뭣 하는 짓이에요?"라며 타박했다. 어영부영 아내의 눈빛을 피하면서 피곤한 듯 얼른 잠자리에 누웠다.

아침이 되어 아내가 아침밥을 차렸다. 내심 놀라웠고 고마웠다. 아침을 먹자고 아이들을 깨워도 다들 깊은 잠에 빠져 일어날 기미를 보이지 않았다. 계속해서 흔들고, 팔을 잡아 일으켜 세웠지만 아무런 반응이 없었다. 무슨 연체동물들이 물 밖으로 나와 늘어져 있는 것 같았다. 도무지 어떻게 할 수가 없었다.

나는 아침을 대충 먹고 출근을 서둘렀다. 혼자 있게 된 아내는 불안했는지 목소리를 높였다.

"여보, 온통 널브러진 애들을 두고 어떻게 혼자 출근해요?"

"좀 있으면 일어나 갈 거야, 일어나면 학교에 보내주셔."

아내의 눈을 피하며 말했다. 차를 몰고 학교로 가는데 집에서 계속 전화가 왔다.

"여보, 방금 두 명 갔어요."

"지금 세 명 나갔어요."

"여보, 방금 두 명 가고 덩치가 크고 젤 무섭게 생긴 학생만 남았어요. 혼자 남아 있으니 더 무서워요."

아내의 목소리는 계속 높아졌다.

퇴근 무렵이 다 되었다. 집에 도착해보니 한 녀석이 아직도 자고 있었다. 흔들어 깨우니까 그제야 눈을 비비고 일어났다. 집으로 가라고 하자, 녀석은 이제 막 뼈대가 형성된 생명체처럼 흐물거리면서 집을 나섰다.

모두 가고 우리 식구만 남았다. 우리 집이니 '남았다'는 표현이 적절치 않지만, 그때 심정은 '남은' 것 같았다. 저녁을 먹으면서 어젯밤 이야기를 했다. 세 식구가 이상한 꿈을 똑같이 꾼 기분이었다. 그때까지도 아내의 표정에서 당황스러움이 가시지 않아 보였다. 나도 아이들이 다시는 우리 집에 오지 않기를 빌었다. 거실은 난리를 겪고 난 이후 평화를 되찾은 듯했다. 가족끼리 이런저런 얘기를 나누면서 서로 다독이고 있었다.

평화는 오래 가지 않았다. 초인종 소리가 "띵똥~" 울렸다. 이 밤에 누굴까? 아파트 현관문을 연 아내는 이내 기겁했다. 어젯밤에 왔던 녀석들이 또 찾아온 것이다.

"너희들, 또 무슨 일이야?"

현관문으로 걸어가면서 불쾌한 말투로 말했다. 아무런 답도 없이 녀석들은 현관 신발장에 신발을 넣고는 밀물처럼 아파트 거실로 들어왔다. 오늘 하룻밤만 더 자고 가겠다고 했다. 어이가 없었다. 그 말을 들은 아내는 빨리 보내라는 눈짓을 계속했다. 딸은 오빠들이 왔다고 좋아했다. 자고 가겠다고 앉아서 버티는 녀석들을 쫓아낼 수는 없는 노릇이었다. 쫓아내겠다고 마음먹은들 마땅한 방법도 없었다.

"그래, 이왕 왔으니 그렇게 해라."

내심 짜증이 머리끝까지 올라왔지만 또다시 항복하는 수밖에 없었다. 방으로 들어오니 아내가 빨리 보내라며 나를 거실로 밀어냈다. 이번에는 나의 어영부영 전법이 아내에게 통하지 않았다. 어찌해야 할지 판단이 서질 않았다. 아내에게 화를 냈다.

"여보, 내가 녀석들을 오라고 했어? 자기들이 왔잖아."

"……"

"내가 어떻게 하라는 말인가."

가택 무단침입으로 신고하라고 했다.

"그것은 말도 안 되는 소리야."

아내의 마음을 모르는 것은 아니나 그럴 수는 없었다. 아내 또한 어처구니없어서 화풀이로 하는 말이지, 막상 신고하려고 하면 말릴 사람이었다.

이튿날 아침에는 아이들이 일찍 일어나더니 학교로 갔다.

사흘째 되던 날, 또 초인종이 울렸다. 설마 그 애들일까 생각하면서도 아찔했다. 그 녀석들이 또 찾아왔다. 이번에는 들어오라는 말도 안 했는데 마치 제 집인 양 거실을 거침없이 점령했다. 어이가 없고, 분통이 터질 것만 같았다. 그런데 갑자기 여덟 명의 아이들이 거실 바닥에 무릎을 꿇고 앉더니. 약간 겸연쩍은 웃음을 지으며 "선생님 집이 편하고 좋아요."라고 너스레를 떨었다. 엊그제와는 다른 모습이었다.

녀석들은 7월 여름방학 전까지만 있게 해달라고 사정했다. 막연하게나마 녀석들의 눈빛이 이전과는 조금 달라졌다는 걸 느낄 수 있었다. 예전에는 볼 수 없었던 진정성이 느껴졌다.

"그래, 여름방학까지는 한 달 반가량 남았으니 그렇게 하자."

미운 정 고운 정이라는 게 이런 걸까. 아내도 3일 연속 찾아오니 지쳐서 그랬는지, 어쩔 수 없다는 걸 알고 포기를 했는지 별다른 구박을 하지 않았다. 생각보다 쉽게 허락하고 동의했다. 우리들의 특별한 동거는 이렇게 시작되었다. 이상한 동거라는 말이 더 적절할 수도 있겠다. 누구도 예측하지 못한 기묘한 '더불어 생활'이 시작된 것이다.

아내는 아침이면 점심도시락 여덟 개를 싸고, 녀석들 학교 갈 준비를 해주었다. 아파트가 좁은 것은 말할 것도 없고, 화장실이 한 개여서 너무 불편했다. 딸은 오빠들과 함께 우리 집에서 살게 되었다며 좋아했다. 아이들이 학교에 갔다 오면 "오빠." 하고 부르면서 품에 안기곤 했다.

고등학생, 그것도 남학생들의 먹성은 보통 어른의 두 배가 넘었다. 쌀독에 쌀이 남아나지를 않았다. 반찬이라야 김치 한두 가지에 평범한 국거리가 전부였지만 소모되는 쌀의 양이 엄청났다. 월급을 받아서 쌀값 충당하다 끝나겠다는 생각이 들었다. 나는 여름방학 때까지 녀석들이 공부할 수 있도록 최대한 배려했다. 아내도 정해진 기간이니 누나처럼 보살피겠다는 눈치였다.

기말고사 기간이었다. 거실에서 시험공부를 시작했다. 말이 거실이지 열 평 아파트라면 손바닥만 한 크기다. 밥상을 놓고 둘러앉으면 좁아서 몸을 움직일 수가 없었다. 모두 엎드려 배를 깔고 공부를 했다. 밤늦은 시간까지 시험공부를 했다. 한 녀석은 눕기만 하면 바로 잠이 들었다. '다들 공부하는데 왜 저 녀석은 잠만 잘까?' 하는 생각이 들었다. 나중에 알게 되었는데, 그 아이는 자폐 성향이 있었다. 그래서 견디지 못하고 잠든 것이었다.

7월, 기말고사 시험을 보았다. 놀라운 결과가 나왔다. 학년 전체 650여 명 가운데 1등부터 7등까지가 열 평 아파트 '거실 출신'들이었다. 나와 녀석들 그리고 아내까지 감격해 눈물을 흘렸다. 뿐만 아니라 방학식 때 일곱 명의 아이들은 장학금으로 1인당 80만 원을 받았다. 그 당시에는 엄청나게 큰 돈이었다.

며칠 뒤 녀석들이 이렇게 말했다.

"선생님, 여기 아파트 주민들이 우리를 몰라보는 것 같아요."

"무얼 몰라본다고?"

"우리가 우리 학교에서 전교 1등부터 7등까지인 줄을 모르는 것 같아요."

"당연히 모르지! 근데 그걸 어떻게 느낀건데?"

"선생님이 우릴 보고 주민들에게 인사라도 잘하라고 했잖아요."

"그런데?"

"우리는 최대한 인사를 정중히 하고 저희는 잘한다고 애를 써도 아파트 주민들이 저기 돌아다니는 저런 싸가지 없는 놈들하고 우릴 똑같이 취급해요."

"그래서? 어쩌라고?"

"선생님, 아파트 현관에다가 '전교 1등부터 7등 학생들이 여기서 살고 있다'라고 좀 써 붙여주세요."

어이가 없었다. 하지만 분명 아이들로서는 생전 처음 맛본 성취감과 자긍심이 분명했다.

그러자고 했다. 함께 매직으로 "15층에 사는 학생들은 우리 학교 전교 1등부터 7등까지 하는 훌륭한 학생들입니다. 잘 보살펴주세요."라고 써 붙였다. 그날 이후 아이들은 침도 몰래 뱉고 담배도 숨어서 피웠다.

시험에서 좋은 성적을 받자 아이들은 의젓하게 행동하려 노력했다. 스스로에 대해 자존감이 생긴 것이다.

이전에 아파트 주민들은 아이들 때문에 불편해했다. 담배 피우고, 오줌 싸고, 아무 데나 침 뱉고, 큰소리를 지르니 그럴만했다. 나는 아이들 앞에서 주민들의 욕설과 야단을 들었다. 수차례에 걸쳐 죄송하다고 고개를 숙였다. 그럴 때마다 아이들은 주민들에게 거칠게 대들려고 했다. 왜 당하고만 있느냐며 나에게 항의했다.

"주민들에게 욕하지 마라. 너희들이 다음부터 안 그러면 되잖아. 나는 확신한다. 너희는 훌륭한데 저분들이 몰라서 그러니 참아라. 나도 그래서 욕을 먹으면서도 너희들을 믿기에 참고 있단다."

아이들은 매번 내가 당하는 모습을 보았다. 그러나 한 번도 꾸중하지 않았다. 아이들은 미안했던지 조심하기 시작했고, 생활 태도도 차츰 변해갔다.

동네 주민들이 우리 집에서 불법과외를 한다고 몇 차례 신고를 하기도 했다. 그때마다 경찰서에 가서 사실대로 말했다. 사연을 들은 경찰관들은 "선생님, 정말 고개가 숙여지네요."라고 했다.

　진정한 교육이 무엇인지를 체험을 통해서 알게 되었다. 여덟 명의 제자와 함께한 그해 6월의 '이상한 동거'는 내 교직 생활의 방향을 복선처럼 예견한 운명의 팔자八字였다. 숫자 '8'은, 피할 수 없는 팔자라도 되는 듯 뫼비우스의 띠처럼 다시 반복되었다.

대학에 간다고?

여름방학이 시작되자, 아이들의 이상한 행동이 감지되었다. 새벽 4시에 일어나 어딘가로 부산하게 갔다가 점심 먹을 시간에 돌아왔다. 점심을 먹고는 또 어디론가 나가서는 새벽녘에 들어왔다. 이러기를 일주일 동안 반복했다.

아이들이 어디로 가는지, 무엇을 하는지 추리해보았다. '장학금 80만 원을 받았으니, 그 돈을 오락실에 가서 쓰느라고 저 난리를 치는구나.'

어느 날 밤 도끼눈을 뜨고 물어봤다.

"너희들 요즘 아침에 어디 가냐? 저녁에는 어딜 갔다가 새벽에 들어오냐? 오락실 다니냐?"

"아닌데요."

"뭐가 아니냐? 뭐 하러 나가는 거야, 새벽 4시에."

"아르바이트요."

"뭐, 아르바이트?"

"주유소 아르바이트요."

"야 너희들, 그 돈 80만 원 있잖아? 부족해?"

"쌤! 우리는 수능을 볼 수 없잖아요?"

"왜 볼 수 없는데? 너희들 수능 볼 수 있어!"

"실력이 없잖아요."

한 아이가 화를 버럭 내며 소리치듯 말했다.

"화내지 말고 말해봐. 그래서 어쩌겠다는 말이냐?"

한 대학의 공대에 가고 싶다고 했다. 사실 아이들은 구구
단도 제대로 못 외우는 실력이었다. 그런데 1등부터 7등이 되고
나니 대학에 가고 싶다는 것이다. 그러면서 그 대학 공대 입시요
강까지 보여주었다. '공부' '대학' 이런 단어 자체에 관심이 없던
아이들인데, 대학입시요강까지 스스로 찾고 있었다.

입시요강을 보니 '실업계 고등학교 학생은 내신 7퍼센트
이내 무시험 전형'이라고 쓰여 있었다. 아이들은 지금 1퍼센트
안에 들었다. 650명 중에서 1등부터 7등이니까. 문제는 그 다음
에 나온 자격이었다. 기능사 자격증이 있어야 했다. 그래서 아

이들은 새벽에 주유소 아르바이트를 해 70만 원을 벌고, 학교에서 받은 장학금 80만 원을 보태 제각각 기능사 학원을 다니고 있었다.

신기했다. 새벽 4시에 아르바이트를 하고, 점심 먹고는 그 돈으로 학원을 다니는 기적 같은 일이 눈앞에서 펼쳐지고 있었다. 실제로 그해 여름방학이 끝날 무렵 두 명은 자격증을 따기도 했다.

변해가는 아이들을 보자 어머니의 말씀이 떠올랐다. 어머니는 "사람은 희망이 있으면 살아갈 수 있다."고 했다. 그래, 나 역시 사람은 희망이 있고 꿈이 있을 때 변화가 생긴다는 사실을 분명히 목격했다. 아이들을 보면서 배의 항해사처럼 그들에게 항로를 안내하고 인생의 나침반 역할을 하는 것이 나의 책무라는 걸 깨달았다. 나는 아이들에게 한 가지 제안을 했다.

"너희들, 이번 2학기 중간고사에서도 1등부터 7등까지 할 수 있겠나?"

"걱정 마세요, 쌤들이 힌트를 준 것만 외우면 되잖아요."

"물론 그렇긴 해, 너희들이 또 좋은 성적을 낸다면 내가 운암동 시장에 가서 낙지 안주에 소주 한턱낼게."

아이들의 중간고사 성적에 나는 다시 한번 놀랐다. 전 과목 100점으로 여섯 명이 공동 1등, 그다음 7등도 '열 평 아파트 출신' 아이였다. 한 반에서 전교 1등부터 7등까지 나오다니, 거짓말 같은 최고 성적이 발표되었다. 시험을 앞두고 학생들에게 힌트를 많이 주었기에 가능한 일이었다. 그럼에도 엄청난 일임에는 분명했다. 중요한 건 아이들의 성취이고, 변화 가능성이다. 다른 반 선생님들이 농반진반 시샘 어린 말투로 우리 반에는 시험 감독관 두 명이 들어가야 한다고 했다. 나는 아이들이 답을 모두 외우고 있으니 열 명이 들어와도 상관없다고 했다.

시험이 끝나고 성적 발표가 있은 밤, 아이들에게 약속한 대로 낙지 안주에 소주를 사주겠으니 다들 교복을 벗고 식당으로 모이라고 했다. 들뜬 기분으로 아파트에서 막 출발하려는 순간 휴대폰이 울렸다.

"여보세요, ○○고등학교 박주정 선생님이시죠?"

"예, 그렇습니다만."

"경찰서로 좀 와주세요."

"무슨 일이십니까?"

"와서 보시면 알게 됩니다."

휴대폰이 뚝 끊어졌다.

아이들에게 경찰서에 갔다가 금방 올 테니까 식당에 들어가지 말고 근처 오락실에 있으라고 했다.

"민국이 드디어 잡혔구나."

경찰서에 간다는 말에 한 아이가 내막을 알고 있다는 듯 말했다.

경찰서에 도착해보니 경찰관이 학생들을 무릎 꿇리고 뺨을 때리고 있었다. 순간 화가 머리끝까지 치밀어 올랐다. 내가 뺨을 맞는 것에 트라우마가 있었기 때문인지도 모르겠다.

"아니, 왜 우리 애들을 때립니까?"

"담임선생님이세요?"

"예, 그렇습니다."

"그러면 뭘 잘못했는지 이놈들한테 물어보세요."

"죄가 있다면 애들을 잘못 지도한 제 탓입니다. 말로 하시고 때리지는 마세요."

따지듯이 대들자, 경찰관이 말했다. 학부모들에게 연락했지만 단 한 사람도 나타나지 않았다고. 오히려 전부 "그놈, 감방에 집어넣어 버리세요."라고 말했다는 것이다.

"그래도 이 애들이 담임선생님만 찾습디다."

자초지종을 들어보니 입이 다물어지지 않았다. 훔쳐도 어떻게 경찰서에 주차해 놓은 오토바이를 훔칠 생각을 했을까. 그것도 무려 세 대를 훔쳐 철사 하나로 시동을 걸고 온 시내를 돌아다녔다는 것이다. 경찰 추격이 시작되었고, 아이들은 쫓고 쫓기다가 무등산으로 달아났다. 산길이라 경찰차가 더는 못 쫓았다. 아이들은 오토바이를 버리고 산속에 숨어 있다가 붙잡혔다.

나는 경찰이 보는 데서 학생들을 심하게 질책했다. 그리고 다시 출석한다는 각서를 쓰고, 부모님을 모시고 온다는 약속을 하고 아이들을 데리고 나왔다. 경찰서에서 데리고 나온 아이들을 집으로 보냈다. 산낙지에 소주를 사주겠다던 약속은 까맣게 잊은 채 아파트로 돌아와 잠이 들어버렸다. 너무 피곤해서 쓰러져 자고 있는데 누군가 옆구리를 발로 툭툭 찼다.

"뻥쟁이, 빨리 일어나!"

눈을 떠보니 기다리다 지친 아이들 여덟 명이 방에 들어와 나를 노려보고 있었다.

"왜 약속을 안 지키세요? 우리가 얼마나 기다렸는지 아세요?"

아이들은 잔뜩 화가 나 있었다.

"미안하다. 민국이 그놈들 때문에 경찰서에서 너무 창피를 당해 피곤해서 깜빡했다."

"그놈들 때문에 화가 났군요."

화를 내던 아이들이 조금 풀어진 듯 말했다. 나는 그대로 누워서 말했다.

"응, 그래. 이해해주라."

나는 누운 채로 그들을 올려보며 말했다.

"너희들이 그놈들 사람 좀 만들어봐라."

"이미 우리가 사람 만들어 놓고 왔어요."

난 깜짝 놀라 벌떡 일어났다. 이놈들이 '사람을 만들었다'는 것은 때리거나 윽박지른 것을 의미했다. 경찰서에서 그렇게 맞았는데 또 맞았다고 생각하니 누워 있을 수가 없었다. 벌떡 일어나서 물었다.

"그 애들을 때렸어?"

"아니요. 그놈들이 우리가 있는 오락실로 왔더라고요."

"그래서?"

"그놈들에게 말했죠. 우리는 사람이 되었으니 이제 너희들이 선생님 집으로 들어오라고요. 그래서 그놈들이 내일 선생님 집으로 들어오기로 했어요."

"뭐, 뭐라고?"

나는 기가 차서 말을 더듬었다.

"……그놈들이 들어온다고 했어?"

"네, 들어온다고 했어요."

어이가 없었다. 나에게는 상의 한마디 없이 자기들끼리 알아서 다 결정했단다. 그래 놓고는 보무도 당당하게 '멤버 교체'라고 말했다. 그렇다고 '너희들 지금 뭐 하는 거냐'고 따질 수도 없었다.

황당하면서도 한편으로는 기특했다. 해주는 밥 먹고 규칙적인 생활에 익숙해진 아이들이, 자기들이 선점한 '노른자위'를 흔쾌히 양보하겠다는 것 아닌가. 그것도 자기들끼리 상의하여 더 심각한 아이들에게 기회를 주자고 결정했다니, 사람이 이렇게 변할 수 있다는 사실을 믿기 어려웠다.

　　다음 날 하교 뒤, 우리 집 열 평 아파트에서 진풍경이 벌어졌다. 먼저 살았던 아이들이 짐을 싸는 동안, 오토바이를 훔친 아이들 여덟 명이 문밖에서 들어오려고 대기하고 있었다.

　　아내가 내게 물었다.

　　"지금 뭐 하는 거예요?"

　　영문을 모르는 아내의 눈이 소방울만해졌다. 나로서는 입이 열 개라도 할 말이 없는 처지였다. 아내의 눈을 피하면서 젖먹던 힘까지 보태 말했다.

　　"멤버 교체입니다."

　　"멤버 교체라고요?"

　　아내는 황당해하는 눈빛으로 어이가 없다는 듯 또 물었다.

　　"그럼, 새로 들어올 아이들은 어떤 아이들인가요?"

　　아내에게 귓속말로 말했다.

　　"오토바이를 훔친 아이들입니다."

　　"오토바이를 훔친 아이들이라고요?"

아내는 기가 막히단 표정을 짓더니 물었다.

"그럼 우리 집에서 무얼 숨겨야 하나요?"

"이 아이들은 오토바이 외에는 훔치지 않습니다."

나는 이렇게 얼이 빠져 멍해진 아내를 안심시켰다.

그때 '우수생' 일곱 명이 갑자기 자세를 바로 잡더니 돌아가면서 이렇게 말했다.

"선생님, 저희는 선생님 덕분에 이제 사람이 되었습니다."

"이제부터는 민국이, 종국이, 길태, 덕수 이 자식들이 선생님 지도 아래서 사람이 되어야 합니다."

"우리는 인자 집으로 돌아갈랍니다."

허, 참. 멤버 교체라고 했다. 자기들은 새사람이 됐으니 이제 오토바이를 훔친 녀석들을 새사람으로 만들어달라고 했다.

"사모님, 정말 고맙고 감사합니다. 저희를 친동생처럼 돌봐주시고 밥도 많이 먹으라고 수북이 퍼주신, 정 많은 우리 사모님, 대학 합격해서 다시 찾아올게요."

아이들은 아내에게 돌아가며 감사의 인사를 했다. 하루하루가 전쟁처럼 성가셨을 텐데, 그사이 정이 들었는지 아내의 눈에 눈물이 고였다.

아내는 "마음먹었으니 꼭 대학에 들어가야 한다. 다음에 오면 맛있는 것 해줄게." 하며 한 사람씩 안아주었다. 딸아이는 오빠들이 간다고 하니 울먹이고 있었다.

이렇게 처음 찾아왔던 일곱 명의 아이들은 우수생이 되어 작은 아파트를 떠났다. 그리고 우리 작은 아파트에는 여덟 명의 '오토바이 아이들', 처음에 왔다가 나가지 못하고 남은 한 명 그리고 우리 식구 세 명의 특별한 동거가 다시 시작되었다.

"양말, 잘 먹었습니다"

"그거 양말인데 맛있게 드셨다고요?"

학부모가 배를 잡고 웃었다. 그러자 아내는 난감해하면서 나의 '비리'를 폭로했다.

교직 생활 초반, 실업계 고등학교(지금의 특성화고등학교)에 다니는 학생들의 가정형편은 대부분 어려웠다. 이른바 '치맛바람'이 교직 사회의 부정적인 상징어로 오르내릴 때에도 실업계 학교는 예외였다. 당시에는 학부모가 선생님께 현금을 건네는 '촌지 문화'가 있었다. 지금이야 법으로 엄격히 금지되었고, 사회적인 인식도 좋지 않아 사실상 사라졌지만 말이다.

촌지가 없는 실업계 학교라 하더라도 스승의 날이면 성의 표시로 작은 선물 정도는 주고받았다. 그런데 우리 학교 선생님들은 많이들 씁쓸해했다. 선생님들 대부분이 작은 선물 한두 개도 받지 못했기 때문이다. 학생들의 집이 가난한 이유도 있겠지만, 학교 분위기가 그랬다.

자랑 같지만, 스승의 날이면 나는 선물을 많이 받았다. 책상 위에 편지나 꽃, 작은 포장의 선물이 수북했다. 이 선물을 집에 가지고 갈 수는 없었다. 포장도 뜯지 않고 다른 선생님들에게 모두 나눠주었다.

하지만 그중에서 꼭 하나는 가지고 갔다. 해마다 '특별한' 선물이 하나 정도는 있었다. 어느 해, 내가 가장 좋아하는 꽃이 자운영이라고 했더니 한 학생이 아침 일찍 일어나 논에 가서 자운영을 뿌리째 뽑아 스승의 날 선물로 가져왔다. 시골에서 온 학생이었는데, 아이의 집은 매우 가난했다. 자운영을 비닐봉지에 싸서 책상에 올려놨는데 물이 줄줄 흘렀다. 주변 선생님들이 무슨 선물이냐고 물었다.

"시골 사는 정욱이 있잖아요. 세상에, 내가 좋아한다고 정욱이가 자운영을 뽑아 왔네요."

참으로 마음이 찡했다. 가난하기에 물건을 살 수 없고, 마침 자운영꽃을 좋아한다니 아침 이슬을 털고 뽑아 온 것이다. 받침이 틀린 편지도 함께 들어 있었다. 지금까지 학생들에게서 받은 선물 가운데 가장 뭉클하고, 가슴에 남는다.

그해, 정욱이의 자운영을 빼고, 나머지 선물은 모두 다른 선생님들에게 나눠 주었다.

그래서 나는 스승의 날이면 아내를 늘 속였다.

"도대체 얼마나 인기가 없기에 선물 하나를 못 받는가요?"

보기에는 열심히 한다고 하는데 선물은커녕 꽃 한 송이 없다고 아내는 핀잔을 주었다. 적당히 할 말도 없고 해서 그냥 웃기만 했다. 문제는 스승의 날 다음이었다. 우리 집은 학생, 학부모들이 편하게 드나든 편이었다. 학교 방문이 껄끄러운 사연이면 더 그랬다. 그런데 스승의 날 선물을 준 학생이나 학부모가 오면 난감했다. 나는 얼른 선수를 쳤다.

"여보, 여보, 잘 받았다고 하세요. 그때 잘 먹었다고 하세요. 무조건 그렇게 말하세요."

아내는 받지도 않고 자꾸 '잘 먹었다' '잘 받았다' 말하라고 시키니 싫어했다. 한 학부모가 스승의 날이 지난 며칠 뒤 찾아왔다. 이번에도 예외 없이 아내가 말했다.

"고맙게 주신 선물 잘 먹었습니다."

"뭘요?"

"스승의 날에 보내주신 선물 말입니다."

"그거 양말인데 맛있게 드셨다고요?"

학부모가 배를 잡고 웃었다. 그러자 아내는 난감해하면서 나의 '거짓말'을 폭로했다.

"저 사람은 집에 아무것도 가져오지 않으면서 맨날 거짓말을 시켜요."

이 일이 있고 나서 그 학부모는 우리 반 학부모들에게 소문을 퍼뜨렸다. 담임선생님에게 선물 줄 일이 있으면 집으로 직접 전해주라고. 그런데 그 뒤로도 아내가 받은 선물은 별로 없었다. 사실 아내에게는 학생들이 준 선물이 문제가 아니었다. 내가 훔친 큰딸의 돌반지도 아직 갚지 못하고 있다.

폐가를 공동학습장으로

　토요일, 일요일에도 학생들은 집에 가지 않았다. 좁은 아파트에서 많은 아이들과 몸을 부대끼며 지내자니 답답하고 힘들었다. 어느 일요일, 아이들과 함께 광주 근교 담양의 병풍산으로 소풍 가서 점심을 먹고 오기로 했다. 아내가 싸준 도시락을 배낭에 넣고 출발했다. 나무가 우거진 산의 초입에 이르자 폐가 몇채가 보였다. 양지쪽 조용한 곳인데 사람은 살지 않는 집이었다. 문득 저 폐가를 임대해서 수리해 살면 어떨까, 자연경관도 좋고 앞에 강이 흐르니 산책하기도 괜찮겠다는 생각이 들었다. 가던 길을 멈추고 학생들에게 내 생각을 말했더니 모두들 좋아했다.

　우리는 산으로 향하던 발길을 돌려 주민을 만나 집을 빌릴 수 있는지 알아보기로 했다. 주민 한 분을 만나 한 폐가를 가리키며 주인이 누군지 물었더니, 이사 온 지가 얼마 되지 않아 잘 모른다고 했다. 대신 다른 집을 손으로 가리키며, 저기가 마을 통장님 집이라고 알려주었다. 가르쳐준 집을 찾아가니 마침 마을 통장님이 집을 지키고 있었다.

"통장님, 안녕하십니까? 저는 광주 ○○고등학교 교사입니다. 저기 폐가를 임대할까 합니다만 혹시 주인을 좀 만날 수 있을까요?"

"뭐 하려고 그러신데요?"

"작은 아파트에서 학생들과 함께 사는데 집이 좁아서 그럽니다."

"몇 명이나 됩니까?"

"여기 있는 학생들이 전부입니다."

통장님이 학생들을 죽 둘러보더니, 학생들의 모습이 착실하게는 안 보였는지 잠시 뜸을 들였다.

"저 폐가 말고 더 넓은 집이 한 채 있는데 수리해서 쓰면 좋을 거요."

우리는 통장님이 알려준 집으로 갔다. 4천여 평의 넓은 대지에 집 같기도 하고 창고 같기도 한 건물이 있었다. 그 안에는 넓은 방이 다섯 개나 있었다. 조금만 손을 보면 지내기 좋겠다는 생각이 들었다. 방도 큼지막해서 한 칸이 우리 아파트 넓이와 비슷해 보였다. 두 개는 우리 식구가 쓰고, 나머지는 학생들이 쓰면 되겠다 싶었다. 작은 운동장만한 넓은 대지에는 풀이 무성했다. 큰 나무도 몇 그루 보였다. 임대료가 얼마일지 궁금했다.

"통장님, 임대료는 얼마나 받는답니까?"

"전세로 5천만 원은 받아야 하는데 선생님께서 좋은 일을 하시는 것 같으니 천만 원 깎아서 4천만 원 정도면 가능할 것 같소."

당시 살던 주공아파트 전세금에 약간의 대출을 받아 보태면 될 것 같았다. 아내를 설득하는 게 문제였다.

집으로 돌아와 아내에게 건물 구조를 설명하면서 임대하면 좋겠다고 말하자, 아내는 단칼에 거절했다. 더 이상 말도 꺼내지 못하게 했다. 그렇게 먼 곳으로는 갈 수 없다고 했다. 교통도 불편하고, 딸아이가 초등학교에 다니는데 어떻게 그런 시골에서 학교를 보내겠냐고 했다. 난감했다. 아내를 계속 설득했다. 보고 왔던 그 집 전경이며 교통편 그리고 넓은 밭에 채소와 가축을 키우겠다는 등 '아름다운' 계획을 장황하게 늘어놓았다.

집으로 오면서 나는 아이들에게 단단히 일러놓았다. "사모님, 그곳으로 가면 사모님 심부름도 잘하고, 공부도 열심히 하겠습니다." 내가 설명하는 동안 꼭 이렇게 말해야 한다고.

그런데 내가 아내를 설득하고 있는데도 녀석들은 멀뚱멀뚱 듣고만 있었다.

"야, 너희들은 뭐하고 있어!"

그러자 아이들이 일제히 바닥에 무릎을 꿇었다.

"그곳으로 이사를 가면 사모님 심부름도 잘하고, 청소도 우리가 다하고, 공부도 더 열심히 하겠습니다."

아내는 미동도 하지 않았다.

갑자기 민국이가 말했다.

"사모님, 거기에는 방이 많습니다. 선생님과 사모님이 함께 주무실 수 있는 방도 있습니다."

아내의 마음을 흔들 정도로 매력적인 정보는 아니었을 것이다. 다만 민국이의 절실한 태도에 마음이 흔들렸는지 아내는 못 이긴 척 "그렇게 하자."라고 수락했다.

이사 며칠 전부터 학교 수업이 끝나는 대로 아이들과 함께 집수리를 했다. 거미줄을 걷어내고, 페인트로 벽을 하얗게 칠했다. 방 벽은 신문지로 바르고, 그 위에 벽지를 붙이고 예쁘게 꾸몄다. 앞뜰 청소도 깔끔하게 했다. 학생들도 자기들이 살 집이라 생각했는지 땀을 흘리면서 열심히 일했다.

나는 이 집에 '공동학습장'이란 이름을 붙였다. 광주광역시 북구 용전동의 학습공동체가 이렇게 시작되었다. 이곳에서 함께 생활한 아이들 대부분은 학교생활에 적응하지 못한 말썽꾸러기들이었다. 어른들의 무관심이나 포기로 냉대받던 아이들이었다. 그런 아이들이 '공동학습장'을 거치면서 변하기 시작했다. 변해 가는 아이들의 모습을 보면서 내 인생도 변하기 시작했다.

명상의 시간

예전에는 아파트 거실이 좁아 책상을 들일 수가 없었다. 학생들이 모두 엎드려서 책을 보고 공부를 했다. 공동학습장은 공간이 넓어 책상 네 개를 일렬로 연결할 수 있었다. 그렇게 함께 공부하는 것이 무엇보다 좋았다. 학습 분위기뿐 아니라 집중력도 한결 좋아졌다. 여러 가지로 학습공동체다운 면모를 갖추게 되었다.

나는 학생 전용 서재를 만들기로 했다. 퇴근하고 광주 시내 헌책방 몇 군데를 돌아다니면서 학생들이 볼 수 있는 책 수천 권을 구입해 서재를 꾸몄다. 문학책, 역사서, 위인전, 만화책 등 장르를 다양하게 구성했다. 비록 헌책이지만 제법 서재다운 규모로 완성되었다. 학생들이 수시로 서재에서 책을 꺼내 읽는 모습이 눈에 띄었다. 좁은 아파트에서 넓은 학습공간으로 환경이 변하니 학생들도 훨씬 자유롭고 마음에 여유가 있어 보였다. 학교가 끝나고 와서는 시키지도 않았는데 마당을 쓸고 서재를 청소했다. 여기저기 나무에 물도 주면서 넓은 공간을 스스로 관리했다.

밤 11시는 명상의 시간이었다. 서재의 전등을 끄고 책상 가운데 있는 두 개의 촛불에 불을 붙였다. 고요한 어둠 속에서 오직 촛불만 밝게 빛났다. 우리는 눈을 감았다. 그러자 평소에는 들리지 않던 소리들이 하나둘 들려오기 시작했다.

풀벌레 소리가 귓가를 간지럽혔다. 강물 소리는 자주 바뀌었다. 보통 때는 그냥 시냇물 소리였지만, 안개가 자욱한 날 강물은 낮은음으로 울었다. 비가 내려 몸집을 부풀린 강물 소리는 우렁찼다. 산새들의 지저귐이 규칙적으로 들려오는 강물 소리 틈새를 불규칙하게 파고들었다. 숲이 아닌데도 숲속에서 명상하는 기분이었다.

명상 시간은 하루일과를 반성하고 자신을 돌아보는 시간이었다. 처음에는 다소 어색하고, 효과가 없는 것처럼 느껴졌다. 학생들도 시큰둥했다. 하지만 하루 이틀 습관이 되고, 매일 밤 지속하다 보니 명상을 통해 많은 것을 깨닫게 되었다. 그 깨달음을 무엇이라고 단정하기는 어렵다. 단정할 필요도 없다. 명상은 나와 학생들의 헝클어진 마음을 가지런하게 빗질하는 침묵의 실천이었다. 명상을 통해 우리는 영혼의 안식을 찾았다.

칠흑 같은 어둠을 마주하면 내면의 소리가 들렸다. 영혼은 맑아졌고, 마음은 자유를 얻은 듯 한결 편해졌다. 학생들은 촛불 명상을 통해 많이 변했다. 말하는 태도가 겸손해졌고, 자신이 해야 할 일이 무엇인지를 하나씩 깨우쳐가기 시작했다. 명상 시간에 눈물을 글썽이는 학생도 있었다.

누구랄 것도 없이 모두들 스스로 공부하는 학생, 모범생이 되어갔다. 나도 당시 학생들과 함께 살며 장학사 시험공부를 하고 있었다. 함께 명상의 시간을 가지니 내 공부에도 많은 도움이 되었다.

역할극, 입장을 바꿔보기

　　공동학습장은 해를 거듭하며 튼튼하게 자리를 잡아갔다. 좋은 프로그램들이 정착하고, 새로운 프로그램이 늘어갔다. 대표적인 사례가 '명상의 시간' 그리고 '역할극'이었다. 역할극은 상대방의 입장을 헤아려보면서 자기 스스로를 깨우치고 찾아가는 프로그램이었다.

　　공동학습장에서 함께 생활한 학생들은 소위 '문제아'들이었다. 지금은 '학교부적응 학생'이라고 한다. 부적응이라고 뭉뚱그려서 말하지만, 사실 이 학생들에게는 여러 문제가 있었다. 학교에 오지 않는 장기결석자, 학교에는 오지만 교사에게 대들고 수업을 방해하는 학생, 무기력하게 앉아서 하루종일 잠을 자는 학생, 흡연은 말할 것도 없고 술을 마시고 학교에 오는 학생 등 여러 유형이었다. 몇몇 학생은 힘이 세고 깡이 있어서 조직폭력배 생활을 했다. 요샛말로 하면 '학교에서 제일가는 진상님들'이었다. 그중에서도 가장 심각하고 대책 없는 아이들이 공동학습장에서 생활했다. 그러니 이 친구들을 먹이고, 재우는 것만으로는 의미 있는 변화를 기대할 수 없었다. 응어리진 마음을 풀어주고 새로운 삶을 살 수 있도록 희망을 갖게 도와야 했다.

공동학습장 꾸려가기가 순탄하지만은 않았다. 애들이 천차만별이어서 인내심만으로는 늘 한계에 다다랐다. 너무 많은 상처들이 치유되지 않고 아이들 마음에 남아 폭력성이 심했고, 대화마다 욕설이 흥건했다. 많은 아이들이 그랬다. 공동학습장에 불을 지르고 밤에 뛰쳐나간 애들도 있었다. 찾아보니 고주망태가 되도록 술을 마시고 있었다. 갑자기 사라져 수소문했더니 유흥주점에서 여자들과 어울려 놀던 아이들도 있었다. 참담했다. 분노를 표출하는 방법을 찾기 위해 고민고민하다가 수련시설에서 확산되고 있던 프로그램이 생각났다. '역할극'이었다. 학생이 선생님이 되고, 선생님인 나는 학생이 되었다.

불을 켜놓고 역할극을 하려니 서로 쑥스러웠다. 그래서 불을 끄고 촛불을 켰다. 그러고는 아이들에게 내가 학교에서 제일 보기 싫은 선생님이라고 생각하고 하고 싶은 말을 하라고 했다.

그러자 입에 담지 못할 욕설이 쏟아졌다. 조금 당황스러웠다. 예를 들자면, '너 같은 게 선생이냐, 너 돈 봉투 받았잖아' 그리고 '우리 학교 여학생을 성추행한 소문이 있던데' 등이었다. 확인되지 않은 이야기들까지 줄줄 나왔다.

"원혁아, 너 오늘 학교에서 청소하다가 화가 나서 유리창을 깼잖아."

실제로 원혁이가 유리창을 깬 날이다. 학생들에게 "너희가 선생님 입장이 돼서 내가 원혁이라고 생각하고 말해봐"라고 했다. 처음에는 머쓱했던지 웃기만 하던 아이들이 하나둘 말을 꺼냈다.

"야, 유리창을 왜 깨냐. 너 그렇게 주먹이 세냐?"

"피가 줄줄 흐르게 유리가 손에 박혔어야 했는데, 정말 너 같은 게 사람이냐?"

아이들은 선생님의 입장이 된 듯 화를 냈다. 나는 쩔쩔매는 척 연기를 하며 맞섰다.

"선생님이 내 마음을 아세요? 내가 왜 유리창을 깼는지 아세요? 선생님은요, 편견을 갖고요, 공부 잘하는 애들은 따로 챙겨주고 우리는 엄청나게 무시했잖아요."

우리는 입장을 바꾸고 제법 뜨겁게 이야기했다. 처음에는 재미있어만 하던 아이들의 태도도 점점 진지해졌고, 그 상황에서 서로의 입장을 이해하는 듯했다. 역할극을 통해서 아이들은 자기 마음속의 응어리를 드러내기 시작했다. 놀라운 효과였지만, 거기까지였다. 역할극 이후 마무리 과정까지 진행할 역량이 내게는 없었다.

전문적인 치료가 필요했다. 두 가지 장애물이 있었다. 우선은 병원에 데리고 다닐 비용이 없었다. 설혹 비용이 마련된다 해도 아이들이 병원에 가기를 거부할 게 뻔했다. 아이들에게 '전문적인 치료' 이야기를 슬쩍 떠봐서 확인할 수 있었다. 생각 끝에 잘 아는 임상전문가 선생님과 내 또래인 젊은 의사 몇 분에게 부탁했다.

그분들이 의사 티를 내지 않고 일주일에 한두 번 정도 공동학습장에 놀러 왔다. 마치 내 친구인 것처럼 왔다가 자연스럽게 아이들과 이야기하는 방식으로 치료가 시작되었다. 몰래카메라처럼 치료와 상담을 진행했다. 반응이 굉장했다. 아이들은 '그 사람들'이 언제 오냐고, '선생님 친구'는 언제 오냐고 자주 물었다. 우리는 그렇게 2년 가까이 그 프로그램을 '은밀히' 운영했다.

결코 나 혼자서는 할 수 없는 일이었다. 전문가들의 도움이 컸다. 이때 나는 '전문가'의 전문성이 가지고 있는 힘을 확인했다. 지금도 아이들은 그분들이 내 친구인 줄로만 안다. 그래서 성인이 되어서도 가끔 내게 묻는다.

"그때 예쁘장하게 생겼던 그 선생님, 선생님 그 친구는 지금 뭐 하세요?"

"병원에 계신단다."

"병원에 입원했어요?"

"아니, 그 뜻이 아니라 의사 선생님이 되셨어!"

"맞아, 그랬어요. 좀 의사 선생님 같았어요."

진수의 분노

비가 억수로 퍼붓던 날이었다. 공동학습장은 진흙밭으로 변했다. 마당 입구에서 안으로 걸어오기만 해도 신발이나 옷이 흙범벅이 되었다. 젖은 옷가지를 빨고 밥을 먹고 자려는데 한 아이가 보이지 않았다.

"진수는 어디 갔어?"

"어, 모르겠는데요."

"야! 같이 사는 애가 안 보이면 어디 갔는지 관심 좀 가져 봐!"

"그 새끼는 혼자 있기 좋아해요. 그러니까 놔두세요."

"그래도 이렇게 비가 쏟아지고 천둥이 치는데 집에 없으면 찾아봐야지."

"어디 방에 처박혔을 거예요."

"왜 말을 그렇게 해?"

"그 새끼는 맨날 불만투성이고요, 그리고 맨날 원망만 해요. 걔는요, 두 가지 특징이 있어요. 한번 말을 안 하면요, 열흘도 안 해요. 그리고 말을 하면요, 알아먹지 못할 이야기를 지 혼자해요. 싸이코예요, 싸이코."

나도 잘 알고 있었다. 아이들은 내가 모른다고 생각해서 열심히 설명해주었다. 진수가 공동학습장에 들어온 뒤로 계속 눈여겨보았다. 진수는 아이들과 잘 어울리지 못했고, 그래서 늘 마음이 쓰였다.

아이들은 어딘가 처박혀 있을 거라면서 신경쓰지 않았다. 갑자기 안 좋은 생각이 들어 불안했다. 캄캄한 들판에 장대비가 쏟아지고 있었다. 창고, 토끼장 등 구석진 곳마다 진수가 있는지 확인해보았지만 보이지 않았다. 보호자는 연락이 안 되고 진수에게는 휴대폰이 없었다.

강 건너편도 찾아봐야겠다 싶어 가보았다. 물이 불어 건너가기가 망설여졌다. 막대를 집고 건너갈까, 멀리 돌아갈까 궁리하고 있는데 내리는 비 사이로 희미하게 진수의 모습이 보였다. 아이는 퍼붓는 비를 그대로 맞으며 미동도 없이 앉아 있었다.

"진수야, 왜 이렇게 비를 맞고 있어?"

대답이 없었다. 진수는 강을 보며 앉아 있었다. 나는 두어 발자국 뒤 자리에 진수를 바라보고 앉았다. 한 시간 넘게 아무 말도 없이 앉아 있으니 오한이 오고 덜덜 떨기 시작했다.

"진수야, 쌤이 너무 춥다. 돌아가자."

평소에도 거의 말을 하지 않던 아이가 퉁명스럽게 한 마디 던졌다.

"가세요. 누가 오라고 했어요?"

나는 싸늘하게 말하는 아이의 속내를 듣고 싶었다. 얼음장 같은 사연이 있을 것 같았다. 끝까지 버티기로 했다. 온몸이 굳고, 이가 부딪쳐 달그락 소리가 났다. 진수가 그 소리를 들은 모양이었다.

"가라니까요."

짜증을 부렸다.

"너 안 가면 나도 안 가."

"가요. 좀 이따 갈 테니까."

"왜 그러는데?"

"죽이고 싶으니까요."

진수는 갑자기 입에 담지 못할 욕을 퍼붓기 시작했다. 나는 듣고만 있었다. 누구냐고 묻지도 않았다. 짐작하건대 부모님인 것 같았다. 어느 때가 되자 욕을 멈추었고, 우리는 함께 돌아왔다.

다음 날 밤은 날이 개어 맑았다. 진수는 그날도 거기에 앉아 있었다. 나도 아이 옆에 조용히 앉았다. 아마 밤 12시경부터 새벽 4시까지 자리를 지켰던 것 같다. 앞에는 불어난 물이 흘렀다. 우리는 하늘의 별을 보면서 그리고 물소리를 들으면서 서너 시간을 그렇게 보냈다.

"진수야 말해봐. 뭐가 그렇게 힘든지."

아이는 토해내듯 지나온 이야기를 했다. 버림받은 상처가 컸다. 아버지가 버렸고, 어머니마저도 집을 나갔다. 여기에다 할아버지에게까지 학대받으며 자랐던 쓰디쓴 이야기를 퍼부었다. 강가에서 진수의 이야기를 듣고 같이 붙들고 울었다.

뒷날부터 벙어리라고 놀림을 받던 진수가 달라졌다. 말이 청산유수가 되었고, 사용하는 단어도 그렇게 세련될 수가 없었다. 진수는 생각이 깊고, 마음이 섬세한 아이였다.

세월이 그날 밤 우리 앞을 흐르던 강물처럼 흘러, 지금 진수는 경기도 용인 어디에선가 책방을 열었다고 한다. 정말 보고 싶다.

10년 세월에 707명

　1994년부터 2003년까지, 10년 세월 동안 707명의 아이들이 공동학습장에서 살았다.

　나는 남모르게 많이 울었다. 고통받고 상처받은 일로 학생들이 고민할 때면 눈물을 주체할 수가 없었다. 아이들이 내 진심을 이해하지 못하고 엉뚱한 방향으로 탈선할 때 울었고, 아이들이 건강하게 변해가는 모습을 보면 기뻐서 울었다. 긴 세월만큼 주변의 오해도 많았다. 그럴 때면 제자들만 보면서, 언젠가는 진심을 알아주겠지, 진실이 밝혀지겠지 하는 마음으로 나의 길을 울면서 걸었다.

　늦은 밤 "선생님!" 하면서 불쑥 찾아온 옛 제자들과 함께 대학 생활이며, 다니고 있는 직장 이야기를 들을 때가 가장 편안하고 좋았다.

"선생님이 아니었으면 우리가 갈 곳은 뻔했습니다. 교도소 아니면 조폭으로 아직도 밑바닥 인생을 헤매고 있을 겁니다."

어려웠던 그 시절을 말할 때면 빠지지 않고 나오는 이야기이다. 닭죽에 소주 한잔 나누며 제자들과 지난 시간을 돌아보는 달밤의 대화, 교사가 아니면 겪어보지 못할 소중한 추억이다. 누군가 인생은 여행이라고 했다. 젊은 교사 시절, 내 인생 여행은 참으로 즐거웠다. 이런 길을 내게 허락해주신 하나님께 감사드린다.

나는 세상에서 제일 행복한 부자다. 아파서 병원에 입원했을 때 나를 찾아온 수백 명의 제자들, 한번에 다 올 수가 없어서 릴레이로 줄을 서서 병문안을 온 나의 제자들, 꽃다발을 가져와 내려놓고 눈물을 흘리며 병실을 나가는 제자들의 뒷모습을 보자 나도 눈물이 났다. 인생을 헛살지는 않았다는 자족감의 눈물이고, 제자들에 대한 감동의 눈물이었다.

나는 좋은 남편이 아니었다. 가정은 인생의 보금자리다. 옛날 어른들 말씀에 집안이 편해야 밖에서 하는 일도 잘된다고 했다. 공동학습장에서는 학생들과 함께 빨래도 하고, 요리도 하고, 라면도 숱하게 끓여 먹었다. 그런데 이상하게도 집에만 오면 손

끝 하나 꼼짝하지 않았다. 그만큼 아내를 믿는 구석도 있었겠지만 돌이켜 생각해보면 가족에게 너무했다 싶다. 가족과 함께 주말 외식을 한다거나, 영화관을 찾는다거나 하는 작은 노력도 없었다. 아내에게 그 흔한 선물 하나도 해준 적이 없다. 하지만 아내는 항상 못난 남편을 이해하고 격려해주었다.

아내가 없었다면 오늘의 나도 없었을 것이다. 학생들에게는 친누나 같고, 언니 같고, 때로는 어머니 같았던 내 아내. 마누라 자랑은 팔불출이라고 하지만 이 글에서만큼은 사랑하고, 자랑스러워하는 내 마음을 전하고 싶다.

말이 쉬워 10년에 707명이지, 학생들밖에 모르는 남편을 도와 남의 아이들을 돌본다는 게 어디 보통 힘든 일인가. 아내의 성원이 있었고, 지금도 있기에 변함없이 제자들과 함께 교육의 텃밭을 정성스럽게 가꾸고 있다.

돌반지와 팬티 100장

나의 사춘기는 반항의 표출 정도가 아니었다. 세상에 대한 분노와 저주가 가득했다. 어린 시절 겪은 아픈 상처, 나를 죽음의 문턱까지 밀어 넣은 지독한 가난으로 인해 내 감정은 가뭄을 겪는 논바닥처럼 쩍쩍 메말라 흉측해지고 있었다. 억누를수록 감정은 더욱 잔혹하게 나를 괴롭혔다. 나는 나를 괴롭히는 나에게서 걸어 나와야 했다. 학교폭력을 당한 아들을 보고 심장마비로 돌아가신 아버지의 아들에서 벗어나고 싶었다.

내가 왜 아이들과 10년을 함께 살았는지 가끔 생각해본다. 내 안의 이유가 뚜렷하지 않았다. 내가 선택했으면서도 그 선택의 이유를 나도 잘 몰랐다. 많은 사람들이 대단한 일을 했다고 하지만, 나는 그렇게 거창하게 생각하지 않았다. 단지 이 아이들과 함께 있으면 내 삶이 완전하게 느껴졌다. 평안하게 온전해졌다. 그것뿐이었다. '나처럼 굶지 않게 하리라, 비바람을 피할 따뜻한 방을 주리라.'

어쩌다 초등학교에서 '독서하는 소녀상'이라도 보게 되면 아버지의 상여가 지나갈 때 들은 장송곡이 환청으로 들린다. 나와 같은 아이들이 있을 거라 생각했다. 내 생각이 틀리기를 바랐지만, 불행하게도 그런 아이들이 있었다. 슬픔이 가득한, 분노로 몸과 마음이 상처로 얼룩진 그런 아이들이 많았다. 그래서 그 아이들이 언제든지 오고 싶은 곳을 만들고 싶었다. 부모가 이혼해 갈 곳이 없어진 아이는 성인이 되어서도 공동학습장을 떠나지 못하고 8년을 함께 살기도 했다. 짧게는 일주일, 길게는 8년, 오고 싶으면 오고, 갈 곳이 있으면 언제든 떠나게 했다.

한번은 재래시장에 가서 아이들이 좋아할 만한 팬티 100장과 양말 100켤레를 샀다. 내 월급으로는 아이들의 취향에 맞는 속옷과 양말을 살 수 없었다. 그나마 겉옷은 교복을 입으니 취향까지 고려할 필요는 없어서 다행이었다.

그 시절 우리는, 나를 비롯한 모두가 다 같은 팬티를 돌려 입었다. 애들이 놀렸다.

"선생님. 성진이는요, 습진이 걸렸거든요. 선생님도 이제 걸릴 거예요."

"야, 내 걱정은 말아라, 괜찮거든? 하하."

빨랫줄에 똑같은 모양의 속옷과 양말이 수십 장 걸려 바람에 하늘거리는 모습을 보고 있으면 여러 생각이 들었다. 내가 잘하고 있는 것인지, 각자의 가정에서 사랑받아야 할 기회를 빼앗고 있는 것은 아닌지 걱정도 되었다. 하지만 공연한 고민이었다. 주로 편모나 편부, 조부모에게 맡겨진 아이들이 많았고, 예외 없이 경제적 여건이 좋지 않았다. 아이가 어떻게 사는지 확인 전화조차 오지 않았다. 딱 한 번 한 할머니의 목소리를 들은 적이 있다.

"준호 담임선생님이세요?"

"네, 할머니."

"거기서 밥을 준다면서요?"

"네, 네."

"거기서 공부도 시킨다면서요?"

"네."

"뭐 그런 선생님이 다 있다요."

이것이 다였다. 열 평 아파트에서 아이들을 데리고 살 때 가족에게 받아본 최초이자 마지막 전화였다.

지치고 배고픈 우리 아이들이 마음 편하게 다시 돌아갈 곳을 만들어주고 싶었다. 나와 같은 학창 시절을 보내게 하고 싶지 않았다. 의지할 곳 없는 아이들이 자생력을 갖춰 대학에 가고, 취업하면 당당하게 자신의 삶을 개척할 수 있게 되리라는 무모한 믿음으로 공동학습장을 10년이나 지속했는지도 모르겠다.

공동학습장에서 여러 가축을 길렀다. 돼지고기, 닭고기, 계란 등을 하루도 빠짐없이 먹을 수 있었다. 영양 공급에는 문제가 없었다. 그런데 아이들이 많다보니 생활비는 항상 부족했다. 큰아이 첫돌 때 여기저기서 금반지가 꽤 많이 들어왔다. 나는 아내 서랍장에서 그 돌반지를 훔쳤다. 애들 옷가지를 사거나 생활비가 떨어지면 하나둘 전당포에 잡히거나 금은방에 팔았다. 이제는 하나도 남아 있지 않다. 지금도 그 일로 아내에게 욕을 먹고 있다. 잊을 만하면 아내는 도대체 그걸 어디다 썼는지 알 수가 없다며 핀잔을 주었다. 그걸 어디다 썼는지 나는 아직까지 말하지 않았다. 이제 이 글을 보면 알게 될 터이다.

빚이 늘어나 감당할 수 없는 지경에 이르렀다. 환경부가 공모한 '자연체험학습장 프로젝트'에 응모했다. 죽으라는 법은 없었는지 천만 원을 지원받게 되었다. 학생들과 함께 닭, 오리, 돼지, 토끼를 키우면서 자연의 소중함을 가르치는 프로젝트안을 제출했다.

농장에 나무를 심어 아름답게 꾸미고, 발효 돈사를 만들었다. 환경정화처리 장치도 만들었다. 내가 화공학 미생물 처리 공부를 했기 때문에 가능한 작업이었다. 광주의 여러 학교에서 많은 학생들이 체험학습을 왔다. 아마 5년 동안 수천 명이 다녀갔을 것이다.

그런데 정부 사업 특유의 어려움이 있었다. 경비 지출이 힘들었다. 애들과 생활하면서 쓸 때마다, 먹을 때마다 사진을 찍어야 했다. 음식을 사 와서 먹을 때 그 모습을 찍고, 영수증을 첨부해야 하는데 아이들은 그걸 제일 싫어했다. 나도 싫었다.

"애들아! 우리 이렇게 하지 말고, 부족하더라도 우리가 어떻게 해결해볼까?"

"선생님, 그렇게 해요. 이거 하지 말게요. 재미도 없고요, 맨날 억지 사진 찍으라고 하니 이건 아닌 것 같아요."

결국 우리는 그 프로젝트를 포기했다. 포기함으로써 서로 간의 '우정'이 더 튼튼해지고, 믿음은 훨씬 깊어졌다. 스스로 해결하고야 말겠다는 자부심이 돋아났다. 서로를 향한 긍정의 기운을 주고받으면서 각자는 자신이 사랑받고 있다는 느낌을 받은 것 같았다.

아이들이 학교에서 하교를 하면 공동학습장에는 온갖 욕설이 낭자했다. 미워하는 사람에게 심한 욕을 퍼부었다. 어떤 때는 내가 더 많이 욕을 했다. 그러면 애들이 내게 말했다.

"선생님, 욕 좀 그만 하세요. 내가 화난 건데 왜 선생님이 욕을 하세요?"

나는 애들보다 더 심하게 욕하는 모습을 보여주어 그게 방법이 아니라는 걸 깨닫게 해주고 싶었다. 아이들 눈에는 내가 선생님처럼 보이지 않았을 것이다. "선생님은 우리보다 지능이 더 낮은 것 같아요"라는 이야기를 지금도 듣는다. 난 그랬다. 꼰대 노릇은 정말 싫었다. 상처받은 아이들에게 가장 가까운, 그리고 언제든지 기댈 수 있는 그런 사람이 되고 싶었다.

공동학습장의 아이들에게 책을 읽히고 싶었는데, 여전히 돈이 없었다. 하지만 구하면 길은 있는 법이다. 한 달 월급의 절반을 쪼개 헌책방에서 아이들과 책을 골랐다. 고등학생이지만 아이들의 독서력은 초등학생 수준이었다. 구입한 책은 대부분 만화책이었다. 〈선데이 서울〉을 고르는 녀석도 있었다. 좀 고상한 책을 읽으라고 했더니 《콩쥐팥쥐》《흥부전》 등 전래동화를 골랐다. 우리는 그 책을 밤에 돌려가며 읽었다.

그런데 언제부터인가 아이들은 책 읽기보다 내 이야기 듣기를 더 재미있어 했다. 캄캄한 밤에 불을 끄고 나는 이런저런 이야기를 이불처럼 깔아 놓았다. 아이들은 팬티만 입고 방을 뒹굴면서 키득거리고 웃고 떠들었다. 밤이 깊도록 이야기는 계속됐다. 슬픈 이야기에 소리 없이 우는 아이들도 있었다. 가정에서도 학교에서도 관심을 놓아버린, 아무도 애써 찾지 않는 아이들이었지만, 그 순수한 마음은 여느 아이들과 다르지 않았다.

토끼 무덤에 십자가를 만든 마음

　동물을 잔인하게 괴롭힌 한 아이가 있었다. 아이는 심지어 토끼를 발로 차고 스트레스를 주어 죽이기까지 했다. 나는 그래도 나무라지 않았다. 다른 아이들은 그 아이를 싫어했다. 어느 날 그 아이가 밥 먹는 자리에 나타나지 않아 물었다.

　"동수는 어디 갔어? 왜 밥 먹으러 안 오지?"

　"선생님, 살금살금 가볼까요?"

　"어디를?"

　"저기 창고 밑에 조용히 가보게요."

　아이들과 함께 창고 쪽으로 갔다.

　"선생님, 저것 보세요. 진짜 웃기지 않아요? 저 애, 토끼를 죽였잖아요. 근데 자기 토끼가 죽었다고 무덤을 만들고 십자가를 꽂고 울고 있잖아요. 웃기잖아요."

그 아이는 토끼를 발로 차서 죽였다. 그런데 자기가 좋아한 토끼가 장마철에 죽자, 땅을 파서 묻고는 젓가락으로 십자가를 만든 다음 그 앞에서 울고 있었다.

나는 그 아이를 안다. 우리에게 거칠게 대하는 것은 자기 상처를 치유하기 위한 몸부림이었다. 약하면 짓밟히니까 강하게 보이기 위한 과장이었다. 그래서 나무라지 않았다. 십자가를 꽂고 땅속에 묻은 토끼 앞에서 우는 모습이 저 아이의 진짜 모습이었다. 나는 그걸 믿었다. 믿기 때문에 그 아이가 밉지 않았다.

아이들에게 말했다.

"모른 척해줘. 부끄러워할 수도 있잖아."

"선생님, 뭘 모른 척해요? 이야기해야죠. 멋있네. 그런데 왜 우냐고."

우리는 그날 이후로 그 아이 이야기를 하지 않았다.

나는 아이들을 늘 바라본다. 대들고, 악쓰고, 욕하는 모습, 그 안에 숨어 있는 또 다른 모습을 바라본다. 우리 아이들을 향한 어른들의 손가락질은 충분히 받아들일 수 있다. 하지만 아이들의 겉모습만 보고 판단하는 어른들의 고민 없는 시각까지 받아들일 수는 없다. 눈빛만 보고도 알 수 있을 때까지 기다려주어야 한다. 웃고 있어도 울고 있는 그 마음을 보아야 한다. 어른이라면 그렇게 해야 하고, 그래야 어른이다.

우리는 공동학습장에서 매일 반딧불을 만들었다. 아이들 대부분이 담배를 피웠고, 끊지 못했다. 밤이 되면 넓은 농장 이곳저곳을 몰려다니며 담배를 피웠다. 그게 무리 지어 군무를 하는 반딧불처럼 보였다. 많은 사람들이 아이들에게 너무 관대하게 대한다고 했지만, 나는 그렇게 생각하지 않았다.

담배를 피우고 돌아다니면 "야, 반딧불이 너무 멋있다."라고 말했다. 그랬더니 킬킬대면서 차츰 숨어서 피우기 시작했다. 이 방법이 통했는지 이후 많이들 끊었다. 정작 담배를 끊지 못한 사람은 어른인 나였다. 아이들이 나를 나무랐다.

"이제 선생님도 담배 끊으셔야지요."

"그래, 너희들이 속 안 썩이면 끊을 수 있지……"

강변 푸른 마당에서 우리는 별을 헤아리고, 달을 보며 살았다. 슬프고 고단한 사연들이 저마다 제각각이었지만, 같은 팬티를 입고, 같은 양말을 신고 서로 의지했다. 가난해도 화목한 집의 아이들처럼 그렇게 안아주고 감싸주면서 우리는 더불어 살았다.

지금은 전국 각지에서 열심히 살고 있는 제자들. 그 제자들이 지금도 당시에 내가 했던 말들을 기억하고 있단다.

"어린 시절 의지할 곳이 없어서, 갈 집이 없어서, 야간경비를 서며 추위와 배고픔에 떨었던 선생님의 그 시절을 기억합니다."

생각해보면 운도 좋았다. 그 말썽꾸러기 707명을 10년간 데리고 사는 동안 누구 하나 크게 다치지 않았다. 안전사고도 없었다. 하나님께서 돕지 않으셨다면 가능한 일이었을까 싶다.

빨간 프라이드

　기아에서 만든 승용차 '프라이드.' 빨간색을 휘날리며 50만 킬로미터를 함께한 '광주 1도 6076.' 이 차로 10년 동안 707명을 등하교시켰다. 닭과 오리에게 먹이려고 급식실의 잔반을 수거해 실어 나르기도 했다. 이 차를 타고 늦은 밤 오락실, 당구장으로 학생들을 찾아다녔다. 사람들은 프라이드를 '국민차의 신화'라 말했고, 나에게는 통학차, 운반차, 순찰차로 동행한 전설의 자동차였다. 가난한 아내가 선물해준 첫 자가용이다.

　1992년 고등학교 교사가 되었다. 그해 연말, 학생들에게 실망해 학교를 떠났다가 운명처럼 다음 해 다시 교직에 들어섰고, 여덟 명의 학생들과 함께 살게 되었다. 이런 희한한 동거는 한 번으로 끝나지 않고 계속되었다.

우리 가족 세 명과 학생 여덟 명에게 열 평 아파트는 콩나물시루였다. 나는 경제적으로 어려웠기에 자전거를 타거나 걸어서 출퇴근했다. 더 넓은 곳으로 이사할 형편이 아니었다.

그렇다고 아이들을 내쫓을 순 없었다. 결단을 내려야 했다. 은행에서 대출을 받고, 전세금을 보태서 넓지만 저렴한 곳을 찾아 이사하기로 했다. 학교에서 10킬로미터 정도 떨어진 외곽지역이었다. 광주시와 담양군의 경계인 용전마을에 자리한 4천여 평의 땅과 40평 규모의 창고를 임대하여 '공동학습장'을 운영했다.

이즈음 빨간 프라이드가 한 식구가 되었다. 차가 없으면 학생들의 등하교가 불가능했다. 아침에 깨워 밥을 먹이고, 도시락을 준비해서 빨간 프라이드에 태워 학교로 두 번 왕복했다. 하도 힘이 들어서 어느 날은 여덟 명의 학생을 한꺼번에 태웠다. 좌석에 여섯 명, 뒤 트렁크에 두 명이 탔다. 차가 통통 튀니까 트렁크에 탄 아이들이 아프다고 악을 썼다. 그 후로는 네 명을 먼저 태워 등교시키고, 다시 용전 집으로 돌아와 나머지 네 명과 함께 출근했다.

빨간 프라이드는 색깔 때문에 눈에 확 띄었다. 다른 학생들은 아침마다 빨간 프라이드가 학교에 도착하기를 기다렸다. 호기심 반, 조금은 부러운 마음 반의 심정으로 간밤에 공동학습장에서 어떤 일이 있었는지 궁금해했다. 강으로 뛰어들어 수영하고, 들판으로 달려나가 토끼를 잡으러 다니는 일이 일상생활이었다. 공동학습장의 아이들은 친구들에게 조금 뻥을 튀겨 이야기하곤 했다. 다들 엄청 재미있어 했다. 여러 학생들이 공동학습장에 들어오고 싶어했다.

아침 시간, 빨간 프라이드로 두 번 왕복해 등교시키는 것보다 더 힘든 일은 아이들을 깨우는 일이었다. 밤늦게까지 떠들고 놀고 공부하다가 잠들기 일쑤이니 일찍 일어날 수가 없었다.

빨간 프라이드는 밤 10시쯤 하교했다. 정규 수업이 끝나면 아이들에게 학교에서 운동을 하거나 공부를 하며 기다리라고 했다. 그 시간을 이용해 나는 대학원을 다녔다. 대학원 수업이 끝나면 다시 학교로 오겠다고 했다. 처음에는 아이들이 도망가기도 했다. 충분히 그럴 수 있는 상황이었다. 억지로 붙잡아 둘 수 없었고 가능하지도 않았다.

빵, 우유, 김밥을 잔뜩 사 빨간 프라이드에 몽땅 실었다. 도망가지 않고 남아 있는 학생들을 푸짐하게 먹였다. 이렇게 날마다 반복했더니 내 진심을 알아주고는 끼리끼리 어울려 책 읽고 공부하고 운동하면서 대부분 10시까지 남았다. 텅텅 빈 학교에 우리 학급만 남아 있으니 자부심도 커갔다. 차에는 항상 먹을거리가 가득해서 빨간 프라이드만 나타나면 에워싸고 난리가 아니었다.

"선생님, 오늘은 뭐 사 왔어요?"

"이야, 이거 정말 내가 먹고 싶었던 건데……"

"우리는 날마다 신이 납니다."

당시 실업계 학생들이 밤 10시까지 남아 공부를 한다는 것은 기적이었다. 음식을 나눠주고, 밀린 대화를 하다 보면 종례는 밤 10시를 넘기기 일쑤였다.

"세상에, 우리 새끼들, 이 시간까지 남아서 공부를 하다니, 처음 있는 일이네. 이게 뭔 일이다냐?"

자녀가 늦게까지 학교에 남아 있으니 학부모들의 관심도 점점 뜨거워졌다. 양돈을 하는 분이 돼지를 잡아주고, 김밥집 학부모는 참기름이 번지르르한 김밥을 바리바리 싸 오셨다. 많이들 포기하고 기대를 버렸던 아이들인데 인문계 학생들보다 더 늦게 하교하면서 공부에 열중했다.

이렇게 밤늦게까지 순항하는 학급이었지만 간혹 도망가거나 비행을 저지르는 학생도 있었다. 이 아이들은 시내에서 빨간 프라이드만 보면 깜짝 놀라 줄행랑을 쳤다. 자기들을 잡으러 다니는 '순찰차'였기 때문이다. 빨간 프라이드를 몰고 학생들이 있을 만한 시내 곳곳의 오락실, 만화방, 당구장을 뒤지고 다녔다.

낮에는 수업하고, 쉬는 시간에는 우리 반 교실을 들락거렸다. 밤에는 대학원에 가서 공부하고, 다시 애들 먹을거리를 챙기고, 종례를 했다. 그리고 빨간 프라이드와 함께 한 마리 어린 양을 찾아 밤거리를 누볐다. 밤낮없이 날마다 반복되는 '생활지도'였다.

식량과 급식비 그리고 아이들 생활비…… 여덟 명씩 데리고 살다보니 항상 부족했다. 생활비를 보태줄 여유 있는 부모가 드물었다. 우리는 4천 평의 농장에 닭, 오리, 토끼를 키웠다. 토끼는 번식력이 강해서 처음 열 마리로 시작했는데 얼마 후 200마리까지 늘어났다. 그다음부터는 셀 수가 없었다. 토끼는 구석진 곳마다 새끼를 낳아서 온 동네 사방으로 찾아다녔다. 학생들과 나를 보고 마을 사람들이 '좀 이상하다'고 수군거리기도 했다.

토끼뿐 아니라 닭도 달걀을 아무 데나 낳았다. 밤마다 세숫대야를 들고 플래시 불빛을 비추면서 풀 속에 숨은 달걀을 찾으러 다녔다. 주말이면 달걀에 붙은 지저분한 이물질이나 닭똥을 깨끗이 닦아 말바우시장으로 팔러 나갔다. 처음에 아이들은 시장에 나가서 '달걀 사세요'라는 말을 못 했다. 하지만 차츰 용기를 내기 시작했다.

"청정 지역에서 난 달걀이요~"

여러 명이 여기저기서 외치니 재래시장에 온 분들이 발걸음을 멈추고 쳐다봤다. 달걀보다는 무슨 일인가 싶어 궁금한 마음으로 얼굴을 내밀었다. 한 학생이 아이디어를 냈다.

"선생님, 이렇게 외칠 것이 아니라 써 붙이게요."

'청정 지역에서 풀어놓고 키운 닭' '세상에서 가장 맛있는 무공해 노지 달걀' '학생들이 직접 키운 영양 달걀'이라고 쓴 종이를 몇 군데 붙였다. 달걀이 아주 잘 팔려 돈을 꽤 벌었다. 당시 달걀을 가장 잘 팔던 친구는 지금 개그맨으로 활동하고 있다.

그런데 문제가 생겼다. 시장에서 달걀 장사를 하는 분들이 쫓아왔다. 왜 노상에서 달걀을 팔고, 자기들에게 피해를 주느냐고 항의했다. 우리는 미안하다고 말하면서도 달걀을 계속 팔았다. 이 골목, 저 가게로 쫓겨 다니면서 용전의 달걀을 팔아 생활비에 보탰다.

공동학습장이 자연스럽게 생활공동체 역할까지 하면서 많은 추억거리를 만들었다. 가축이 급격히 불어나자 사료가 부족했다. 여름철에는 온통 풀밭이니 그런대로 버텼지만 겨울이 문제였다. 그래서 학교급식을 활용하기로 했다. 급식 후 남은 잔반을 빨간 프라이드에 실었다. 닭, 오리들이 정말 잘 먹었다. 아이들은 가져온 음식물을 각자 맡은 가축들에게 먹이면서 엄청 좋아했다. 커가는 모습이 눈에 띌 정도로 가축들은 무럭무럭 잘 자랐다.

'광주 1도 6076.' 찌그러진 번호판을 단 빨간 프라이드는 하루에도 몇 번을 트랜스포머처럼 변신했다. 해가 뜨면 등교를 시키는 통학차가 되었다가, 오후에는 어느새 화물차로 바꿔 가축 사료를 운반하고, 밤이면 학생들을 찾아 떠도는 순찰차로 탈바꿈했다.

1994년 3월에 인연을 맺어 약 9년간 빨간 프라이드를 타고 다녔다. 공동학습장을 마무리하고 707명의 아이들과 헤어진 뒤에도 바로 정리하지 않았다. 장학사 시절에도 이 빨간 프라이드를 타고 다녔다. 무려 50만 킬로미터까지 잘 굴러 다녔다. 빨간 프라이드는 강하고 야무진 차였다. 그런데 어느 날 창문이 고장 나 내려가지 않았고, 가끔 길거리에서 멈추곤 했다. 수명이 다한 것이다. 폐차장 견인차에 빨간 프라이드를 실려 보낼 때 나는 울고 말았다. 멀어지는 차의 뒷모습을 보며 울었고, 가다가 돌아보며 또 울었다.

우리 집, 그러니까 공동학습장에서 살았던 아이들은 어른이 된 뒤에도 빨간 프라이드가 지나가면 사라질 때까지 쳐다본다고 한다. 빨간 프라이드에 대한 기대, 애환, 공포로 빨갛게 물든 마음은 지금도 여전하다고 한다. 보낸 지 20여 년이 지난 지금도 내 뜨거운 교직 인생의 한 페이지를 떠올릴 때면 그곳에 늘 빨간 프라이드가 있다.

어느 영감님의 방문

병풍산, 불태산, 삼인산이 우애 깊은 형제처럼 나란하다. 산의 남쪽으로 용전 들판이 넓게 펼쳐진다. 담양 용소에서 출발한 영산강 물줄기가 용전 들판에 이르러 본격적으로 굽이친다. 이 강둑 언저리에 공동학습장이 있으니 풍광이 좋을 수밖에 없다. 무등산만큼은 못 하지만 주말이면 나란한 '형제산'을 찾는 등산객들이 제법 많다.

어느 해 깊어가는 가을날, 조금 빨리 김장을 했다. 워낙 많은 양의 김장을 해야 해서 미리 준비하고 서둘렀다. 집단생활에서는 때가 중요하다. 때를 놓치면 생활의 많은 부분에서 혼란이 생긴다.

학생, 학부모, 우리 가족 등 여러 사람들이 둘러앉아 배추를 버무리고 있었다. 그때 허름한 등산복을 입은 한 영감님이 조용한 걸음으로 다가와 말을 건넸다.

"김치가 참 맛있게 보이네요. 어디 한 쪽 먹어볼 수 있을까요?"

"그러십시다."

한 학부모가 싹싹하게 웃으며 김장김치 한 가닥을 찢어 영감님 입에 넣어주었다. 김치를 맛있게 맛본 영감님이 물었다.

"이곳이 뭣 하는 곳입니까?"

말이 떨어지자마자 엄마들이 한두 마디씩 했다.

"하늘 아래 이렇게 훌륭한 선생님이 어디 있겠어요."

"몇 푼 안 되는 봉급으로 제자 수백 명을 이곳에 데리고 와서 공부시키고 있다니까요."

김장판 옆에서는 학생들이 일손을 돕고 있었다.

"그래요, 듣고 보니 참 훌륭한 선생님이네요."

영감님이 김치를 맛있게 먹으니까, 엄마들이 비닐봉지에 몇 포기 싸주며, 한 학생에게 들어다 드리라고 시켰다. 공동학습장 초입에 큼지막한 검정색 승용차가 있었다. 영감님이 오는 것을 보고 운전기사가 잽싸게 문을 열었다. 학생이 가져간 김치는 뒤 트렁크에 실었다.

그 영감님이 다녀간 뒤에 매달 익명으로 쌀이 왔다. 도대체 누가 쌀을 이렇게 보낼까, 몹시 궁금하던 터라 수소문을 해보았다. 쌀을 보낸 사람은 당시 광주광역시교육청 김원본 교육감님이었다. 알고 보니 공동학습장 소문을 듣고는 소리 없이, 그리고 철저히 내 뒷조사를 했다고 한다.

교육청에서 나를 불렀다. 교육감님이 급하게 찾는다고 했다. 나는 영문도 모른 채 2층 교육감실로 갔다. 비서실에서 면담을 기다리고 있는데, 교육감님이 직접 나와 반갑게 맞아주었다.

"당신이 박주정 선생인가요? 정말 훌륭한 선생님을 보게 되어 너무 좋네요."

손을 잡고 넓은 집무실로 데려가면서 계속 말을 이어갔다.

"우리 광주에 당신 같은 훌륭한 선생님이 계셔서 무척 자랑스럽고 기쁩니다. 나는 박 선생이 어떻게 살고 있는지 자세히 알고 있어요, 허허. 박 선생님 뒷조사를 해서 미안합니다만, 선행에 깊은 감동을 받았습니다. 박 선생님이 우리 교육청의 생활지도 정책에도 많은 아이디어를 주세요."

그렇지 않아도 학생들 생활지도는 하고 싶은 업무였고, 나름 실천해온 분야가 아닌가. 나는 당시에 장학사 시험을 준비하고 있었다.

"교육감님, 저도 생활지도 장학사가 되고 싶어서 전문직 시험을 준비하고 있습니다."

"아이고 잘됐네요, 경험이 많으니 잘 되겠네요. 꼭 합격 기대합니다."

큰 몸집의 교육감님이 두 손을 내밀며 열심히 하라고 격려해주었다. 그 후 나는 세 분의 교육감을 모시면서 18년간 교육청 학생생활지도 담당 업무를 맡았다.

공동학습장 이야기가 소문처럼 떠돌자, 교육감님은 뒷조사를 하고, 김장김치 '현장조사'를 나와 소문을 직접 확인하고, 쌀포대로 이름 없는 격려를 보내온 것이다. 때마침 나는 장학사 시험 준비를 하고 있었고, 마침내 합격했다. 교육감은 '생활지도 장학사'라는 공식 업무를 내게 맡겼다. 과분하고 소중한 인연이다.

③

학교를 만들겠습니다

금란교실의 시작

2002년 3월 1일부터 광주광역시교육청 생활지도 담당 장학사로 근무를 시작했다. 일선 학교에서 근무할 때는 학생들이 학교생활에 잘 적응하고, 학업성적을 올리는 것이 나의 책무라고 생각했다. 그러기 위한 방편이 생활지도이기도 했다. 교육청에서 생활지도 업무를 맡고 보니 학교에서 근무할 때는 보지 못했던 일들이 하나둘 눈에 들어왔다.

생활지도 담당 장학사가 되어 추진한 공교육의 첫 번째 프로그램이 '금란교실'이다. 금란교실의 '금란'은 금란지교 金蘭之交에서 따온 말로, 김원본 교육감님이 직접 지어준 이름이다. 쇠처럼 굳은 마음을 갖고, 난향처럼 고운 품성으로 힘든 시기를 서로 의지하면서 잘 보내자는 의미이다.

　힘든 학생들과 부대끼면서 오랜 세월 살아왔지만 시교육청의 생활지도는 버거웠고, 충격의 연속이었다. 통계를 보니, 한 해 시교육청 산하 학교에서 중도 탈락한 학생이 2천 명이 넘었다. 전국에서는 연 5만여 명이 학교를 떠났다.

　당시만 해도 학교폭력이나 비행으로 처벌받은 학생들은 갈 곳이 없었다. 가해 학생과 피해 학생을 나눠 지도할 공간도 마련되지 않았다. 학교에 적응할 수 있는 프로그램 자체가 없던 시절이었다. 부적응 학생 수를 보면서 지난 시절을 떠올렸다. 함께 생활하고 공부한 707명의 제자들을 생각했다. 장학사 생활이 어느 정도 몸에 익어갈 무렵 큰 결심을 했다. 책상머리에 앉아 일선 학교에 당부나 지시만 하는 것으로는 문제해결이 어렵다는 판단이 섰다. 교육청이 나서서 할 수 있는 일을 추진하기로 마음먹었다. '공동학습장을 거쳐 간 707명의 학생들에게 했던 것처럼 해보자. 공교육 체계에서 하는 일이니 어려울 수 있다. 그렇다면 707 비슷하게라도 해보자'라고 생각했다.

　교육감실이 있는 2층을 수없이 드나든 끝에 2004년 4월 8일 '금란교실'이 문을 열었다. 비용, 장소, 프로그램, 인적자원, 부서 간 업무 협조 등 모든 부분에서 막막한 초행길이었다. 어둡고 거친 들판이었다. 그럼에도 열정과 간절한 소망이 개소식을 열게 해주었다. 장소는 광주 서구 상무지구에 위치한 학생교육문화회관이었다.

우리나라 최초로 탄생한 공립 도시형 대안교육 프로그램이었다. 첫발을 내디딘 금란교실은 그해 특별위탁교육생 317명을 받아 프로그램을 실행했다. 같은 해에 교육부 특성화 사업 우수사례로 선정되기도 했다. 다음 해에는 교육부가 주관한 혁신박람회에서 '금란교실, 혁신 시범교실'이란 이름으로 전국에 선보였고, 지방교육 혁신 우수사업으로 연이어 선정되었다.

금란교실이 성과를 내고 혁신 프로그램으로 평가받을 수 있었던 바탕에는 '사람과 제도' 이 두 가지가 있었다. 밤낮을 가리지 않고 함께했던 지도 선생님들이 '사람'에 해당할 것이다. 제도적으로는 '추수지도追隨指導 프로그램'이 핵심적인 역할을 했다.

학교부적응 학생들이 처한 공통적인 상황은 '단절'이다. 학생들이 그나마 의지하는 곳은 학교 아니면 집이고, 그곳에서 마주하는 교사, 부모, 친구들이 교제의 대상이다. 그런데 이들과의 관계가 뒤틀리면 단절로 이어지고, 의지할 수 있는 최후의 보루가 사라진다. 이 부분을 보완하기 위해 만든 인적 자원이 '금란교실 추수지도위원제'였다.

금란교실의 추수지도위원은 광주범죄예방위원 40여 분들

이 근간을 이루었다. 이분들이 중심이 되어 학생 지도에 헌신한 교사나 관련 분야의 경험이 풍부한 전문가를 추가로 추천받아 60명이 활동하게 되었다.

십수 년 동안 생활지도를 맡았던 선생님, 뛰어난 상담 전문가, 소리 없이 학생들과 봉사활동을 해온 봉사자 등 지도위원들은 다양한 경력을 가지고 있었다. 연수를 함께하면서 취지에 공감하고 너나없이 시간을 내주었다. 나중에 지도위원들은 '대안교육'이라는 또 다른 개척자의 길을 함께 걷게 되었다.

이른바 '부적응 학생'들은 금란교실에 입교하여 일주일간 지도위원들의 도움을 받았다. 지도위원들은 체험학습, 적성교육, 상담활동, 진로지도, 인성교육 등 다양한 활동을 학생들과 함께했다. 전문적인 활동뿐 아니라, 단위 학교의 기억나는 스승님과 연결해주기도 했다. 교육이 끝난 뒤에도 지도위원들은 6개월간 학생들과 상담하고 어려움을 들어주는 추수지도 프로그램을 이어갔다. 일회성 교육으로 끝나는 것이 아니라, 힘든 사춘기 시절을 선생님과 전문가에게 의지하고, 또 대화하면서 보낼 수 있는 제도였기에 큰 호응을 얻었다.

금란교실의 성과는 전국으로 알려져 인천, 전북, 경기, 충남, 제주도 교육청 등에서 견학을 왔고, 벤치마킹을 했다. 부산시교육청과 울산시교육청은 관련 자료와 시연을 요청하기도 했다.

지금은 학교부적응 학생뿐 아니라 학교폭력대책심의위원회나 학교생활교육위원회에서 특별교육 조치를 받은 학생도 오고 있다. 그리고 학부모 특별교육도 함께 실시하고 있다. 매년 학생 특별교육 400여 명, 학부모 교육 200여 명이 금란교실의 도움을 받는다. 지금까지 누적 학생·학부모 1만여 명이 금란교실을 거쳐갔다.

오늘날 전국 지역교육청에 만들어진 '위센터Wee-Center'는 광주시교육청이 대한민국 공교육에서 최초로 추진한 '금란교실'의 산물이다. 금란교실은 2008년 3월 1일 구 광주과학고등학교 자리로 옮겨 지금도 계속되고 있다.

선생님의 말, 그 한 마디의 힘

금란교실은 중도 탈락의 위기에 처한 학생들이 학업을 지속할 수 있도록 도왔다. 교육청에서는 학생들의 정서적 교감에 중점을 두고 1주일간의 프로그램을 기획했다.

목요일 밤에는 학생들로 하여금 지금까지 살아오면서 가장 고마웠다고 여겨지고, 지금도 생각나는 선생님을 적어보도록 했다. 불행하게도 열 명 중 절반은 '그런 사람이 없다'고 적었다. 나머지 다섯 명은 지나간 날을 추억하며 조심스럽게 선생님의 이름을 적어냈다.

다음 날인 금요일은 증심사 주차장에 모여 무등산을 종주하고 해가 서산에 질 때쯤 안양산 휴양림에 도착하는 일정이었다. 휴양림에서 1박을 한 뒤, 토요일에 앞으로의 희망을 안고 귀가하는 프로그램이다.

학생들은 산행을 좋아하지 않았다. 등산을 하지 않겠다고 이리 빼고 저리 도망쳤다. 하긴 1천 미터가 넘는 무등산이다. 어느 코스든 오르기가 쉽지 않다. 특히 이번 종주는 증심사 입구에서 시작하여 장불재를 지나 화순 안양산으로 넘어가 하산하는 코스여서 그 길이부터 만만치 않았다. 일곱 시간이 족히 걸리는 산행이었다. 그러나 사람은 고통스런 시간을 마주하고 그것을 견뎌냈을 때 조금씩 또는 훌쩍 성장하는 법이다. 정서적 교감 역시 마찬가지다. 산행 프로그램을 포기할 수 없는 이유이다.

우리는 깜짝 이벤트를 준비했다. 무등산을 종주하는 동안 학생에게 알리지 않고 그들이 적어낸 '보고 싶은 선생님'을 수소문해 안양산휴양림에서 기다리도록 한 다음, 선생님이 내려오는 아이를 맞이하는 이벤트였다. 교사와 학생이 멘토와 멘티로서 평생 결연을 맺어 상처 입은 아이들을 보듬어주기 위한 프로젝트였다.

그런데 문제가 생겼다. 고등학교 2학년 남학생인 준우는 학교에서 교권침해로 문제가 되어 금란교실에 입소했다. 준우는 초등학교 3학년 때 선생님이 보고 싶다고 적어냈다. 수소문해 알아봤더니 전남 진도의 한 초등학교에 근무하고 있던 그 선생님은 정작 준우가 누구인지 모른다고 했다. 참으로 난감했다. 증심사를 거쳐 무등산을 헉헉거리며 올라가고 있을 준우에게 그 선생님이 너를 기억하지 못한다고 하면 얼마나 실망할까 생각하니 눈앞이 캄캄했다.

그래서 꾀를 내었다. 준우에게 전화를 걸어 "선생님께서 네가 정말 보고 싶다고 하더라, 그런데 어떤 연유로 박 선생님을 좋아하게 됐니?"라고 물었다.

준우의 답변은 이랬다. 준우가 초등학교 3학년 때 세 명의 아이들과 함께 떠들어서 복도에서 무릎을 꿇고 있었다. 지나가는 선생님들이 하나같이 질책을 했는데, 그 선생님은 복도에 무릎을 대고 앉아서 "괜찮아, 다음엔 잘하면 돼, 넌 훌륭한 사람이야."라고 말씀했다는 것이다.

이 말을 듣고 다시 선생님에게 전화를 걸어 자초지종을 전하자, 박 선생님은 그 일을 기억해내고는 의아하다는 듯이 "그런데 그 아이는 우리 반이 아니었는데요?"라고 했다. 맞다고, 준우도 자기 담임이 아닌 다른 반 담임선생님이 그렇게 말해줬기 때문에 더 고마워하고 잊지 못한다고 하더라는 말을 전했다. 박 선생님은 흔쾌히 안양산으로 와 준우와 함께 지내겠다고 했다.

그날 금요일 저녁 무렵 준우가 힘겹게 무등산을 종주하고 내려왔을 때, 산행의 끝자락엔 준우가 세상에서 가장 좋아하는 단 한 분의 선생님이 기다리고 있었다. 준우는 선생님을 보더니 너무 놀라 믿어지지 않는다는 듯 그 자리에 말뚝처럼 서버렸다. 그러곤 이내 정신을 차리고 모두가 지켜보는 가운데 선생님에게 달려가 안기면서 눈물을 글썽였다. 그걸 지켜보던 우리는 벅차오르는 가슴으로 손뼉을 쳤고, 눈물을 머금은 채 함께 웃었다.

하지만 나는 그날이 감격의 날이 아니라 공포의 날로 기억된다. 선생님의 말 한 마디가 얼마나 많은 아이들에게 기쁨을 주고 상처를 주었을까. 나 또한 예외일 수 없을 것이다. 교직 생활을 하는 동안 얼마나 많은 아이들이 나로 인해 상처를 받았을까 생각하니 두려움이 엄습했다.

초등학교 시절 단순한 격려 한마디를 듣고 준우는 고등학교 2학년이 될 때까지 잊지 못할 은혜로 기억하는데, 매를 들고 욕설을 하고 아픈 말을 한다면 우리 아이들은 얼마나 오랫동안 그것을 마음에 두고 살겠는가. 그날 이후 준우는 박 선생님과 멘토와 멘티로서 대학 진학 때까지 관계를 이어갔다. 또한 그때부터 준우는 공부를 열심히 하여 자기가 원하는 서울 소재 대학의 전기공학과에 입학했다.

아이들의 영혼을 맡고 있다는 점에서, 선생님이라는 직업은 그 어떤 직업보다도 어렵고 힘들며 사명감이 필요하다는 생각이 든다. 그럼에도 편견과 선입견을 버리고 있는 그대로 아이들을 바라본다면 어렵지 않게 인생 선배로서 멘토가 될 수도 있을 것이다. 박 선생님이 복도를 지나다 벌을 서고 있는 한 학생에게 용기를 주고 정작 자신은 그 일을 까맣게 잊어버렸던 것처럼.

"학교를 만들겠습니다"

　　앞서 말했던 것처럼 2004년 개설한 금란교실은 일주일간의 단기 교육프로그램이다. 어떤 분야에서는 성과가 컸으나, 몇 개월 또는 학기 단위로 운영하지 않았기에 중도 탈락 예방에는 한계가 있었다.

　　당시 광주에서는 연간 2천여 명의 중·고등학생이 학교를 그만두었다. 그중에 중학생이 대략 6~700여 명가량 되었다. 고등학생들은 문제를 일으키더라도 생각이 어른스러운 데가 있어서 회복의 길을 찾기가 상대적으로 수월했다. 하지만 중학생은 아직 철이 덜 든 순진한 아이들이다. 한순간의 실수로 인생 전체를 망가뜨릴 수도 있었다. 학생 개인에게도 안타까운 일이지만,

방치하면 사회적 손실이 이만저만 큰 것이 아니다.

　금란교실을 이끌어가면서 고민은 다시 시작되었고 더 깊어졌다. 시교육청에서 운영하는 범죄예방위원, 금란교실에서 고생하고 있는 추수지도위원 등 여러분들과 협의를 계속했다. 뜻있는 선생님들을 만나 고민을 나누고 정리하는 한편, 내 의지를 과장님, 국장님에게도 보고했다.

　그리고 교육감님을 찾아가기로 결심했다. 오래전부터 교육감님에게 내 뜻을 전하고 싶었는데 섣불리 용기가 나지 않았다. 차일피일 미루다가 굳게 각오하고 교육감실 문을 두드렸다. 월요일 오후였다. 비서실에 물어보니 오전에 중요한 업무는 모두 처리하고 좀 여유 있는 시간이라고 했다.

　"교육감님, 드릴 말씀이 있어서 찾아왔습니다."

　"무슨 일인가?"

　"교육감님, 우리 시에서 학업 중단이나, 퇴학당하고 학교를 그만둔 학생이 1년에 2천 명이 넘습니다. 이대로 방치했다가는 사회적인 손실은 물론이고, 아이들이 장래에 범죄자가 될 수도 있습니다. 공부를 잘한 학생만 중요한 게 아니라 그들도 교육감님의 자식들입니다. 교육감님, 새롭게 변화시킬 수 있는 학교를 하나 만들어주십시오."

　"자네 뜻은 잘 알겠네만 예산이 어디 있는가? 지금 영재 학생도 제대로 못 가르치고 있는 판국인데……"

"교육감님, 영재 학생들은 교육청에서 돌봐주지 않아도 스스로 잘합니다. 그들은 대부분 훌륭한 부모님을 두고 비교적 좋은 환경에서 자란 학생들입니다. 문제가 있는 학생들을 지도하고 선도하는 일도 저희 장학업무입니다. 교육감님, 깊이 더 생각해주십시오."

"시끄럽네. 그 일이 아니고도 신경 쓸 일이 너무 많네. 오후에 장학관들하고 회의가 있네. 그 문제로는 나를 찾아오지 말게."

"교육감님, 저는 반드시 이 학생들을 위한 학교를 만들어보겠습니다."

"알았네, 자네 알아서 하소."

나는 선한 일에는 분명 하늘도 도와준다는 주문을 외우면서 뜻이 있는 선생님 100명을 모으기 위해 사방팔방으로 뛰었다. 그러고는 한 분 한 분 직접 만나 내 뜻을 전했다. 교육청에 회의가 있는 날은 '영업'을 하기가 아주 좋았다. 각 학교에서 온 생활지도 선생님들에게 회의를 마친 뒤 약간의 시간을 양해받아 부탁했다.

"여러 선생님! 교육감님께 말씀드렸는데 일언지하에 거절당하고 말았습니다. 하지만 저는 분명히 말씀드렸습니다. 힘든 학생을 위한 학교를 반드시 만들겠다고 말입니다. 여기 계신 선생님들께서 한 달에 1만 원씩만 후원해주십시오. 1년이면 12만 원입니다. 단 이번만큼은 1년 후원금을 한꺼번에 주십시오. 그렇게 해서 100명이면 1,200만 원입니다. 그 돈으로 사단법인을 만들겠습니다. 사단법인을 만들려면 기본자금 1,200만 원이 있어야 합니다. 그다음에 이 학생들을 돕는 후원회도 만들겠습니다."

첫 번째로 '영업'했던 날을 잊을 수가 없다.

"박 장학사님의 뜻이 너무 훌륭하고 좋습니다."

몇십 명의 선생님들이 그 자리에서 서명해주었다. 그중에는 학교 하나 세우려면 적어도 400억은 있어야 하는데 어림도 없는 소리라고 콧방귀를 뀌는 사람도 있었다.

그날 서명을 해주었던 수십 명의 선생님들 덕분에 이후 '영업'에 더욱 힘을 낼 수 있었다. 집에 돌아와 아내에게 서명자 명단을 보여주면서 고마운 선생님들을 자랑했다. 아내도 기뻐하며 "당신이 선한 일을 하기에 하나님도 분명 도와주실 겁니다."라며 용기를 주었다.

나는 그 후로도 고등학교나 대학교의 선후배를 찾아다니며 "형님, 선배님, 후배님, 이런 학교를 하나 만들겠습니다"라고 설명하고 설득했다.

그분들의 도움이 있었기에 용연학교가 탄생할 수 있었다.

그 보금자리에서 수많은 학생들이 포기한 꿈을 다시 움켜쥐며 힘들고 어려운 청춘의 강을 건널 수 있었다. 지금도 14년 전 그 날을 생각하면, 고마운 마음, 그리운 마음뿐이다. 잊지 않고 간직하며 살아가겠다.

대한민국에서 가장 소중한 학교

'용연학교'의 출발지는 광주광역시 동구 지원동이다. 지원동 바로 뒤 무등산 자락에는 광주 제2수원지가 있고, 그 바로 아래에 용연龍淵 정수장이 있다. 용연학교의 이름이 여기에서 나왔다. 맑은 물에 용이 노닐 듯 이 학교에 와서 마음 편히 지내다가 승천하는 용처럼 원래 다니던 원적 학교로 잘 복교하기를 바란다는 의미를 담았다.

금란교실을 몇 년간 운영한 결과는 매우 좋았다. 학생은 물론 학교 현장의 선생님들이 더 많은 성원을 보내주었다. 하지만 아쉬운 점도 있었다. 금란교실은 1주일간의 단기 교육과정이어서 학교나 학교폭력대책선도위원회의 특별교육 조치를 이수하는 데에는 적합했다. 하지만 여러 요인으로 장기간 학교에 다닐 수 없는 학생들에게는 필요한 도움을 주지 못했다.

중학교는 의무교육이기에 자퇴나 퇴학 제도가 없다. 비행을 저지르면 다른 학교로 전학을 보내는 이른바 '강제 전학'이 가장 강한 처분이다. 문제는 다른 학교에서 쉽게 받아주지 않는다는 점이다. 교육환경을 바꿔주자고 내린 교육적 조치가 강제 전학이지만 이런 학생의 전학을 반가워할 학교는 매우 드물 수밖에 없다. 그러니 부적응 학생이 누적되고 중도탈락 학생이 해를 거듭할수록 늘어만 갔다. 매년 중학생 200여 명이 학교를 중퇴하고, 부적응 학생이 900여 명에 이르는 현실이 눈앞에서 반복되고 있다.

'교실'이 아니라 '학교'가 필요했다. 윗분들에게 수차례 건의했으나 우선순위에서 밀렸다. 진학률, 영재교육, 특수시책 등이 우선이었다. 교육청이라는 공교육 틀에서 중도탈락 예방을 위한 어떤 조직을 단시일 내에 만든다는 것은 불가능해 보였다.

그래서 현직 교사들이 자발적으로 후원금을 마련해 위탁 대안학교인 용연학교를 설립한 것이다. 어디에도 없는 대한민국 첫 사례였다. 획기적인 일이었고, 어느 것 하나 쉽지 않았다. 가장 큰 문제는 장소였다. 교육청 소속의 건물이나 기관은 물론이고 종교단체, 회사 폐건물 등 수많은 곳을 찾아다녔지만 허사였다. 몇 년 사용하고 정리할 사업이 아니었기에 임대하기가 어려웠고 비용도 큰 문제였다.

2008년 6월로 접어들 무렵 지원초등학교 이야기가 나왔다. 1997년 폐교되어 10년 이상 방치된 학교였다. 잡초가 운동장을 뒤덮고 나무들이 마구 웃자라 정글을 이루었다. 건물 뼈대만 빼고 나머지는 모두 썩고 무너져 내렸다. 벽이든 바닥이든 만지면 부서지고 뱀, 박쥐, 지네가 우글거렸다. 그래도 교육청 자산이니 저렴한 비용으로 임대할 수 있으리라 생각했다.

그런데 임대료가 연 4천만 원이라고 했다. 우리는 또 절망했다. 하지만 간절한 염원이었기에 많은 분들에게 연락하여 협조를 받았고, 소문이 퍼져 독지가들이 나타났다. 어느 곳에 땅이 몇백 평 있는데 그것을 팔아서 학교 만드는 데 보태라는 분도 있었고, 서울의 어느 독지가는 7천만 원이란 큰 금액을 후원금으로 보내오기도 했다.

7월 삼복더위로 숨 막히던 여름날. 한여름 밤의 기적이 시작되었다. 후원자 선생님들이 단 하루도 빠짐없이 지원초등학교 터로 모여들었다. 톱질을 하고 수레를 끌어 나무를 정리했다. 망치를 들고 부서진 교실 문과 칠판을 고쳤다. 이 구석, 저 모퉁이에서 페인트통을 들고 벽면을 단장했다. 후원 선생님들이 자발적으로 하나둘씩 가져다 놓아 날이 갈수록 교구들도 늘어갔다.

마침내 2008년 9월 1일, 용연학교가 문을 열었다. 연인원 200여 명의 교사들과 자원봉사자들이 한 몸이 되어 뜨거운 여름을 보낸 결과였다. 처음에는 많은 것들이 불가능해 보였다. 터전을 잡는 데 생각보다 큰 비용이 필요했고, 어렵게 구한 장소와 건물은 그야말로 폐허였다. 하지만 뜻을 같이한 100명의 선생님들이 있었기에 개교가 가능했다. 이름을 밝히지 않은 전국의 후원자들이 있었기에 염원을 이룰 수 있었다.

용연학교는 지역사회와 교육계에서 존경받는 김철구 선생님을 초대 교장선생님으로 모시고, 상근교사 네 명과 광주지역 현직 교사와 목공예 전문가 등 20여 명의 강사진을 꾸려 출범했다. 현직 교사들은 용연학교 수업 봉사를 위해 해당 학교 수업을 변경했고, 대학교수를 비롯해 상담, 스포츠, 생활미술, 원예 등 각 분야의 전문가들이 강사로 참여해주었다.

각 학년마다 20명 정도 수용할 수 있게 계획했는데, 2학년 남학생 한 명과 3학년 여학생 다섯 명으로 첫 수업을 시작했다. 나날이 학교의 체계가 잡혀가고, 수업이 안정되면서 위탁학생도 늘어갔다. 학생들이 대부분 아침밥을 거르고 오기에 아침 급식까지 실시하고자 급식 자원봉사자에게 도움을 받는 등 지속적으로 교육환경을 보완해갔다. 그리고 조촐하게나마 개교기념식도 준비해 많은 지역사회 인사를 모시고 큰 성황 속에 개교기념식도 열었다. 3개월 만에 이뤄낸 기적 같은 날이었다.

용연학교가 개교하고 어느새 십수 년이 지났다. 지금까지 2천여 명의 학교부적응 학생들이 용연학교를 거쳐갔다. 2013년에는 지금의 신창동 옛 교육연수원 자리로 이전해 오늘에 이르고 있다. 전국 최초로 설립된 학교부적응 중학생 전담 용연학교의 성공은 고등학생 위탁기관인 '돈보스코학교' 설립의 배경이되었다. 그리고 여러 차례 표창과 혁신모델이 되어, 학생들의 포근한 보금자리로 자리매김하고 있다. 지역도시 광주의 사례가힘들게 청소년기를 보내고 있는 전국의 학생들에게 배움의 등불이 되었다는 점에서 교육사적 의미가 매우 크다고 할 수 있다.

덕분에 전국의 수많은 분들이 찾아와 격려해주었다. 특히 영부인 이희호 여사가 2011년 방문하여 해준 격려의 말씀이 인상깊다. 힘이 들 때마다 그날의 말씀을 떠올리며 마음을 다잡고있다.

"용연중학교는 매우 소중한 곳입니다. 이곳에서 공부하는학생들은 한때 여러 가지 사정으로 학교생활에 어려움을 겪었다고 알고 있습니다. 그러나 학생들이 이곳 용연중학교에 와서 새로운 희망을 갖고 있다고 알고 있습니다. 90퍼센트가 넘는 진학률도 자랑스러운 일이지만, 더욱 자랑스러운 것은 학생들이 희

망과 용기를 다시 찾게 되었다는 사실입니다. 저는 용연중학교
가 비록 광주에서 가장 큰 중학교라고는 말할 수 없지만, 대한민
국에서 가장 소중한 학교라는 것을 자신 있게 말씀드릴 수 있습
니다."

　　　　─ 〈이희호 여사 용연학교 방문 강연문〉 중에서

용연학교 1호 지망생

용연학교 개교 전 일이다. 나는 낮에는 생활지도장학사로 교육청에서 일을 하고, 밤에는 용연학교 개설을 위해 작업복을 입고 새벽까지 후원자 선생님들과 함께 폐허의 건물에서 '노가다'를 했다. 어느 날은 탈진해 링거 수액을 머리에 이고 동분서주하기도 했다.

선생님들과 일하다가 잠시 학교 운동장에 세워진 소녀상 앞에서 쉬고 있었다. 그때 운동장으로 고급승용차 한 대가 들어왔다. '이 늦은 시간에 누구지?' 모두의 시선이 고급승용차 쪽으로 쏠렸다. 중년이 지나 보이는 한 여성과 여학생이 차에서 내려 우리 쪽으로 걸어왔다.

"이곳이 용연학교가 맞나요?"

"맞는데 9월에 개교 예정입니다."

"방송에서 100명의 선생님과 장학사 한 분이라고 말하던 데 혹시 장학사가 누구신가요?"

"제가 장학삽니다."

그 여성은 나를 위아래로 쳐다보더니 다시 "장학사가 맞으 세요?"라고 되물었다. 그렇다고 했다. 고급승용차를 타고 온 여 성이 말을 꺼냈다.

"우리 집은 자녀가 둘입니다. 큰아이는 공부도 잘하고 착 하게 잘 크고 있는데 둘째 아이 때문에 너무 속상하고 괴로워서 둘이 그냥 뛰쳐나왔습니다. 우연히 방송에서 들었던 용연학교가 생각나 찾아왔어요. 얼마 전에 학교에서 선생님이 우리 아이를 얼마나 때렸는지 너무 분하고 억울합니다. 이곳에서는 수업을 어떻게 합니까? 졸업도 시켜주나요?"

어머니가 말을 하고 있는데 여학생은 가만히 있지 못하고 이곳저곳을 기웃거리고 있었다. 좀 이상하다는 느낌이 들었다. 아버지가 약사여서 경제적으로는 여유가 있다고도 했다. 나는 학생의 어머니에게 말했다.

"어머님, 저희 용연학교는 국어, 영어, 수학이 싫어서 온 학 생들이 대부분입니다. 그 학생들에게 일반 학교에서 수업하는 방식으로 해서는 어렵습니다. 기초학력이 부족한 학생들이 대부분입니다. 첫째는 학습보다 공부에 흥미를 갖게 하는 것이 우선입니다. 국어 수업은 신문에 나온 기사 중에서 재미있고 유익한 내용을 읽어주면서 학습에 흥미를 갖게 해주고, 미술 과목은 자기 마음대로 그림을 그리게 하고, 음악은 학교에 노래방이 있습니다. 수업시간에 노래 연습도 하고, 자기가 좋아하는 노래도 부르면서 자유롭게 수업을 진행할 예정입니다. 아침밥도 못 먹고 학교에 온 학생이 많습니다. 그런 학생한테는 아침밥까지 줄 겁니다. 그리고 졸업 문제는, 학생이 여기서 공부하다가 학교생활에 적응할 수 있으면 원적이 있는 학교로 다시 가고, 만약 그렇지 못할 경우에는 여기서 학업을 마치고 원적 학교 졸업장을 받게 됩니다. 그 졸업장으로 고등학교에 진학하면 됩니다."

애써 찾아왔기에 소상히 말씀을 드렸다. 학생의 어머니는 잘 알겠다고 했다. 나는, 조금 전에 학생이 선생님에게 맞았다고 했는데 이유가 무엇인지 물었다. 순간 내 어린 시절이 떠올랐다. 긴긴 세월 수백 번 원망과 용서를 거듭하면서 살아왔지만 '체벌'이란 말만 들어도 주체할 수 없는 분노가 치솟았다. 고칠 수 없는 고질병이었다. 내가 학생들의 생활지도에 악착같이 매달린 이유엔 아버지를 돌아가시게 한 죄인이라는 슬픔이 있었기 때문인지 모른다. 어머니는 한참을 머뭇거리더니 말했다.

"우리 애가 학교에서 친구들하고 공놀이를 했는데 그만 싸움이 벌어졌습니다. 친구들은 모두 우리 딸이 먼저 욕을 하고 몹쓸 짓을 했다고 합니다. 선생은 자초지종을 물어보다가 우리 아이가 거짓말을 한다면서 계속 때렸습니다."

그 말을 듣고 나니 잘잘못을 떠나 장학사로서 몹시 불쾌했다.

"어머니, 어느 학교에 누굽니까?"

며칠 뒤 그 어머니와 함께 학교를 방문했다. 장학사가 방문한다고 하니 학교에서는 좀 긴장하는 눈치였다. 담임선생님을 상담실에서 만났다.

"선생님, 저는 교육청 생활지도 담당 장학사 박주정입니다. 몇 달 전에 학교에서 학생들끼리 공놀이를 했는데 친구들끼리 한 행동을 가지고 선생님께서 학생을 폭행했다고 들었습니다. 그 일에 대해서 어떻게 생각하십니까?"

"학생이 계속 거짓말을 해서 제가 순간적으로 손찌검을 했는데, 지금 생각해보니 잘못된 행동이었습니다."

"선생님, 이 학생이 이렇게 태어난 것도 가엾고 불쌍한데, 설령 거짓말을 했다고 해도 감싸주고 안아줘야지 폭행을 했다는 것은 잘못된 게 아닙니까. 내일 교육청 감사팀에서 나올 수도 있습니다."

선생님의 잘못을 지적할 필요도 있었지만, 어머니의 감정을 진정시키기 위해서라도 강한 어조로 말해야 했다. 어머니는 이야기하는 동안 옆에서 눈물을 흘리고 있었다. 그 어머니의 눈물은 내 어머니의 눈물과도 같다는 생각이 들었다. 아니, 내 어머니는 하소연할 곳도, 눈물을 보일 대상도 없었다. 상담실에서 면담을 하고 나오는데 여학생의 어머니가 운동장에서 나를 붙잡았다.

"장학사님, 진심으로 감사합니다. 조금이나마 한이 풀립니다. 제 아이가 선생님한테 맞고 왔을 때 너무 분하고 억울해서 학교를 쫓아가려고 몇 번을 망설였는데 아이를 더 미워할까 봐 못 갔습니다. 오늘 장학사님이 선생님에게 하신 말씀을 들으면서 깜짝 놀랐습니다. 어쩜 저렇게 제 마음을 속속들이 잘 알고 계실까 생각했습니다. 저는 이제 장학사님만 믿고 우리 아이를 용연학교에 보내겠습니다."

그렇게 해서 그 아이는 용연학교 지망생이 되었다. 그 후 아이는 용연학교에서 중학교 과정을 마치고, 일반 고등학교를 졸업했다. 그곳 고등학교에서는 너무 착하고 좋은 학생이라고 소문이 날 정도였다. 몇 년 뒤 아이가 대학교에 진학할 무렵 어머니가 다시 찾아왔다. 나는 아이 어머니에게 장애 판정을 받으라고 권했다. 장애 학생들에게는 대학입시 특별전형 혜택이 있었기 때문이다.

아이는 우리 지역 대학교를 졸업하고 사회복지사 1급 자격증을 취득해 훌륭한 사회복지사로 활동하고 있다. 가끔 전화가 와 안부를 묻는데, 지금도 나를 '장학사님'이라고 부른다. 사람의 인연이란 참 따뜻하고 소중하다.

급식실 '엄마'

　용연학교는 지각생이 많았다. 지각은 문제가 아니었다. 학교에 등교한 것만도 고맙고 다행한 일이었다. 대체로 우리는 겉으로 드러난 현상, 규율에 맞지 않는 행동만 보고 판단하는데 조금만 더 학생의 입장에서 들여다보면 전혀 다른 생각을 갖게 된다. 때론 이런 환경에서도 아이들이 버티고 견뎌내고 있다는 사실에 숙연해질 때가 많다.

　부모가 없거나, 밤늦게까지 돌아다니니 일찍 일어나기가 어렵다. 선생님들뿐 아니라 교직원들 모두 아이들이 늦게 오면 늦게 온 대로 받아주고 안아주었다. 환경이 그러니 아침밥은 대부분 먹지 않고 등교했다. 우리는 급식실에 테이블을 놓지 않고 옛날 밥상처럼 편하게 앉아 먹게 했다. 가정집 분위기를 만들기 위해서였다. 급식실에서 봉사한 여사님은 학생들을 자식처럼 따뜻하게 대하면서 한 명이라도 더 먹이려고 애를 썼다.

어버이날이었다. 한 학생이 이른 아침에 등교해서 아침밥을 준비하던 급식실로 찾아왔다. 학생은 문을 열더니 급식 봉사 여사님을 향해 "엄마!"라고 크게 불렀다. 여사님은 '저 학생이 왜 나한테 엄마라고 하지?' 생각하면서 주변에 다른 사람이 있나 둘러보았다고 한다. 그랬더니 그 학생이 다시 "엄마!"라고 더 큰 소리로 불렀다. 여사님은 엄지손가락으로 자신을 가리키면서 "나?" 하고 말하자, 학생이 그렇다고 했다. 학생은 문을 닫고 도망갔고, 여사님은 한참을 멍하니 서 있었다.

여사님이 전하는 '엄마 이야기'를 듣고서 그 학생을 찾아봤다. 네 살 때 엄마, 아빠에게 버림받고, 조부모 집을 전전하다가 거기서도 쫓겨나 시설에 머물며 근근이 용연학교에 다니고 있는 아이였다. 엄마가 보고 싶어서일까, 엄마 정이 그리워서일까. 엄마같이 대해주시니 어버이날 급식실에 찾아와 "엄마!" 하고 불러본 것이다.

지금도 용연학교를 만들며 엄마 역할을 한 그 여사님을 잊지 못한다. 용연학교를 만든 이유도 학생들을 엄마, 아빠처럼 대하며, 어떤 경우라도 모두를 안고 가고 싶어서였다. 용연학교보다는 '용연가족'이란 말이 설립 취지에 더 가까운 의미일 것이다.

수업 중에 도저히 집중하지 못하는 학생은 교실 밖에서 쉬게 했다. 노래를 부르고 싶으면 수업을 하다가도 노래를 부를 수 있도록 노래방도 만들어 놓았다. 담배를 끊기가 어려워 힘들어 할 때는 지정된 장소에서 피우도록 묵인해주기도 했다.

용연학교가 들어온다는 소식을 접한 지역 주민들은 매우 심하게 반대했다. 골목이나 옥상에 올라가 담배를 피우고, 복장이나 머리 모양이 학생인지 건달인지 구별이 가지 않는 아이들을 보면 주민들에게 서운할 것도 없었다. 학생 생활지도에도 신경을 썼지만 주민들의 이해를 구하는 데도 나름 정성을 다했다. 교도소에 가야 하는 나쁜 아이들이 아니라 사랑과 보살핌이 필요하고, 이 시기만 지나면 훌륭하게 성장할 아이들이라고 설득했다.

우리가 예상한 대로 아이들은 용연학교를 졸업하고 대부분 고등학교에 진학했고 대학도 갔다. 용연학교 출신이라고 의기소침한 것이 아니라 떳떳하게 말하면서 자랑스럽게 다닌다고 했다. 상처가 지나가고 새살이 돋는 회복의 과정으로 접어든 것이다. 아이들에게 가장 부족했던 자존감을 높여주고, 한 인격체로서 대접한다는 '용연가족'의 노력이 교육적 결실을 맺은 것이다. 졸업생들이 보내온 수많은 글을 보면 버려진 아이에서 괜찮은 아이로 성장한 자긍심이 잘 드러난다. '용연학교'란 이름의 의미처럼 거친 이무기들이 맑은 물에서 노닐면서 승천한 용이 된 것이다.

인철이에게는 스프링이 있었다

어머니의 허벅지

몇 해 전 돌아가신 어머니는 교회에 열심히 다녔고 믿음이 깊었다. 그래서 지금은 하늘나라에서 하나님 곁에 편히 있다고 믿는다. 어머니는 50세 젊은 나이에 남편을 잃고 내내 혼자 살았다. 어린 시절, 가끔 옆 마을 교회의 목사님이 전도를 위해 우리 집에 오면, 그럴 때마다 어머니는 어디론가 숨기 바빴다. 장독대에 있는 큰 항아리 뒤에 숨기도 하고, 집 모퉁이를 돌아 밤나무 뒤에 몸을 웅크리기도 했다. 어린 나는 어머니를 이해할 수가 없었다. 하루는 목사님이 가고 난 뒤 어머니에게 말했다.

"엄마, 교회에 가기 싫으면 안 간다고 말하면 되지, 왜 그렇게 숨어요?"

"교회에 가는 일은 좋은 일이란다. 내가 마음의 준비를 못 해서 그렇지."

어머니는 그런 분이었다. 남이 듣고 마음이 편치 않을 이야기는 대놓고 하지 않는 순한 분이었다. 마음의 준비가 되면 교회에 다니겠노라 하던 어머니는 얼마 뒤부터 교회에 열심히 다니게 되었고, 예배를 드리는 날은 남보다 먼저 교회에 가서 기도드렸다. 그러면서 항상 "너만 하나님 믿고 교회에 다니면, 나는 죽어도 소원이 없겠다." 말씀했다.

장학사 시절의 일이다. 어느 해 여름방학 때였다. 교육청에서 피서 이야기를 하다가 내 고향인 고흥 바닷가가 거론되었다. 그래서 내 차에 장학관님 내외를 모시고 세 사람이 고향 집으로 갔다. 우리 집은 바닷가 마을 맨 위쪽의 허름한 초가집이었다. 어머니에게 미리 말씀도 못 전하고 불쑥 찾아갔다. 어머니 혼자 외롭게 지내다가 자식이 찾아갔으니 얼마나 반가웠겠는가. 모시고 간 장학관님을 어머니에게 소개하자, "이 녀석아, 이렇게 귀한 분들을 모시고 오려면 사전에 귀띔이나 좀 하지."라면서 조금 핀잔을 줬다.

옛말에 여름 손님은 호랑이보다 더 무섭다고 했다. 그만큼 힘들고 귀찮다는 말이다. 어머니는 내게 "손님들을 모시고 바닷가에 가서 구경하고 있거라. 내가 얼른 바다에 갔다 올게." 귓속

말을 했다.

그러고는 바로 물질을 하러 나갈 채비를 했다. 옷을 갈아입고 장화를 신은 어머니는 바구니를 옆에 들고 나갔다. 조금 있다 우리도 바닷가로 나갔다. 바닷가에 갔더니, 좀 떨어진 갯벌에서 뭔가를 열심히 캐고 있는 어머니가 보였다. 우리 일행은 소나무 그늘에 앉아 이런저런 이야기를 나누었다. 이야기를 나누다 보니, 저쪽 갯벌에서 일하던 어머니가 우리 쪽 바위 밑으로 와서 뭔가를 잡는 모습이 보였다. 그런데 한 바위 밑에서 어머니가 너무 오래 있는 것 같았다.

"어머니, 우리 여기 있어요. 이제 그만하고 나오세요." 소리를 지르자, 어머니가 갯벌에서 나왔다. 어머니의 바구니 안에는 소라, 해삼, 멍게 등이 한가득 들어 있었다. 장학관 사모님은 바구니 안을 신기한 눈으로 바라보면서 감탄했다.

"와! 어머니, 실력이 대단하시네요."

그런데 어머니는 뭐라고 말씀이 없었다.

뒷자리에 어머니를 태우고 집으로 가는데, 장학관님이 다급히 불렀다.

"박 장학사, 잠깐! 잠깐! 차 스톱."

차를 세우고 뒤로 가봤더니 차 바닥에 붉은 피가 흥건했고, 어머니 옷에서 계속 피가 배어 나오고 있었다. 어머니는 그 자리에서 기절하고 말았다. 쓰러진 어머니를 서둘러 읍내 병원으로 모시고 갔다. 전복을 캐던 어머니는 날카로운 바위에 허벅지 살이 한 뼘도 넘게 찢어진 상처를 입었다. 오랫동안 바위를 붙잡고 있을 때 사고가 난 모양이었다. 간호사는 "조금만 늦었어도 과다 출혈로 위험할 뻔했어요."라고 말했다. 심장이 철렁 내려앉았다.

어머니가 병원에 입원하고, 장학관 내외분은 3일 동안 꼬박 병원에서 간호하며 지냈다. 피서는 저 멀리 도망가버렸다. 사모님의 지극한 정성으로 어머니는 건강을 회복하고 무사히 퇴원했다.

장학관님은 우리 고향 집에 다녀온 뒤로 내게 진심으로 잘 대해주었다. '훌륭한 어머니 밑에 훌륭한 자식이 있다'며 최선을 다해 사람을 대하는 어머니의 따뜻한 마음을 내내 말했고, 그 덕분에 나도 장학관님에게 많은 사랑과 관심을 받을 수 있었다.

어머니에게 많은 것들을 받았다. 그중에서도 정성을 다해 진심으로 사람을 대하는 마음, 그 마음을 삶으로 손수 알려주신 그 가르침이 내 인생에서 가장 비옥한 밑거름이 된 것 같다.

하얀 제복과 푸른 죄수복

KBS 〈아침마당〉에서 스승의 날을 기념해 '선생님과 제자'라는 주제의 대담 프로그램을 만들었다. 학교 선생님 몇 분을 초청해 이야기를 나누는 형식이었다. 거기에 나도 초대받아 출연하게 되었다.

사회자가 물었다.

"박 선생님은 지난 10년 동안 707명이라는 많은 제자들과 한집에서 지내면서 그들을 졸업시키고, 선행을 많이 하셨습니다. 특별히 기억나는 제자가 있다면 두 사람 정도 말씀해주십시오."

"아시다시피 '열 손가락 깨물어 안 아픈 손가락이 없다'란 말이 있습니다. 제자들도 마찬가지입니다. 소중하지 않은 제자가 어디 있겠습니까? 두 사람만 말하려고 하니 좀 난감합니다. 그래도 기억에 남은 두 제자를 말하라 하시면…… 한 제자는 공동학습장을 운영할 때 들어온 학생입니다. 이 녀석은 도무지 누구하고 말을 섞으려고 하지 않았습니다. 저녁밥을 먹고 바로 학습장 앞에 있는 강으로 가서 낚시만 했습니다. 표정은 어둡고 자기표현을 전혀 하지 않는 친구였습니다. 누구와도 말을 하지 않았고, 친구도 없었습니다. 가끔 저와 대화를 했는데, 그 대화도 너무 단편적이었습니다. 짧은 대화였지만 아이를 믿고 항상 용기를 북돋는 말을 했습니다. 밤늦게까지 아이가 안 들어오면 걱정이 되어 낚시터로 갔습니다. 가보면 여전히 혼자 낚시만 하고 있었습니다. 나는 낚시하는 아이 옆에 가만히 쪼그리고 앉아 있었습니다. 그러면 그 아이가 물어요.

'선생님, 여기 왜 나왔어요?'

'나도 낚시를 좋아해. 그래서 구경하러 왔어.'

어떤 날은 내가 졸고 있으니까 말을 툭 건넸습니다.

'선생님, 졸면서 여기는 왜 앉아 있어요?'

그렇게 3개월이 지나고 어느 날 저녁, 녀석이 말문을 열었습니다.

'아버지는 알코올중독으로 폐인이 되었고, 어머니는 집을 나간 지 오래됐어요. 누나가 하나 있는데 술집에 나갑니다.'

그러면서 작심한 듯 말을 이어갔습니다.

'저에게는 희망이란 게 도무지 보이지 않습니다.'

그 아이의 이야기를 듣자, 제 고등학교 시절이 떠올랐습니다. 그러곤 이내 눈시울이 뜨거워졌습니다. 저는 제자에게 희망을 이야기했습니다. 녀석은 들은 척도 안 했습니다.

어느 날 밤이었습니다. 깊은 밤에 숨이 막혀 잠을 깼는데, 누가 내 목을 양손으로 누르고 있었습니다. 답답해서 숨이 넘어갈 지경이었습니다. 말을 할 수 없으니까 손으로 방바닥을 치면서 몸부림쳤습니다. 하지만 죽이지는 않을 것 같다는 생각이 들었습니다. 일어나 보니 바로 그 녀석이었습니다.

'이게 무슨 짓이냐'고 꾸짖었습니다.

'나는 꿈도 없고, 희망도 없고, 살아야 할 가치도 없는 놈인데, 선생님이 나를 믿어주고 길이 있다고 말하니까 선생님을 배신할 수가 없어서 여기를 못 나가고 망설이고 있습니다. 차라리 선생님이 안 계시면 나갈 수 있을 거 같아 이런 짓을 했습니다' 라고 하는 거예요.

그 말을 듣는 순간 얼마나 괴로우면 그런 생각을 했을까? 싶더군요. 너무 서러웠습니다. 우리는 서로 부둥켜안고 한없이 울었습니다. 울고 나서 제가 말했습니다.

'우리 죽으려고 하는 그 힘을 가지고 한번 살아보자. 분명

히 길이 있을 거야. 새로운 마음으로 그 길을 한번 찾아보자.'

그런 일이 있고 3일 뒤에 녀석이 제게 밑도 끝도 없이 30만 원만 달라고 했습니다. 어디에 쓰려고 하는지 묻지도 않고 주었습니다.

아이는 그 돈으로 수능시험을 준비한 책을 사 왔습니다. 그때가 1학년 2학기쯤으로 기억됩니다. 이 친구가 죽을 듯이 공부를 하기 시작했습니다. 고등학생이지만 실력은 초등학생 정도에 불과했습니다. 수학의 곱셈과 나눗셈조차도 서툰 아이였습니다.

어떤 날 밤에는 공부하다가 마음대로 안 되니까 괴성을 지르기도 했습니다. 공부하는 모습이 무서울 정도였습니다. 나는 그때마다 저 아이가 저러다가 무슨 사고나 내면 어쩌나 하는 마음으로 내심 긴장도 많이 했습니다. 아이는 해군사관학교 시험을 봐 합격했습니다. 해군 장교가 되고, 대위 때 편지가 왔습니다.

'선생님, 제가 결혼을 합니다. 선생님께서 주례를 봐주십시오.'

그렇게 하겠다고 답장을 했습니다.

해군함대에서 주례를 봤습니다. 하얀 제복을 입은 멋있는 해군들 앞에서 군악대가 연주하는 행진곡에 맞춰 신랑과 신부가 입장하고, 저는 주례를 보게 되었습니다. 당시 저는 신랑보다 더 감격에 벅찬 주례 선생님이었습니다."

"또 한 제자도 공동학습장에서 1년 정도 함께 생활했던 학생입니다. 그 아이가 교도소에서 편지를 보내왔습니다. 편지에는 '선생님, 살려주세요'란 글자만 빼곡히 적혀 있었습니다. 바로 답장을 했습니다.

'그래, 살려줄게. 재판 날짜가 언제냐?'

제자가 재판 날짜를 알려와, 날에 맞춰 법정으로 갔습니다. 푸른 수형복을 입은 제자가 포승줄에 묶여 나왔습니다.

맨 처음 검사가 제게 어떤 관계냐고 물었습니다. '담임선생님'이라고 하자, 검사가 단답형으로만 물었습니다. 저는 검사에게 말했습니다.

'검사님, 저에게 이야기할 시간 2분만 주십시오.'

판사가 제 의견에 동의하여 2분의 시간을 얻었습니다.

'존경하는 판사님! 그리고 검사님! 제 제자가 저지른 죄는 모두 제 탓입니다. 제가 제자를 잘못 가르치고 지도한 죄입니다. 저에게 죄를 물어주십시오. 만약 한 번만 기회를 주신다면 제자를 바른길로 인도해서 세상의 빛이 되는 쓸모 있는 사람으로 만들겠습니다. 존경하는 판사님! 그리고 검사님! 한 번만 기회를 주십시오. 선처를 간곡히 부탁드립니다.'

울면서 애원했지만, 제자의 죄가 너무 무거워서 16년 징역형을 받았습니다. 포승줄에 묶여 끌려가는 제자를 보면서 하염

없이 울었습니다. 제자도 나를 돌아보며 눈물을 흘렸습니다.

　며칠 동안 식음을 전폐하고 누워 있었습니다. 울면서 끌려
가던 제자의 모습이 뇌리를 떠나지 않았습니다. 한 제자는 하얀
제복을 입은 멋진 장교가 되고, 한 제자는 푸른 죄수복을 입고
포승줄에 묶여 끌려가…… 교직에 몸담아오면서 하얀 제복
같은 행복한 날도 많았지만, 푸른 수형복 같은 날들이 포승줄이
되어 저를 묶기도 했습니다. 좋은 일보다는 고통의 기억이 마음
에 더 오래 남는 것 같습니다."

마지막 세 줄

방송에서 말했던 제자가 16년간 수감생활을 하는 동안 면회를 세 번 정도 갔다. 처음 면회실에서 만났을 때, 제자의 눈빛은 분노로 가득했다. 몇 년 뒤 면회를 갔을 때에는 거의 자포자기한 상태였다. 그리고 세월이 흘러 16년이 지났다. 당시 나는 광주시교육청 장학관이었다. 어느 날 전화 한 통이 걸려왔다.

"선생님, 저 징역 살고 오늘 나왔습니다."

"그래 어디냐?"

"교도소 앞입니다."

바로 달려갔다. 제자의 얼굴은 참 많이도 변해 있었다.

"어디로 갈 거니?"

내 첫마디였다.

"할머니 집으로 갈 거냐?"

"할머니는 돌아가셨습니다."

"징역 사는 동안에? 그럼 어디로 갈 건데?"

"그러니까요."

제자가 물었다.

"선생님, 우리가 옛날에 살던 그곳에는 이제 아무도 안 사나요?"

"내가 교육청 장학사가 되고부터 그 일을 할 수 없어서 정리했어."

제자는 한숨을 쉬더니, 지금은 어디에 사는지 물었다. 시내 아파트에 산다고 했더니 같이 좀 살 수 없냐고 했다. 지금은 내 마음대로 못 하고 아내에게 물어봐야 한다고 말했다.

제자를 모텔에 재우고 아내와 상의했다.

"여보, 그 아이가 징역을 살고 나왔는데 갈 데가 없다고 하니 우리가 데리고 살면 안 될까요?"

아내는 안 된다고 하며 정색을 했다. 나는 좀 섭섭했다.

"왜 안 된다고 하세요?"

"당신, 생각해보세요. 그 아이 나이가 지금 서른이 넘었어요. 열여섯 살에 들어갔죠, 16년을 살았죠, 그럼 서른두 살입니다. 어른이에요, 어른. 당신 딸들이 지금 몇 살인가요? 이 작은 아파트에서 어떻게 함께 살아요. 좀 중정머리가 있어야지요."

내가 한숨을 쉬고 있으니 아내는 한참을 가만히 있다가 제안했다.

"그러면 우리 집 아파트 옆에 원룸이 있으니까 그 원룸에다 방을 얻어주세요. 그러면 내가 아침밥과 저녁밥은 먹일 테니까."

그렇게 하기로 했다. 원룸을 빌릴 돈이 없다고 하기에 걱정하지 말라고 다독였다. 아침과 저녁은 같이 먹고 점심은 알아서 해결했다. 어느 정도 일상생활에 적응이 되면 취업시킬 생각이었다. 그런데 분노조절장애와 자폐 경향이 있어서 그런지 쉽지가 않았다. 병원에서 치료도 받았지만 호전되지 않았고, 본인도 치료를 거부했다.

1년, 2년, 3년, 4년이 흘렀다. 그동안 전남대학교 후문에 있는 복사집에도 보내보고, 몇 군데 취업을 시켰지만 얼마 버티지 못하고 나와버렸다. 사회 적응이 되지 않았다. 밥을 함께 먹으며 잔소리하지 않으려고 노력했지만, 어쨌든 밖으로 나가야지 그렇게 집에만 있으면 어쩌냐고 언짢은 소리도 했다. 제자는 나름 사회생활을 해보려고 노력했다.

2016년 5월. 5·18기념행사로 시내가 한창 뜨거울 때였다. 마무리 행사를 마치고 집에 들어와 저녁밥을 먹으려고 식탁에 앉았는데 밥때가 되어도 제자가 오지 않았다. 제자는 항상 나보다 먼저 식탁에 와 있었다. 어디가 아픈지 걱정이 되어 원룸에 뛰어갔더니 문이 열려 있었다. 언제나 문을 잠그고 있는데 그날따라 문이 열려 있었다. 좋지 않은 예감이 들었다. 문을 열고 급하게 안으로 들어갔다.

마지막 세 줄의 글을 남기고, 제자는 방 안에서 세상과 이별했다.

"죄송합니다.
자신이 없습니다.
잊지 않겠습니다."

제자를 화장해 우리가 살던 공동학습장 터에 뿌려주었다. 감옥에서 나온 지 4년 6개월 만에 그는 나를 버리고 멀리 가버렸다. 좀 더 끌어안았어야 했는데…… 여전히 그 제자는 내 가슴 깊이 회한으로 남아 있다.

인철이에게는 스프링이 있었다

광주교도소에서 강의 요청이 들어왔다. 교육청, 학교, 시민단체 여기저기서 초청을 많이 받았지만, 교도소에서 강의 요청이 들어오기는 처음이었다. 의아했다. 강의 요청을 한 사람에게 나를 어떻게 아셨냐고 묻자, 며칠 전 신문에 실린 기사를 보고 알게 되었다고 했다.

그즈음 나는 일본 와세다대학교에서 '한국의 대안교육 성공사례'라는 주제로 강의를 한 적이 있었다. 일본은 '이지메' 즉 학생들의 '왕따' 문제로 우리보다 먼저 대안교육에 관심을 가지고 있었다. 하지만 아직도 이지메 문제로 골머리를 썩고 있다. 와세다대학교에서 강의한 사실이 국내 신문에 보도되었는데, 그

기사를 본 모양이었다.

'교도소에 가서 무엇을 강의할까?' 고민하기 시작했다. 일반 학교에서 하던 주제로 똑같이 강의할 수는 없었다. 고심하다가 공동학습장을 만들게 된 사연, 학생들의 변화, 학생들이 꿈을 키워가는 이야기를 준비했다.

강의 장소는 철문을 두 개나 지난 곳에 있었다. 머리를 빡빡 깎고 푸른 죄수복을 입은 '청년'들이 백여 명 정도 앉아 있었다. 강의실 양쪽에는 두 명씩 네 명의 교도관이 총을 메고 서 있었다. 일반 학교와는 전혀 다른 분위기였다.

한참 강의를 하고 있는데, 한 명이 갑자기 일어서더니 "돈을 얼마 받고 공동학습장에서 아이들을 데리고 살았습니까?"라고 물었다.

내가 돈을 받은 사실이 없다고 하자, 그가 다시 물었다.

"그러면 뭐 하려고 그런 일을 했습니까?"

"나는 교사로서 학교부적응 학생들을 구제해야겠다는 순수한 마음이었습니다."

이번에는 다른 수감자가 일어서더니 "그런 싸가지 없는 놈들은 교도소로 보내버리지 뭐하러 공부를 시켰습니까!"라고 따지듯 말했다. 강의 분위기가 산만해졌다.

다시 10여 분이 지나자 모두들 차분하게 강의를 듣기 시작했다. 내가 의도한 뜻에 동조하면서 천천히 받아들이는 분위기였다. 몸이 좀 약해 보인 한 수감자는 강의를 들으면서 가끔 울었다. 강의가 끝나고 나오려 하는데 한 수감자가 다가와서는 "선생님, 저 인철이라고 합니다. 꼭 기억해주십시오."라고 말하며 수감실 안으로 들어갔다. 강의 중에 울던 그 친구였다.

이후 교도소 직인이 찍힌 편지가 한 통 왔다. 인철이가 보낸 편지였다. 글씨가 또박또박 예쁘게 적혀 있었다. 그 아이가 보낸 사연은 이랬다.

"저의 학력은 초등학교 5학년 중퇴입니다. 저는 한 조직의 행동대장으로 있다가 폭력으로 복역 중입니다. 선생님의 강의를 듣고 나니 공부를 하고 싶습니다. 제게 필요한 책을 좀 보내주십시오."

어려운 여건 속에서도 배우고 싶다는 열의가 참으로 고맙게 느껴졌다. 퇴근 뒤 서점에 들러 중학교 과정에 필요한 책과 참고서 그리고 만화책, 소설책을 구입해 보내주었다. 인철이한테서 답장이 왔다.

"선생님, 정말 고맙습니다."

그 후 3년 동안 인철이에게 꾸준히 책을 보내주었다. 당시 인철이는 4년형을 받아 복역하고 있었다. 형기를 마치고는 소식이 없었고, 나도 까맣게 잊고 있었다.

십수 년이 지난 어느 날 인철이에게서 편지가 왔다. 내가 장학사 시절에 만났으니까 국장이 되기까지 상당한 세월이 흐른 뒤였다. 편지를 개봉하기가 두려웠다. 어떤 내용일까? 어떻게 살고 있을까? 궁금하기도 했지만 아직도 교도소를 전전하고 있으면 어떻게 하지, 이런 생각들이 꼬리에 꼬리를 물어 한동안 편지를 열지 못하고 들고만 있었다.

"선생님, 제가 외제차 부속품을 조립하는 업체의 대표가 되었습니다. 종업원도 스무 명이 넘습니다."

몹시 반가운 소식이었다. '사람이 이렇게 변할 수도 있구나'라는 생각에 하루종일 기분이 좋았다. 인철이는 4년 복역을 마치고 출소했고, 이후 서울 등 여기저기를 돌아다니며 생활했다. 그러던 어느 날 도로변에 세워진 외제차를 훔쳐서 타고 달아났다가 주인의 신고로 잡혔다. 다시 교도소에서 2년을 복역하고 나왔다. 인철이는 자신을 신고한 자동차 주인에게 복수하려고 찾아갔다. 목에 칼을 대는 순간 주인이 말했다.

"젊은 양반, 화난 마음은 잘 알겠지만 그래도 이 칼 좀 거두고 이야기합시다. 나는 당신의 기술을 사고 싶소. 어떻게 자동차 문을 열었는지 너무 신기했어요. 대체 어떻게 문을 연 겁니까?"

자동차 주인은 외제차 부품대리점과 정비공장을 함께 경영하고 있었다.

"스프링으로 자동차 문을 열었소."

그 말을 들은 주인은 깜짝 놀라며 인철이에게 함께 일하자고 제의했다. 고급 외제차는 그 차 키가 아니면 절대로 열 수 없는 특수 장치가 있는 모양이다. 그런데 인철이는 스프링 하나로 열었으니 주인이 깜짝 놀랄 수밖에. 인철이는 자동차에 관한 한 천재적인 머리를 가진 청년이었다.

인철이는 외제차 부품 정비공장에서 일을 시작했다. 회사는 날로 번창했다. 인철이가 개발한 여러 가지 신제품 덕분이었다. 사장은 성실하게 일하는 인철이를 믿고 많은 일을 맡겼다. 회사는 외제차 부품 분야 국내 선두업체로 발전했다.

나이가 많은 사장에게는 뒤늦게 얻은 딸이 하나 있었다. 딸은 서울의 유명 여자대학을 다니고 있었다. 인철이의 학력은 보잘것없었지만 두 사람은 서로 사랑하게 되었다. 사장이 죽고 마침내 인철이가 그 회사 대표가 되었다.

한 편의 드라마 같은 이야기가 인철이의 편지에 빼곡히 적혀 있었다. 나는 '누구에게나 숨은 잠재능력이 있다'는 믿음을 갖고 있다. 그 잠재능력이 언제, 어떻게 발현되느냐가 한 사람의 인생을 결정하는 계기가 된다는 것을 인철이 이야기를 통해 다시금 믿게 되었다.

지나가는 한마디 칭찬에도 학생의 인생은 바뀔 수 있다. 학생의 숨은 재능을 발견하고, 그 재능에 따라 길을 안내하고 이끌어주는 것이 무엇보다 중요한 교사의 역할이 아닐까. 인철이의 스프링을 떠올리면 그런 생각이 확신으로 굳어진다.

상철이 할머니

2002년 3월 광주시교육청 생활지도 담당 장학사가 되었다. 많은 분들이 축하해주었다. 그런데 생활지도 업무는 쉬운 일이 아니다. 학교폭력, 성폭력, 자살, 학교안전사고, 체벌 그리고 각종 민원 등 맡은 업무 어느 한 가지도 책상에 앉아서 처리할 수가 없었다. 다른 장학업무에 비해 유독 어려운 일이 많았기에 모든 장학사들이 기피하는 부서이기도 했다. 아침 7시 30분쯤 출근해서 밤 12시에 퇴근하는 날이 허다했다. 토요일, 일요일도 출근하는 일이 많았다.

초보 장학사 시절, 교육청에 들어온 수많은 민원 가운데 한 가지 일이 마음에 남아 있다. 시교육청 홈페이지에 한 학부모가 글을 올렸다. 학교에 대한 비난과 담임선생님에 대한 험담이 가득했다. 거의 매일 올라왔다. 하루라도 빠지면 이상할 정도로 집요하게 글을 올렸다. 상철이 학생의 할머니였다. 상철이는 일찍이 부모가 이혼하여 할머니와 단둘이 살았다.

상철이가 초등학교 2학년 때 일이다. 상철이 담임선생님이 교육청으로 전화를 해 상철이 할머니 때문에 교직을 그만두고 싶다고 했다. 나는 선생님을 설득했다.

"쉽고 좋은 학생만 지도하면 얼마나 좋겠습니까만 어렵고 힘든 학생을 안고 가는 것 또한 우리 역할 아닙니까? 조금만 참고 기다리면 좋은 결과가 있을 겁니다."

상철이가 3학년일 때는 담당 장학사로서 학교를 찾아갔다. 학교에 가니 교장, 교감 선생님이 나를 붙잡고 하소연을 했다.

"상철이 할머니 때문에 학생들 생활지도가 마비될 지경입니다. 반에서 친구들 간에 말다툼하는 이야기까지 학교 홈페이지에 올리고, 학교를 비난하고, 담임선생님을 험담하니 그 글을 읽은 학부모들은 속도 모르고 학교를 어떻게 생각하겠습니까?"

교장선생님에게 위로를 겸해서 말했다.

"제가 상철이 할머니를 한번 만나보겠습니다. 상철이 학생 주소를 좀 주십시오."

주소를 받아 상철이가 사는 집에 찾아갔다. 골목에 있는 4층 건물 옥탑방이었다. 상철이 할머니에게 인사를 드렸는데, 할머니의 인상이 강직해 보였다.

"시교육청에서 생활지도를 담당하는 장학사입니다."

"생활지도 장학사가 뭐하는 사람이요?"

"학교에서 일어나는 학생생활지도 관련 일을 처리하고 있습니다."

하는 일을 비교적 자세히 설명했다. 그랬더니 학교 욕을 하고, 담임선생님을 험담하고, 교육청에 일하는 놈들이 도대체 뭐 하는 놈들이냐, 비싼 세금 가지고 봉급 받고 일하는 놈들이 하는 일이 무엇이냐는 등 거친 말들을 한 시간 동안이나 쏟아냈다. 나는 고개를 끄덕이며 듣고만 있었다. 거의 이야기가 끝난 것 같았다.

"할머니 가십시다. 저녁이나 먹으러 가시게요."

할머니, 상철이 그리고 나까지 셋이서 집 근처 식당으로 갔다. 밥을 대접하면서 식당 주인에게 내 명함을 건네며 말했다.

"이 할머니와 아이가 여기 와서 밥을 드실 때는 밥값을 받지 마세요. 제가 와서 계산하겠습니다."

할머니는 당신에게 밥값을 내라는 줄 알고 나보고 밥값을 내라고 했다.

"아닙니다, 할머니. 아무 때나 오셔서 식사하세요. 밥값은 제가 지불할게요. 대신 부탁이 하나 있습니다. 학교 홈페이지나

교육청 홈페이지에 글은 올리지 마세요. 못마땅한 일이 있거나 하고 싶은 말씀이 있으면 제게 전화를 하세요."

명함을 할머니에게도 드렸다. 할머니는 그러겠다고 했다. 나는 학교로 돌아가 교장, 교감, 담임 선생님에게 오늘 있었던 일을 자세히 이야기하고, 앞으로 그 할머니를 무조건 친절하게 대해주면 그런 일은 없을 것 같다고 전했다. 그리고 뒷일은 내가 책임지겠다고 했다. 교장선생님은 "박 장학사님! 정말 감사합니다"라고 인사했다.

그 뒤 상철이 할머니는 학교에서 일어난 시시콜콜한 이야기를 거의 매일 전화로 내게 알려왔다. 빈도가 병적이었다. 상철이를 반 학생들이 무시한다, 선생님이 무성의하다…… 나는 끝까지 들어주었다. 어떤 날은 할머니를 모시고 직접 학교에 갔다. 학교에 가서 할머니가 있는 앞에서는 학교를 질책하면서 할머니 편을 들어주었다. 그렇게 할머니를 안심시켰다.

상철이가 중학생이 되었다. 상철이가 어느 중학교로 배정받을지가 초미의 관심사였다. 중학생 때도 할머니의 습관은 여전했다. 교육청 홈페이지에 다시 글을 올리기 시작했다. 우리는 할머니의 글을 무시하기로 했다. 그러던 어느 날, 교육감 비서실에서 급히 나를 찾는 전화가 왔다. 본청에서 자리를 옮겨 동부교육지원청 국장으로 근무하던 시절이다.

할머니가 가방 속에 총을 숨겨가지고 교육감실로 난입하여 교육감님에게 총을 겨누는 난리가 났다고 했다. 할머니가 내 말밖에 안 들으니 어떻게 해달라는 요청이었다. 우선 할머니가 가지고 있는 총이 뭐냐고 물었더니, 장난감 총인데 처음에는 진짜 총처럼 보여서 깜짝 놀랐다고 했다.

여하튼 내게 빨리 할머니를 밖으로 나오게 해달라는 것이었다. 나는 우선 할머니와의 통화를 부탁했다. 내 전화라고 하자 할머니가 얼른 받았다.

"어머니, 지금 뭐하시는 거예요? 무슨 일이 있으면 저에게 전화하시라 했는데 왜 또 가셨어요? 얼른 교육감실에서 나오세요."

나는 '어머니'라고 부르면서 퉁명스럽게 말했다. 할머니는 능청맞게 나를 진짜 아들처럼 대하면서 이런저런 하소연을 했다. 어느 정도 듣다가 "어머니가 교육감실 가서 그러시면 교육감이 아들 승진을 안 시켜줘요. 아들 승진하는 꼴 볼라믄 얼른 나오세요."라고 말했다. 그러자 할머니는 "내 아들에게 불이익이 있다면 나가야제." 하면서 순순히 교육감실을 나왔다.

할머니를 만나 왜 그런 무모한 행동을 했냐고 물었더니, 자기가 홈페이지에 글을 올려도 내가 반응이 없어 화가 나서 왔다고 했다. 같이 밥을 먹고 이야기를 들어주자 할머니는 기분 좋게 귀가했다.

　오랜 세월 할머니와 알고 지내면서 처음에는 미운 마음이 컸다. 시간이 흐르면서 이 마음은 연민의 정으로 변해갔다. 할머니에 대한 모든 것을 알고 난 뒤부터는 전화가 없으면 궁금할 정도로 마음속에 할머니가 자리를 잡았다. 그래서 나는 10여 년 동안 추석과 설 명절이 다가오면 할머니 집을 찾아갔다. 할머니 손을 잡고 재래시장을 돌면서 명절 찬거리를 사서 드리곤 했다. 할머니는 나를 친자식처럼 대했다. 내 마음속에서 할머니는 돌아가신 우리 어머니와 동일시되고 있었다.

　상철이는 한 사립 고등학교를 지원했다. 마침 그 학교에는 친한 친구가 근무하고 있었다. 친구에게 상철이를 부탁하자, 처음에는 "내가 미쳤냐." 하며 펄쩍 뛰었다. 하지만 3년 동안 상철이 담임을 맡으면서 친구는 나보다 할머니와 더 친하게 지냈다. 할머니는 늘 말했다. 그 친구가 훌륭한 선생님이라고, 아들이 상을 주라고.

　상철이가 고등학교를 졸업할 무렵이었다. 나는 아무리 밤늦게 걸려온 전화라도 받는데, 어느 날 새벽 4시 무렵 전화가 왔다. 그런데 하필이면 그날따라 몸이 천근만근이어서 도저히 전화를 받을 수가 없었다. 얼마 뒤 우연히 상철이 담임인 친구에게 전화를 했더니 뜻밖의 소식을 전해주었다.

"친구야! 상철이는 졸업했지? 할머니는 잘 계셔?"

친구는 한동안 말이 없었다.

"몰랐어?"

"뭣을?"

"자네한테 유언을 했다던데?"

할머니가 돌아가셨다고 했다. 새벽 4시에 걸려온 전화는 상철이 할머니 전화였다. 돌아가시기 직전 내가 전화를 안 받으니까 '상철이를 잘 부탁한다'라고 음성녹음으로 유언을 남겨놓았다.

상철이 할머니가 돌아가시기 3년 전에 내 어머니가 돌아가셨다. 어머니의 부고를 어떻게 알았는지 장례식장 한가운데에 상철이 할머니가 앉아 있었다. 할머니는 고인에 대한 예를 다하려고 했다. 나는 집히는 게 있어서 부의금을 찾아봤더니, 할머니의 봉투 속에는 20만 원이 들어 있었다. 봉투에 그 금액의 두 배를 넣어 조카에게 주면서 차로 모셔다 드리라고 했다.

그런 할머니의 장례식에 가지 못한 것이 내내 마음에 걸린다. 할머니와 정을 나눴던 10여 년이 넘는 세월이 그립기만 하다.

용서도 함께 드렸다

　광주의 5월은 매우 바빴다. 각종 5·18기념 행사를 맡은 생활지도팀은 더욱 그랬다. 나는 학생 대표를 인솔해 망월동 국립 5·18민주묘지에서 열린 기념식에 참석했다. 참석자 명단을 보니 광주의 한 초등학교 대표의 이름이 낯익었다. 그 이름을 어찌 잊을 수 있을까. 그는 내 아버지를 돌아가시게 한 바로 그 담임 선생님이었다. 나는 숨이 멎을 듯 온몸이 굳었다. 세상에 어떻게 이 자리에서 다시 만날 수 있단 말인가. 〈임을 위한 행진곡〉 노래가 울려 퍼지고, 나는 울면서 그를 쳐다보았다.

　분노의 결은 다르지만, 아버지가 떠난 날 철없이 불렀던 〈6·25 노래〉가 떠올랐다. 도대체 얼마나 질긴 악연이기에 넓고 넓은 도시에서 기념식 인솔자로 다시 만날 수 있단 말인가. 그날은 먼 발치에서 한참을 쳐다보다가 발길을 돌렸다.

아픈 세월이 흐르고 흘러 광주동부교육지원청에서 교육국장으로 근무하던 때이다. 이제는 그 선생님을 만나 차 한잔하면서 지난날을 이야기하고 싶었다. 진심으로 용서해야겠다는 마음을 갖고 있었다. 그래서 하루는 선생님께 전화를 걸었다. 전화를 몇 번 했는데도 도무지 받지를 않았다. 이후 어렵게 통화가 연결되었다.

"선생님, 저 박주정입니다."

"박주정? 기억이 잘 안 나는데?"

다시 목소리를 가다듬고 말하자, 마지못해 응대하는 것 같았다.

"선생님, 한번 만나뵙고 싶습니다."

"왜? 자네가 나를 만나야 할 이유가 무언가?"

그의 건조한 목소리를 들으며 그는 나를 안중에도 없는 사람처럼 생각한다고 느꼈다.

"선생님, 선생님은 저하고 한번은 만나야 합니다. 만약 선생님께서 저를 만나주시지 않고 피하시면 제가 선생님 댁으로 가겠습니다. 저는 선생님이 어디에 사는지 알고 있습니다."

단호하고 무겁게 말했다. 결국 만날 장소와 날짜를 정했다.

약속을 하고서 부산에 사는 둘째 형님께 그 사실을 말하자 형님이 크게 나무랐다.

"야, 주정아! 우리는 오래전에 용서하고 잊은 일인데 왜 새삼스럽게 다 지난 일을 끄집어내냐?"

순간 큰 충격을 받았다. 그 일 때문에 나는 단 한순간도 편안한 적이 없었는데 다 용서하고 잊었다고? 내 생명을 날려버릴 것처럼 나를 붙잡고 놓아주지 않던 그 일을 그렇게 쉽게 잊었다고? 용서가 그렇게 쉬운 일인가?

"그래도 한번은 만나서 자초지종 이야기를 해야 할 것 아닙니까?"

"지난날을 끄집어내지 마라. 우리 가족은 하나님을 믿는 사람들이다. 하나님은 원수도 용서하라고 하셨어. 성경에 있잖아. 너도 하나님을 믿는 사람이다. 우리 형제간은 모두 다 잊고 용서한 지가 언제인데 너만 아직도 용서를 못 하고 있냐."

형은 꾸짖듯 말했다. 다시 부산 누나 집으로 전화했다.

"주정아, 하나님을 믿는 사람이 용서해야지, 그분한테 용서를 바라면 되냐?"

나는 전화를 끊고 많은 생각을 했다. 사람 마음이라는 것이 그렇게 가볍게 움직이는 것일까? 그렇다면 나는 너무 옹졸해서 용서를 못 했단 말인가?

우리 8남매는 모두 신실한 기독교 신자이다. 남매들은 모두 하나님의 자녀로서 담임선생님을 진즉 용서했다는데 나는 지금까지도 그날을 잊을 수가 없다. 그래서 형제들에게 평생 동안 죄책감을 갖고 살아왔다. 형과 누나들은 나만큼 아프지 않았던 것일까. 신자든 아니든 그것과 상관없이 용서는 피해를 당한 사람이 하는 것이다. 상처가 가슴 속 깊이 패이면 그 상처는 결국 아물지 않고 생명이 다할 때까지 피가 줄줄 흐른다는 것을 경험으로 안다. 그렇게 시간이 흐르고 약속한 날이 되어 만나기로 한 장소에 나갔다. 선생님을 앞에 두고 침착하자고 스스로를 다독이면서 말했다.

"선생님, 제가 오늘 뵙자고 한 이유는 그날 왜 그렇게 어린 아이를 무참하게 때렸는지, 그로 인해 아버지가 돌아가셨는데 선생님은 왜 아무 말이 없었는지 그 대답을 듣고 싶어서입니다. 선생님이 우리 가족에게 진심으로 용서를 빌어야 한다는 것을 말씀드리고, 제 아버지의 한을 풀기 위해서입니다. 선생님을 사무치도록 증오했습니다. 그래서 꼭 한 번은 선생님을 만나고 싶었습니다."

하지만 선생님은 기억이 나지 않는다고 했다. 용서하려고 만나자고 했는데 그 말을 듣는 순간 다시 손이 부르르 떨리고 무슨 일을 낼 것만 같은 상황이 되어버렸다. 기억이 안 난다니,

별안간에 남편을 잃고 50년 가까이 한 맺힌 세월을 살아온 어머니의 세월과 8남매의 고통이 있는데, 자신이 한 일이 기억이 안 난다니. 피가 거꾸로 솟았다.

나는 폭발했다. "그래? 그렇다면 당신도 나하고 똑같은 고통을 느끼도록 해주겠다." "앞으로 내가 당신에게 어떻게 하는가를 봐라."라고 악담을 퍼붓고서는 그 자리를 박차고 나왔다. 나오면서 "당신은 인간도 아닌, 짐승보다 못한 사람."이라고도 말했다. 며칠간을 불면으로 밤을 새우면서 오직 복수만을 생각했다. 나는 아주 처절하게 복수할 온갖 방법을 찾았다. 나는 인간이 아닌 야수로 변해가고 있었다.

얼마나 시간이 흘렀을까. 늦은 밤 전화가 걸려왔다. 그 선생님이었다. 본인도 너무 괴롭고 부끄럽다고 했다. 그 정도, 며칠 정도 괴로웠으면서 50년 가까이 아버지를 죽게 만든 장본인으로 살아온 내 삶은 어떠했겠는지 생각해보았냐고 물었다. 그가 다시 만나자고 했다. 나는 만나고 싶지 않아 거절했다. 선생님에게 독설을 얼마나 뱉었는지 모른다. 그러고서는 나도 울고 말았다. 실컷 울고 할 말을 하고 나니 마음이 가라앉았다. 우리는 다시 보기로 하고 전화를 끊었다. 만날 날을 정하고 나자 만나서 무슨 말을 할 것인가 하는 생각으로 매일 정신 나간 사람처럼 지냈다.

약속한 날, 나는 애써 마음을 추스르고 그를 다시 만났다. 왜 그렇게 무참하게 때렸는지 또 물었다.

"주정아, 정말 미안하다. 그 시절 나 역시 교사가 되고 그 학교가 첫 발령지였으니 혈기왕성한 20대 초반이었다. 내가 무슨 말로 너에게 변명을 하겠느냐. 죽을죄를 졌다."

그는 이 시간부터 자신을 '선생님'이라고 부르지 말라며, 자격이 없다고 울먹였다.

나는 더 물을 수가 없었다. 그가 어떻게 하면 내게 용서가 되겠냐고 물었다. 수많은 시간 내가 고민했던 것을 그가 지금 나에게 묻고 있었다. 죽을죄를 지었다고 제자 앞에서 용서를 빌고 있는 사람에게 더 무슨 말을 할 수 있으랴. 하지만 나는 이를 악물고 두 가지를 제시했다.

"먼저 우리 아버지 산소에 가서 속죄하고 용서를 비십시오. 두 번째는 이번 추석에 우리 형제들이 모이면 와서 무릎을 꿇고 용서를 구하십시오."

그는 당장이라도 그렇게 하겠다고 했다. 일흔 초로의 노인이 되어 제자의 얼굴도 제대로 못 쳐다보고 돌아가는 모습이 나를 너무 쓸쓸하게 했다.

며칠 뒤, 그가 아버지 산소에 가서 엎드려 사죄하는 모습을 찍은 사진을 문자로 보내왔다. 산소를 잘못 찾아가 우리 할아버지 묘소에 엎드린 사진이었다. 나는 거기가 아니라고, 내가 지금 바로 갈테니 가만히 계시라 하고, 차를 몰고 한 시간을 가서 그를 만나 아버지와 어머니 산소로 안내했다.

비탈진 곳에 위치한 묘를 찾아가면서 둘은 말이 없었다. 바람이 매섭게 부는 날이었다. 산소에 도착하자 묘를 부여안고 자기의 잘못을 고백하면서 그가 울었다. 세찬 바람을 맞으면서 둘은 말없이 가파른 길을 내려왔다.

집으로 돌아왔는데 며칠간 계속 마음이 편치가 않았다. 내가 원하는 대로 했는데 왜 마음이 편치 않은지 알 수가 없었다. 그때 집 안에 걸린 장독대 그림이 보였다. 내가 아끼는 가보와 같은 그림이었다. 바로 그림을 내려 정성껏 포장한 뒤 다음 날 아내와 함께 그분이 사는 곳으로 찾아갔다. 그리고 그림을 건넸다. 그 그림에 용서하는 내 마음도 함께 담았다. 그를 위해 준 것은 아니었다. 나를 위한 것이었고, 내가 살기 위해서였다.

그림을 받는 손이 떨리고 있었다. 이어서 그는 조심스럽게 말했다. 나의 두 번째 요구인 우리 형제를 추석에 만나 용서를 구하는 것은 정말 못 하겠다고. 번민하고 번민했지만 큰 형의 얼굴을 도저히 못 보겠다고 읍소했다. 대신에 속죄하는 마음으로 살겠다고. 아버지 산소가 가파르던데 평판 작업을 하면 자신도 돕고 싶다고 했다.

그렇게 그분을 용서했다. 돌아오는 차 안에서 나는 짐승처럼 꺼이꺼이 울었다.

생명존중 장학사의 우울증

장학사 시절 나는 심한 우울증을 앓았다. 하루하루 살아가기가 지겹고 어려웠다. 날마다 죽고 싶은 생각만 들었다. 몸무게는 10킬로그램 이상 빠지고, 수면제의 도움을 받지 않으면 잠이 오지 않았다. 그래도 중독만은 되지 않으려고 수면제를 쪼개 먹으면서 버텼다.

교육청의 동료들에게 죽고 싶다고 말하면, '그게 생명존중 담당 장학사 할 말이냐'며 핀잔을 줬다. 목수가 남의 집은 멋지게 지어주고 자신은 오막살이를 한다는 말처럼 내 처지가 그랬다. 업무는 생명존중 장학사였지만, 정작 나는 말할 수 없는 고통의 나날을 보내고 있었다. 아내는 날로 쇠약해지는 내 모습을 보면서 한숨만 푹푹 쉬었다. 병원에 가도 뚜렷한 병명이 나오지 않았다.

스스로 우울증의 원인을 진단해보면, 맡은 업무로 인한 스트레스도 있었지만, 자살한 학생들을 많이 보고 겪으면서 받은 충격 때문인 것 같았다. 한 학생이 자살을 하면 왜 그 학생이 죽게 되었는지 장학사로서 확실히 알아야 하고, 그에 따라 보고서를 제출해야 했다. 그러다보면 죽음을 택할 수밖에 없었던 학생의 심정을 이해하게 된다.

자살 현장은 참혹하다. 그 슬픈 현장만큼이나 사전에 예방하지 못했다는 자괴감은 너무나 컸다. 학생의 장례식날 영정사진 앞에서 통곡하는 부모의 모습을 보고 있으면 꼭 내 자식이 죽은 것처럼 가슴이 찢어졌다. 한 학생이 죽고 나면 그 영정사진이 며칠 동안 나를 따라다녔다. 밤에 잠을 자려고 하면 그 영정사진이 불쑥 나타나서 괴롭혔다. 나는 타인의 아픔에 너무 깊이 빠져드는 경향이 있는데, 이는 장점이자 큰 단점이기도 했다. 남들이 전하는 슬픈 이야기나 괴로운 사연을 듣고 있으면 거기에 몰입해 헤어나기가 어려웠다.

죽은 아이들의 환영에 시달리는 내 모습을 보다 못한 아내가 형들에게 도움을 청했다. 아내의 전화를 받고 시골의 어머니를 비롯해 여덟 형제자매가 우리 집에 다 모였다. 부산의 매형도

왔다. 모두 초췌한 내 모습을 보고는 붙잡고 울기 시작했다. 나는 형제들 앞에서 항상 당당했는데 그날은 어린아이가 되어 그들의 품에 안겨 함께 울었다. 초라한 모습과 악몽 같았던 순간들이 겹치면서 눈물을 주체할 수가 없었다.

그날부터 형제들은 이틀간 하나님께 통성기도를 올렸다. 그들의 기도 소리는 내 심장을 깊게 파고들었다. 슬픈 영혼의 소리였다. 둘째 형이 기도했다.

"하나님 아버지, 살려주십시오. 우리 주정이를 죽음의 문턱에서 구해주십시오. 우리 주정이는 하나님 아버지께서 잘 아시다시피 일찍이 아버지를 하늘나라로 보내고 어린 나이에 고아나 다름없이 어렵게 지냈습니다. 형제자매가 많이 있습니다만 다들 어렵게 살다보니, 동생 학비 한 번 제대로 내주지 못했습니다. 고등학교 때는 굶주린 배를 졸라매고 학교에 다녔습니다. 대학교를 졸업하고 이제 박사까지 되었습니다. 우리 형제들은 가난 때문에 초등학교도 겨우 나왔지만, 동생은 박사가 되어 사회의 등불이 되었습니다. 주정이는 우리 8남매의 기쁨이자 늙은 어머니의 유일한 희망입니다. 만약 주정이가 죽는다면 어머니도 돌아가시게 됩니다.

하나님 아버지! 보살펴주시옵고 구제해주십시오. 우리 동생 주정이는 자기가 어렵게 공부하면서 학교를 다녔기에, 더 가난하고 힘든 학생들을 집에 데리고 있으며 그들을 돌보았습니다. 그런 선한 일을 하는 동생입니다. 아직은 이 땅에서 그가 해야 할 일이 많습니다. 만약 주정이를 데려가시려면 저를 대신 데려가십시오."

형제들은 통곡하며 기도를 올렸다. 연로한 어머니는 너무 울어서 기력을 잃었다.

"주정아! 주정아! 내 아들 주정아! 너는 나의 생명의 등불이다. 너에게 만약 문제가 생기면 이 어미는 못 산다. 어쩌든지 살아야 한다."

나는 형제들의 통성기도를 들으면서 죽음이 무엇인지 어렴풋이 느끼게 되었다. 죽음은 하나의 핏줄로 연결된 형제들이 찢어지는 일이고, 내가 죽는다는 것은 사랑하는 어머니와 형제의 심장을 도려내는 일이다.

나는 죽을 수 없었다. 그동안 나는 허공에 떠 있는 허깨비처럼 힘없이 허우적거렸다. 그런데 그날, 나 때문에 모여서 동생 대신 자기를 데려가라고 눈물범벅이 되어 기도하는 형과 어머니를 보자 내가 회피하고자 했던 현실의 혼란스러운 모습들이 구체적으로 느껴지기 시작했다. '모순되어 보이고 앞뒤가 안 맞는 것처럼 이해할 수 없던 세상이었는데 그것을 사랑이라는 힘이 감싸고 있구나.' 이런 생각이 망상이 아니라 실제로 느껴졌다.

그날 이후 나는 하나님을 믿는 사람이 되겠다고 결심했다.

오래전부터 어머니는 말씀하셨다. 너만 하나님을 믿는다면 죽어도 여한이 없겠다고. 하지만 나는 하나님에 대한 원망이 많았다. 하나님이 공정하지도 공평하지도 않다고 생각했다. 어린 시절 우리 집은 동네에서 제일 가난했다. 그 당시 우리 집 부근에는 과수원이 즐비했다. 우리 형제들은 아무리 배가 고파도 남의 집 과일나무에서 무수히 떨어진 썩은 복숭아 하나도 몰래 주워 먹지 않았다. 이것을 보고 동네 사람들은 "저 집은 예수 귀신이 붙어서 애들이 착하다."고 말했다. 하지만 나는 '하나님이 계신다면 왜 우리 형제들처럼 착한 사람들한테 복을 주지 않을까'라고 생각했다. 하나님이 계신다면 우리 형제들은 잘살아야 했다. 현실은 그 반대였다. 이런 생각들 때문에 교회에 나가야겠다고 마음을 먹으면서도 선뜻 행동으로 옮기지는 못했다. 더구나 부당한 일을 당한 사람이 계속 부당하게 대우받는 모습을 보고는 교회로 발길을 돌리기가 어려웠다. 그러던 내게 이번 일은 하나님을 안다는 것에 대해 진지하게 생각해보는 계기가 되었다.

어느 해 학교에서 있었던 일이다. 스승의 날이면 우리 반 학생들이 내게 선물을 가져다 주었다. 선물 종류도 여러 가지였다. 초콜릿을 가져오는 학생, 편지를 써서 가만히 놓고 가는 학생, 꽃을 사 오는 학생 등. 그런 선물을 받으면 교무실로 가지고

가 옆자리 선생님들에게 나눠주곤 했다. 그런데 한 선생님이 선물을 내게 돌려주면서 "이 선물은 선생님이 꼭 받아야 할 선물." 이라고 했다. 그 안에 무엇이 들었는지 확인도 안 하고 예쁜 포장지에 싼 선물을 옆자리 선생님에게 준 것이다. 포장을 뜯어보니 성경책이었다. 성경책 안에 "선생님 사랑합니다. 선생님이 하시는 일은 하나님이 하시는 일입니다."라고 적혀 있었다. 평상시에도 그 학생은 시험지 맨 끝에 "선생님이 하시는 일은 하나님이 하시는 일입니다."라고 적었다. 나는 그 학생이 준 성경책을 집 서재 어딘가에 꽂아두었다.

오늘 갑자기 그 일이 떠올라 몇 해 전 제자가 준 성경책을 찾았다. 서재 한쪽 귀퉁이에서 기도하듯 나를 기다리고 있었다. 성경책의 먼지를 닦고 나서 성경책 위에 손을 얹고 가만히 기도했다. 하나님이 사랑이신 것을 그동안 믿지 못했다고. 앞으로는 나도 신실한 교인이 되겠다고.

그 후 주일이면 하나님을 만나는 시간을 가진다. 나의 부족한 믿음은 이렇게 시작되었다. 하나님은 여전히 나를 채찍질하시는 것 같다. 하지만 그날 이후 극심했던 내 우울 증상은 조금씩 사라졌고, 몸은 회복되었다. 지금은 고통스러운 상황을 만나도 거기에 매몰되지 않고 그 상황을 조금씩 객관적으로 보기 위해 노력하곤 한다.

차별은 학대다

진영이는 고등학교 2학년 때 우리 반 아이였는데, 공동학습장에서 함께 생활했다. 부리부리한 눈에 몸집이 크고 영리한 학생이었다. 그런데 성격이 거칠고 괴팍했다. 학급 친구가 자기보다 좋은 휴대폰을 가지고 있으면 꼭 빼앗으려 들었고, 다른 반 학생 것도 좋아 보이면 빼앗아 자기가 가졌다. 몇 번을 타일렀지만 막무가내였다. 한 학기가 지나도 난폭한 행동은 고쳐지지 않았다. 결국 진영이 어머니에게 전화를 걸었다.

"어머님, 진영이 담임입니다. 진영이가 좀 문제가 있습니다. 그래서 어머니께 전화를 드리게 됐습니다."

그런데 진영이 어머니는 진영이가 아니라 형 이야기만 계속했다. 진영이 형은 의대에 다닌다고 했다.

"큰아들은 얌전하고, 착하고, 공부밖에 모르고, 부모 속도 안 썩이고, 모범생입니다."

"어머니, 어머니, 제가 지금 진영이 이야기를 하고 있는데 어째서 진영이 형 이야기만 하십니까?"

어머니는 진영이 이야기는 들을 생각을 안 했다. 진영이에 대해서는 말하고 싶지도 않고, 듣고 싶지도 않다고 했다. 다른 학부모 같으면 공동학습장에서 함께 지내면서 고생한다고 격려라도 해줄 법한데, 그런 말 한마디 없이 전화를 끊어버렸다. 서운했다. 문득, 진영이가 어머니한테 학대나 따돌림을 받고 있다는 생각이 들었다.

어느 날 학교 수업을 마치고 내 차로 학생들과 공동학습장으로 가려는데 진영이가 오더니 휴대폰을 내밀었다.

"선생님, 이 휴대폰 좋은 것이니까 선생님 가지세요."

"아니야, 내 휴대폰도 아직은 쓸 만해. 그런데 왜 좋은 휴대폰을 나한테 주는 거냐?"

이제 자기는 필요 없으니 내게 주고 싶다고 했다. 그러면서 오늘은 학습장에 안 가겠다고 했다.

"왜 학습장에 안 올 건데?"

"오늘 저녁에 우리 집 아파트 옥상에서 파티를 열라고요."

"파티가 뭔데?"

"선생님이 그것까지 알 필요는 없어요."

학생들을 데리고 공동학습장에 도착했다. 그런데 아무래도 진영이 말이 귓가에 맴돌았다. 아파트 옥상에서 파티를 연다…… 나는 이제는 휴대폰이 필요 없다……

불길한 생각이 들어 빨간 프라이드를 몰고 서둘러 진영이네 아파트로 갔다. 가정방문 때 한 번 간 적이 있어서 어딘지 알고 있었다. 진영이네 아파트는 숲속에 있었는데 비교적 부유층이 사는 동네였다. 아파트에 도착해서 바로 옥상으로 뛰어올라갔다. 옥상 문이 열려 있었다. 진영이가 옥상 난간에 걸터앉아 술을 마시고 있었다.

"진영아! 너 지금 여기서 뭐해?"

진영이는 나를 보더니 깜짝 놀랐다.

"선생님이 여기 웬일이세요?"

내가 가까이 다가가면 아래로 뛰어내릴 것 같은 눈치였다. 나는 더 가까이 다가갈 수가 없었다. 진영이가 더 가까이 오면 뛰어내린다고 했다.

"진영아, 죽더라도 선생님하고 술이나 한잔하고 죽자. 나도 술 한잔만 주라."

술이 없다고 했다. 큰 소주병인데 다 마신 것 같았다.

"진영아, 그럼 내가 술을 사 올 테니까 좀만 기다려라."

나는 술을 사러 달려 내려갔다. 이 순간에라도 진영이가 아래로 뛰어내릴 것만 같아 속이 타들어갔다. 내려와 바로 아파트 입구 경비 아저씨에게 말했다.

"옥상에 있는 아이가 자살하려고 뛰어내릴 것 같으니 빨리 119 소방차를 불러주세요. 밑에 매트 좀 깔아주세요."

그분은 가는 귀가 먹었는지 내 말뜻을 전혀 알아듣지 못하고 "뭐라고? 뭐라고?"만 했다. 마음이 급해진 나는 다시 옥상으로 올라갔다. 진영이는 그 자리에 그대로 걸터앉아 있었다. 진영이를 부르면서 조금씩 다가갔다. 거리가 좁아졌다. 손이 닿을 만큼 가까워진 순간 진영이 혁대를 잡고 밑으로 끌어내렸다. 우리는 옥상 바닥에 앉았다.

"진영아, 왜 그래! 무슨 이유로 죽으려고 하는지 말이나 좀 해보자."

진영이가 말했다.

"오늘 밤, 엄마를 죽일 겁니다."

"왜 무슨 이유로?"

"우리 엄마는 엄마가 아닙니다. 세상에서 제일 나쁜 엄마입니다."

어머니가 형만 좋아한다는 것을 알고 있었지만, 짐짓 모르는 척 물었다.

"진영아, 다른 사람도 아니고 어머니를?"

나는 진영이 혁대를 잡고 계속 말했다.

"진영아, 가자. 선생님하고 술이나 한잔하자."

우리는 아파트 근처에 있는 재래시장으로 갔다. 식당에 앉아 술을 마시면서 진영이의 이야기를 계속 들었다. 내내 엄마 이야기였다. 집에 들어가면 알은체를 안 할 정도로 무관심하고, 학교에 갈 때는 공고 교복을 입고, 하교 후 집에 올 때는 인문계 교복으로 갈아입고 오라 했다고 한다. 아파트 주민들이 보면 창피하다고. 이렇게 진영이는 부모로부터 학대받은 아이였다. 친어머니가 아니냐고 묻자, 친엄마라고 했다. 아버지는 어떠냐고 물었다. 그래도 아버지는 엄마보다는 나은 편이라고 했다.

우리는 술을 마시고 함께 공동학습장으로 왔다. 그 후 3학년 때부터 진영이가 마음을 잡고 공부하기 시작했다. 말은 이렇게 쉽게 하지만 여러 우여곡절과 사건이 있었다. 세월이 흘러 졸업식 날이 되어 진영이 어머니에게 전화를 했다.

"어머니, 오늘은 진영이 졸업식 날입니다. 오셔서 축하해주세요."

어머니는 바쁘다고만 했다. 참고 참다가 한마디 했다.

"어머니, 진영이도 자식입니다. 어떻게 그렇게 무관심하십니까?"

　그러자 전화를 뚝 끊어버렸다. 진영이는 대학교를 졸업하고, 지금은 대기업에서 착실히 근무하고 있다. 가끔 전화가 온다. 내 생명의 은인, 사랑하는 선생님, 평생토록 선생님을 잊을 수가 없다며 예쁜 말을 해준다. 스스로 세상을 버리려고 했던 그 아이가 잘 자라주어서 그저 고마울 뿐이다.

꼰대를 위한 건배

고등학교에 있으면서 줄곧 생활지도부 업무를 맡았다. 하루는 교무실에서 선생님 한 분이 낭패를 당한 경험을 이야기했다. 무슨 일인가 들어보았다. 이야기는 이랬다.

중간고사 시험 감독을 하고 있는데 한 학생이 태연하게 옆 학생의 답안지를 뺏어다가 베끼고 있었다.

"너, 이게 무슨 짓이냐!"라고 꾸짖었더니 위아래로 째려보면서 선생님에게 욕을 했다.

"야, 너 선생님에게 무슨 말버릇이 그래!"

"야, 재수 없어, 씨발!"

이렇게 말한 뒤 학생은 교실 문을 발로 차고 나가버렸다.

그 선생님은 도대체 학교에서 어떻게 이런 일이 있을 수 있냐며 넋두리에 한숨을 섞어 말했다. 아무리 학생의 인권, 인권 하지만 이 일을 어떻게 했으면 좋겠냐고 모두의 답을 구했다. 나는 그 학생이 누구냐고 물었다.

학교 폭력배 짱, 3학년 김영학이었다. 얼굴은 험상궂고, 어떤 반응이 나올지 몰라 말 걸기도 쉽지 않은 녀석이었다. 선생님들도 영학이만은 피하는 눈치였다. 괜히 좋지 않은 일이 생길 수도 있기 때문이었다.

그날 하교를 하는 길에 영학이를 우연히 만나 약간의 훈계를 했다. 하지만 전혀 반성의 기미가 보이지 않았다.

그런데 그 다음 날, 교문 앞에 세워둔 내 빨간 프라이드의 유리창이 박살 나 있었다. 누군가 내 차 앞유리창이 폭삭 주저앉도록 큰 돌로 내리쳐 부숴놓았다. 화가 머리끝까지 치솟았지만 참았다. 내게 무슨 원한이 있다고 이렇게까지 박살을 낼 수 있을까. 교무실에 오자 한 선생님이 누가 한 짓인지 알고 있지만 말할 수 없다고 했다.

"선생님, 말해주세요. 저도 누가 그랬는지 알고는 있어야 할 게 아닙니까?"

그러자 영학이가 그랬다고 했다. CCTV로 조사해보면 다 나올 것 아니냐고 하면서 경찰서에 신고하라고 했다. 그 애는 경찰에 신고하기 전까지는 끝까지 안 했다고 오리발을 내밀 거라는 조언까지 해주었다.

학교에서 일어난 일을 가지고 경찰서까지 가고 싶지 않았다. 차는 교문 쪽에 그대로 세워놓았다. 이틀 뒤 학교에서 지나가는 영학이 무리를 만났다. 영학이에게 말을 걸었다.

"야, 영학아. 학교 앞 분식집에서 술도 판다더라. 오늘 수업 끝나고 그곳에서 술 한잔하자."

"내가 선생님하고 왜 술을 마셔요?"

그러더니 몇 걸음 가다가 뒤돌아보면서 "술 한잔하고 싶으면 제 단골집으로 오세요."라고 말했다. 장소를 확인하고 시간 약속도 잡았다. 퇴근하고 그곳으로 갔다. 우리 학교 학생 대여섯 명, 타 학교 학생 세 명이 함께 자리 잡고 있었다. 차 이야기는 하지 않았다.

"영학아, 좋은 집이네. 오늘은 내가 한잔 살게. 여기가 비싼 집은 아니겠지?"

일부러 태연한 척하면서 호기스럽게 그들과 술 한잔을 했다. 20여 분 정도 그 녀석들이 하는 이야기를 다 들어주었다. 그들 편이 되어주었더니 속마음을 말했다.

"학교 선생님들은 우리를 인격적으로 대해주지 않아요. 결석 일수가 70일만 넘으면 '이때다' 하고 바로 퇴학시키려고 하지요. 그런데 왜 선생님은 날마다 교문 앞에 서서 등교하는 우리를 반갑게 맞아주세요? 우리는 이미 학교에서 문제학생으로 낙인찍힌 애들인데요……"

"야, 학교 우등생이 사회 우등생이 아니야. 사람은 열두 번도 더 변한다고 하더라. 너희가 마음만 잡으면 사회에 나가서 얼마든지 훌륭한 사람이 될 수 있어야. 그리고 나는 너희를 문제학생, 꼴통학생으로 보지 않는다."

"선생님, 우리 너무 이뻐하지 마세요. 우리는 이미 싸가지 없는 놈들이에요."

술자리가 어느 정도 무르익자 영학이가 건배 제의를 했다. 학생들이 일제히 잔을 높이 들었다. 나도 들었다.

"야, 오늘 우리가 살다가 처음으로 멋있는 꼰대를 만났다. 우리 이 선생님 믿고 학교 한번 잘 다녀보자."

모두 그러자고 했다.

"멋있는 꼰대를 위하여, 건배!"

지금도 잊히지 않는 영학이의 건배사다. 건배가 있고 며칠 뒤, 학교에서 영학이를 만났다.

"선생님." 하면서 인사하는 눈빛이 달랐다.

"영학아, 우리 언제 돼지 한 마리 같이 먹을까? 우리 공동학습장에 학부모 한 분이 돼지장사를 하는데 내가 말하면 싸게 줄

거야, 술은 너희들이 사 와."

"진짜로요? 아, 참. 선생님 학습장에서 애들하고 함께 사신
다면서요? 선생님 돈이 그렇게 많아요?"

"영학아, 너 무슨 말을 그렇게 해, 듣기 서운하게."

우리는 웃으면서 약속을 했다.

공동학습장에서 돼지 한 마리를 잡았다. 영학이를 따르는
패거리들 20여 명이 모였다. 우리는 밤이 새도록 이런저런 이야
기를 하면서 하룻밤을 보냈다. 술에 취하면 주사가 드러나지 않
을까 싶어 내심 걱정도 했다. 그런데 한 아이도 흐트러짐 없이
예의를 갖추었고, 담배도 몰래 나가서 피우고 왔다. 나는 고기를
구우면서 슬쩍 태권도 이야기를 꺼냈다. 영학이가 태권도 고수
라는 걸 전해 들은 적이 있었기 때문이다.

"야, 너희들 학교 오면 공부하기도 싫고 그럴 때 운동을 할
수 있도록 태권도 교실을 한 칸 마련해줄까?"

학교에는 빈 교실이 많았다. 아이들이 너무 좋아했다.

"그런데 선생님, 영학이가 태권도 한 걸 어떻게 알았어요?"

"야, 영학아, 너 태권도 하냐? 어쩐지 사나이답다 했다."

"예, 지역 대표선수예요."

"워메, 우리 영학이 너 대단하다야~"

분위기 때문인지 옆에 있던 아이도 자기들의 '조직 생활'을

자랑하듯 이야기했다.

"선생님, 우리는 하루에 찐 달걀을 30개씩 먹어요. 조직에 들어가려면 몸을 만들어야 해요."

고개를 끄덕여주었다.

"좋아, 그런데 너희들 손등과 팔에 있는 문신은 좀 지워라."

닭피로 문신을 새겨서 안 지워진다고 했다. 몸에도 문신이 있다고 했다.

"야, 레이저로 하면 지워진다더라, 내가 지워줄게."

다음 날 출근해서 교장실로 갔다.

"교장선생님, 영학이 패거리들 때문에 골머리가 아프시죠?"

"그 애들만 없으면 학교가 조용할 텐데, 박 선생 차도 그 아이들 중 한 명의 소행이죠. 그래 무슨 좋은 방법이라도 있는가요?"

"그 학생들은 공부하기가 싫은 애들입니다. 잡아놓고 억지로 공부를 시키면 괜히 옆에 있는 학생에게까지 학습에 지장이 옵니다. 그래서 생각해봤습니다. 우리 학교에 빈 교실이 많이 있지 않습니까. 거기다가 태권도를 할 수 있도록 운동기구만 갖춰두고 지도사범 한 사람만 있으면 될 것 같습니다. 거기서 운동을 할 수 있게 하면 수업 방해도 하지 않고 스트레스도 풀고, 아주 좋을 것 같습니다."

"참 좋은 생각인데, 박 선생 말대로 그 애들이 그곳으로 오려고 할까요?"

"그럼요. 아주 좋아할 겁니다."

교장선생님이 승낙했다. 빈 교실에 태권도장을 만들었다. 사범을 구한다고 알렸더니 영학이가 자원했다. 광주, 전남에서는 자기를 이길 사람이 없다고 호기롭게 말했다.

영학이는 세 살 때 부모님이 이혼해 할머니 손에서 자랐다. 할머니도 생활고에 시달려 고아원에 맡겼는데 고아원에서도 한곳에 오래 있지 못하고 이곳저곳을 전전했다. 그러다 우연히 태권도를 배웠다.

태권도 교실을 들인 뒤부터 학교가 조용해졌다. 수업 분위기도 좋아졌다. 그 애들은 학교에 등교하면 출석 체크만 하고 태권도 교실로 가서 태권도 '공부'를 했다. 졸업식 날이 왔다. 20여 명이 몰려와 내게 인사를 했다. 그 모습이 옆에 선생님들 보기 민망할 정도였다. 아이들은 90도로 머리를 숙였다.

"선생님, 감사합니다."

"선생님 덕분에 졸업하게 되었습니다."

영학이가 찾아왔다.

"선생님 감사합니다."

"그래, 졸업 축하한다. 졸업했으니까 뭐 할래?"

"문신 지우고, 군대 갔다가 태권도 도장이나 할까 합니다. 근데 선생님, 제게 부탁한 것 하나 있죠? 제가 먼저 말할랍니다. 조직에서 떠났습니다."

그러곤 바지를 내리고 아랫도리를 보여주었다. 허벅지에 피멍이 들어 있었다. 조직을 떠나면서 그곳 조직원들에게 맞았다고 했다.

"그래, 잘했다. 영학아, 새롭게 시작하자. 분명히 좋은 일이 많이 있을 거야. 자주 연락하고 살자."

영학이와의 인연은 오래 갔다. 어느 날 큰딸이 친구와 함께 운전을 하고 가다가 앞서가던 승용차와 접촉사고를 냈다. 그 승용차가 갑자기 멈추는 바람에 살짝 닿았던 모양이다. 내려서 차를 확인해보니 사고 흔적은 없었다. 혹시 몰라 다치지는 않았느냐고 물어보려는데 젊은 남녀가 목을 잡으면서 차에서 내리더란다.

딸이 전화를 하면서 억울해했다. 다친 것 같지 않지만 예의상 물어본 것이고, 혹시나 뺑소니로 몰릴까 봐 그랬는데, 젊은 남녀가 아프다며 병원에 갔다는 것이다. 나는 대수롭지 않게 생각하고 하던 일을 계속했다. 그런데 상대측에서 내게 전화를 걸어왔다. 크게 다쳐서 상무지구 한 병원에 누워 있다고 했다. 서로 말이 달라 병원에 가보았다. 많이 다친 듯이 누워 있었다. 걱정이 되었지만 의사에게 물어볼 수도 없고 해서 치료 잘 받으라고 하고 보험회사에 연락했다.

보험회사 직원이 방문해 설명을 해주었다. 분명히 '꾀병'이라고 말하면서도 저렇게 누워 있으면 어찌 됐든 상당한 돈을 합의금으로 줘야 한다고 말했다. 딸 문제여서 여러 가지로 마음이 쓰였다. 이틀 밤을 심란해하다가 200만 원을 구해 다시 병원으로 갔다.

이틀이나 잠을 못 잤으니 행색이 말이 아니었다. 병원에 막 들어가려고 하는데 입구에 영학이가 보였다. 이런 모습을 보여주고 싶지 않아 모른 척하고 들어가려는데 영학이가 나를 알아보고 불렀다.

"선생님!"

"영학이가 여긴 뭔 일이야?"

"선생님! 왜 그렇게 힘들어 보여요? 어디 아프신가요?"

"아니, 다른 사람 병문안 왔어. 오랜만에 만나 반갑지만 내가 지금 좀 바쁘니 어서 가거라."

나는 정말로 영학이한테 이런 모습을 보여주고 싶지 않았다. 그런데 영학이가 무슨 눈치를 챘는지 "어디 가요? 무슨 일

있는 것 아니냐고요?" 하며 자꾸 물었다. 엉겁결에 이실직고를 하고 말았다.

"쌤, 그런 놈은요, 저한테 맡기세요. 이름이 뭔가요?"

영학이는 선생님은 올라오지 말라면서 엘리베이터를 타고 바람처럼 사라졌다. 불안한 생각이 들어 쫓아 올라갔다. 병실에 갔더니 누워 있던 애들이 가방을 들고는 도망치듯 빠져나왔다.

"영학아, 지금 무슨 짓이냐. 왜들 저래?"

"쌤, 해결했어요. 이런 건 제가 전문이지요. 다 쫓아버렸습니다."

쌍욕을 하면서 "이 새끼들, 나이롱 환자들 안 일어나!" 소리 한번 질렀더니 저렇게 쌩쌩하게 달아났다고 했다. 이런 식의 '해결'이 제자의 덕을 봤다고 말할 수 있는 것인지, 마음이 좀 그랬다.

영학이는 지금 부산의 대형 태권도장에서 관장을 하고 있다. 가끔 안부 전화가 온다. "선생님, 그때 우리가 안 무서웠습니까?" 이러면서. 영학이는 전화기 너머로 닭피 문신처럼 지워지지 않을 추억을 한참 동안 떠들고는 한다. 영학이뿐 아니라 태권도 교실로 등교했던 나머지 녀석들도 다들 잘 살고 있다.

퇴학만 시키지 말아주세요

어느 해 졸업식 날이었다. 교문 앞에서 울고불고 난리가 났다. 한 아주머니가 만약 자기 아들을 퇴학시키면 쥐약을 먹고 죽어버리겠다고 위협했다. 3학년은 졸업식을 하고, 2학년 학생은 3학년으로 진급하는 날이었다. 그 당시 공업계 고등학교에는 유급이나 퇴학을 당해 상급 학년으로 진급을 못 하는 학생이 상당히 많았다.

그 아주머니는 자기 아들이 학교에서 퇴학당한다는 사실을 알고서는 손에 쥐약을 쥐고 학교 앞으로 찾아왔다. 아주머니는 악을 버럭버럭 쓰며 따졌다.

"박주정 선생 반은 유급이 한 명도 없고, 퇴학도 없이 모든 학생이 3학년으로 올라가는디 왜 우리 아들 반은 유급을 당하고 퇴학을 시킵니까?"

교장선생님이 나를 불렀다.

"박 선생, 자네가 가서 저 아주머니를 좀 설득해보소."

교문으로 가서 아주머니를 만났다.

"어머니, 제가 박주정 선생입니다."

아주머니가 나를 쳐다봤다.

"왜 선생님 반 애들은 아무도 퇴학 안 시키고, 유급도 안 당했는데 우리 남규 반은 그런다요?"

"어머님, 진정하시고 저하고 이야기 좀 하십시다."

아주머니는 체구는 작았지만 강직하게 보였다. 손에는 뭔가를 들고 있었다. 손에 든 종이를 가리키면서 "이게 뭐예요?" 하고 물었다. 쥐약이라고 했다. 아들이 퇴학을 당하면 꼭 죽을 것 같은 눈빛이었다.

"엄마, 좀만 기다려요. 내가 가서 해결 방법을 찾아볼게."

나는 아주머니를 '엄마'라고 부르며 안심을 시킨 뒤 교장실로 뛰어갔다.

"교장선생님, 저 아주머니 태도가 보통이 아닙니다. 아이를 퇴학시키면 분명히 쥐약 먹고 죽을 것 같습니다. 만약 그렇게 된다면 교장선생님, 그 죄책감을 어떻게 감당하시겠습니까?"

"그러게 말이네. 참 난감하네."

그때 학교에서는 조남규 학생 퇴학 건으로 회의를 하고 있었다. 선생님들 대부분이 퇴학을 시켜야 한다는 의견이었다. 회의장으로 들어가 교문 앞 상황을 설명하면서 선생님들께 하소연했다.

한 선생님이 말했다.

"조남규를 봐주면 형평성에 어긋납니다."

비아냥도 있었다.

"쥐약만 가지고 오면 퇴학을 안 시켜도 되는가요?"

참 난감했다. 다시 교문으로 갔다. 어머니는 통곡하면서 학교를 향해 고래고래 소리를 지르고 있었다. 나는 어머니 손을 잡고 "남규 엄마, 검정고시를 준비하면 더 잘 될 수도 있어요."라고 말했다. 그래도 아주머니는 죽겠다고 막무가내였다. 다시 회의 장소로 갔다. 나는 선생님들에게 말했다.

"저 학생을 3학년으로 진급시키면 제가 담임을 맡겠습니다. 그리고 조건 한 가지를 더 말씀드리겠습니다. 만약 단 한 번이라도 선생님께 대들면 담임인 제 손으로 퇴학을 시키겠습니다."

"남규가 안 대든다고요?"

누군가 비웃었다. 그러면서도 선생님들은 나의 진정성을 받아주었다.

남규는 학교에 와서 1, 2교시만 하고, 아무 말도 없이 집으로 가버리곤 했다. 중학교 때부터 축구선수였는데, 축구선수로서는 체구가 좀 작은 편에 속했다. 몸은 아주 강단졌다. 남규는 3학년 때 우리 반이 되었다.

잠시, 남규 어머니가 말한 2학년 때 우리 반 이야기를 하면, 당시 나는 2학년 화공과 1반 담임을 맡고 있었다. 화공과는 3반까지 있었는데 공교롭게도 두 개 반 담임이 여선생님이었다. 화공과는 다른 과에 비해 거친 학생들이 유독 많았다. 여선생님들이 감당하기가 어려웠다. 반 편성을 하며 모두들 농담 반 진담반으로 "문제학생들은 박 선생 몫."이라고 했다. 2학년 전체에서 '선수'들만 다 모인 셈이니, 참 볼만했다.

2학년 학기 초, 우리 반 학생들에게 선언하듯 말했다.

"여러분! 여러분이 잘 알다시피 우리 반은 전교에서 문제학생들만 모인 반입니다. 나는 담임으로서 여러분과 약속합니다. 단 한 사람도 유급이나 퇴학을 당하는 일이 없을 겁니다. 전원 3학년에 진급하는 것은 물론, 무결석, 최고의 반을 만들겠습니다."

이후 교실 분위기를 바꾸기 위해 교실 곳곳에 화분을 놓았다. 교실이 완전히 꽃밭으로 변해갔다. 가을철에는 국화 화분 100개로 교실을 꾸몄다. 당시 내 월급의 일정액을 매달 꽃값으로 지출했다.

　교실 분위기가 바뀌고 환경이 변하니, 학생들의 마음도 조금씩 차분해지는 느낌이었다. 출석부의 빨간 줄은 퇴학생을 말한다. 학년 초 한두 개로 시작한 빨간 줄이 2학기가 되면 여러 줄로 늘어나면서 출석부는 점점 붉어지기 마련이었다. 우리는 약속했다. 출석부에 빨간 줄이 단 한 개도 없이 2학년을 마치자고.

　학생들은 잘 따라주었다. 학교에 안 나온 학생이 있으면 자기들끼리 전화해서 등교하게 하고, 그래도 안 되면 반장이 그 학생 집까지 찾아가 설득하기도 했다. 교실 분위기가 꽃처럼 화사하게 바뀌었다. 학급 안은 따뜻한 우정의 분위기로 채워졌다

　나는 최고의 반을 만들기 위해 학생들에게 학기 초부터 'PMIR 학습제도'를 도입했다. 내가 만든 공부 방법이다.

　P: 아침 수업시간 전에 담임선생님과 함께 공부한다. 여덟 과목 모두를 미리Pre 예습한다.

　M: 본 수업시간Main에 담당 과목 선생님이 말씀하신 것 중 중요한 것을 노트에 빨간색으로 기록한다.

　I: 쉬는 시간에 중요하다Important고 생각한 부분의 제목만 적는다.

　R: 매일 하교 직전 한 시간씩 남아서 복습Review한다.

장학금이 나오면 2인 1조로, 즉 1등과 점수가 제일 낮은 학생, 2등과 그다음 낮은 학생, 이렇게 묶어서 나누었다. 그랬더니 장학금을 더 받고자 서로 협력해서 성적이 전체적으로 쑥쑥 올라갔다.

화공과 2학년 1반은 내가 봐도 최고의 반이었다. 교무실 선생님들도 우리 반만 들어가면 수업할 맛이 난다고 했다. 물론 3~4월에는 학생들끼리 서열 싸움을 벌이는 등 말썽을 피우기도 했다. 학교체육대회 때는 모든 종목에서, 상이란 상은 모조리 휩쓸었다. 우리는 그렇게 한 명도 탈락하지 않고 3학년에 진급했다. 학생들은 반 이동 없이 그대로 올라가자고 했지만 학교에서는 그런 반 편성은 안 된다고 했다.

나는 약속한 대로 3학년 때 남규 담임을 맡았다. 남규는 학교에 오기만 하면 잠을 잤다. 그리고 종종 1, 2교시만 끝나면 집으로 가버렸다. 다른 학생에게 피해를 준다거나 폭행을 한 적은 없었다. 다만 학교 공부에 '절대적'으로 관심이 없었다. 그래서 나는 한 가지 방안을 마련했다. 1교시가 끝나면 미리 가서 "남규야, 너 아프지?" 하면서 병조퇴를 시켜줬다. 며칠간 계속 그렇게 했더니 나중에는 자기도 미안했는지 아프지 않으니 그런 말 하지 말라고 했다.

등교와 병조퇴를 병행하던 어느 날 남규가 한자를 쓰고 있는 것을 우연히 보았다. 한자 글씨체가 참 좋았다. "남규야, 네가 쓴 거야? 정말 잘 쓰네."라고 칭찬해주었다. 남규를 띄워줄 생각으로 학생들을 향해 큰소리로 말했다.

"우리 반에서 한자를 남규만큼 잘 쓴 학생이 있으면 나와 봐."

이후 남규가 한문 공부에 열을 내기 시작했다. 수업시간에도 한자만 썼다. 다른 과목은 전혀 관심이 없었다. 중간고사 시험에서 한문 과목 100점을 받았다. 한문 선생님도 칭찬을 아끼지 않았다. 남규는 1교시가 끝나도, 2교시가 끝나도 집에 가지 않았다. 하루 내내 한문 공부만 하다가 집에 갔다. 난 담임으로서 보람도 있고 기대감도 생겼다.

그런데 문제가 터졌다. 졸업이 얼마 남지 않은 11월 무렵, 남규가 지각을 하자 교문지도 선생님이 나무랐던 모양이었다. 남규는 그 자리에서 교복을 찢고는 선생님께 욕을 하고 되돌아가 버렸다. 교문지도 선생님이 쫓아와서는 당장 퇴학을 시켜야 한다고 언성을 높였다.

"선생님, 제가 선생님 입장이라도 화가 나겠습니다. 선생님, 그래도 저 학생 장래를 봐서 한 번만 용서해주시지요, 며칠 뒤면 졸업을 합니다."

나는 애원하다시피 말했다. 하도 처절하게 사정하니까 선생님은 말 없이 가버렸다. 퇴근 뒤 집에 와서도 선생님께 전화해서 또 사정했다. 선생님은 통사정에 못 견디고, '학교에는 보고하지 않겠다'면서 한 발 물러섰다.

남규는 아버지가 일찍 돌아가시고 홀어머니 밑에서 자랐다. 어머니에게는 남규가 유일한 희망이었다. 그렇게 해서 남규는 졸업을 하게 되었다.

장학관 때의 일이다. 세월이 7~8년 흘렀다. 남규에게 전화가 왔다.

"선생님, 그동안 전화를 못 드려서 죄송합니다. 제가 담양 소쇄원 부근에 작은 식당을 차렸습니다. 지나가시는 길에 꼭 한 번 들러주세요."

"아이고 그래, 우리 남규가 사장님이 됐구나. 축하한다. 어머님은 잘 계시냐?"

"예, 선생님. 엄마도 아주 건강하시고 잘 계세요. 식당에서 제 일을 도와주고 계세요."

전화를 받고 얼마 뒤 시간을 내어 저녁을 먹으러 남규의 식당에 갔다. 식당이 꽤 넓었다. 여러 명의 아르바이트 학생들이 바쁘게 움직일 만큼 손님도 많았다. 남규가 계산대에서 일하는 여성을 소개시켜 주었다. 곧 결혼할 사이라고 했다.

저쪽에서 어머니가 오기에 일어나 인사를 드렸다. 그런데 어머니는 손을 바닥에 짚고 넙죽 '절'을 했다. 나는 어머니를 일으켜 세우면서 "이러시면 안 됩니다."라고 말했다.

"선생님은 천사 같은 분이십니다. 어려운 학생들을 집에 데려다가 사람이 될 때까지 함께 생활하면서, 그것도 한두 명이 아니라 수백 명을 사람으로 만드셨습니다. 우리 남규도 선생님이 저렇게 사람 만들어주셨습니다."

남규도 앞에 와서 무릎을 꿇었다. 많은 분들이 음식을 먹다 말고 우리를 쳐다보았다. 잠시 침묵과 함께 눈물이 흘렀다. 그후 가끔 지인들과 함께 남규가 하는 식당에 들렀다. 어느 해 문득 일에 쫓기다 보니 1년이 넘게 남규 가게에 가지 못했다는 생각이 들었다. 그래서 남규에게 전화를 했다. 몇 번을 해도 받지 않았다. 남규 어머니에게 전화를 했다.

"어머님, 남규가 전화를 안 받는데 무슨 일이 있어요?"

어머니는 말씀이 없었다.

"그동안에 혹시 무슨 일이 있는가요? 남규가 어디 아픈가요?"

어머니는 말없이 울기만 했다. 그러고는 "남규가 멀리 떠났다고만 생각해주세요."라면서 전화를 끊었다.

차를 몰고 식당으로 찾아갔다. 역시 손님이 많았다. 주인을 찾으니 모르는 사람이 나와 "왜 그러시냐."고 물었다. 주인이 바뀌었는지 묻자, 얼마 전에 자기가 인수했다고 했다. 전에 주인이 남규인데 어디 있냐고 묻자, 주인이 말했다.

"결혼하려고 했던 여자와 불화가 생겨서 약을 먹어버렸답니다."

차 안으로 돌아왔다. "이 못난 놈!"이란 말이 저절로 나왔다. 눈물이 비 오듯 쏟아졌다. 도저히 운전대를 잡을 수가 없었다. 나는 그곳에서 울다가 또 울다가 가까스로 집에 왔다.

'얼마나 어렵게 이 자리까지 온 아인데……' 어떻게 이런 일이 있을 수 있는지 생각하니 억장이 무너졌다.

아프리카 말라위 소년에게

학생들의 봉사활동이 잘 운영되자 욕심이 생겼다. 국내에서만 할 것이 아니라, 가난한 나라, 도움이 필요한 나라에 가서 봉사활동도 하고 견문도 넓히면서 학생들을 세계인으로 키우고 싶었다. 방학기간 동안 해외 봉사활동에 참여할 학생들을 모집했다. 관심이 뜨거웠다. 학부모지도봉사단에서도 협조를 아끼지 않았다.

그 무렵 월드비전에서 가난한 나라에 '우물 파기 운동'을 전개하고 있었다. 나는 월드비전을 찾아가 함께하고 싶다는 의사를 전했다. 학생들과 학부모봉사단 일부가 월드비전에 합류해 첫 방문 나라가 정해졌다. 아프리카 잠비아와 탄자니아 사이에 있는 국가 '말라위'였다.

말라위를 방문하기 전에 현지 학생에게 줄 선물을 준비했다. 볼펜, 연필, 사인펜, 지우개 등 최고급 학용품을 최대한 많이 나눠주기 위해 대량으로 구입했다.

말라위에 도착했다. 허허벌판에 초목이 어지럽게 우거져 있었다. 흙먼지를 날리며 공을 차던 아이들이 신기한 듯 우리를 쳐다보았다. 한 중학교에 가서 교장선생님과 인사를 나누며 학생들에게 줄 학용품을 전달했다. 그런데 준비해 가져간 학용품은 아무런 쓸모가 없었다. 말라위 학생들에게는 책도, 노트도 없었다. 오직 축구공만이 최고의 선물이었다. 교장선생님은 우리가 가져간 학용품을 호기심 가득한 눈으로 바라보았다.

우리 일행은 그곳에서 며칠을 보내며 우물을 팠다. 또 봉사단에서 가져간 의약품을 주민들에게 나누어 주었다. 주민들의 모습은 남녀노소를 막론하고 천진난만했다. 얼굴에는 항상 미소가 가득했다.

주민들의 주거지는 움막에 가까웠다. 바람이 세게 불면 금방이라도 날아가 버릴 것 같았다. TV에서 늘 보았던 아프리카의 모습 그대로였다. 물 구하기가 어려워 몇 킬로미터를 걸어가 물을 양재기에 담아 머리에 이고 왔다. 이렇게 띠온 물도 거의 흙탕물이었다. 연민이 느껴지는 가난한 나라였다.

나는 그때 월드비전에 매월 3만 원씩 우물 파기 운동 후원금을 보내고 있었다. 문득, 이 운동에 참여한 것도 의미가 있지만, 이곳 학생을 한국에 데려오면 더 좋겠다는 생각이 들었다. 한국에 와 고등학교, 대학교를 다니고 우리나라의 선진화된 농업을 배우게 돕고 싶었다. 선진농업을 배워서 이 허허벌판에 곡물과 각종 채소를 심고, 농토를 개간해 말라위가 농업국으로 발돋움하면 좋겠다는 생각이 들어 온몸에 전율이 일었다.

통역을 통해 말라위 교장선생님에게 내 뜻을 전했다. 부지런하고 공부 잘하는 학생 한 명을 추천해달라고 했다. 여기에서 중학교를 졸업하고 바로 한국으로 오면 고등학교와 대학교까지 보내주겠다고 했다.

교장선생님이 환한 얼굴로 한 학생을 데리고 왔다. 학업성적이 전교 1등인 학생이라고 했다. 까무잡잡한 얼굴에 키가 훤칠한 소년이었다. 눈은 반짝반짝 빛나고 있었다.

교장선생님의 말씀을 듣고 그 학생이 곁에 와서 내 손을 잡았다. 처음 본 이국땅의 학생이지만 낯설지 않았다. 꼭 친자식 같은 기분이었다.

말라위는 중학교 학제가 4년제였다. 당시 그 학생은 중학교 2학년이었다. 2년 뒤에는 꼭 한국에 가겠다고 약속했다. 나는 그 학생을 데리고 하룻밤을 함께 보냈다. 착하고 순진한 아이였다. 내가 떠나던 날, 손을 흔들며 눈물을 글썽이고 배웅했다. 귀국길 비행기 안에서도 처음 본 그 학생이 자꾸 떠오르고 전생에 어디에선가 만난 듯한 느낌이 들었다.

집에 오자마자 아내에게 말라위에서 아들 한 명을 만났다고 했다. 그리고 2년 뒤에는 한국에 데리고 와서 농업계 고등학교를 보내야겠다고 말했다. 아내는 이번에도 당신 뜻이 그렇다면 찬성이라고 했다. 나는 2년 동안 편지와 선물을 보내면서 기다렸다.

그런데 어찌된 일인지 2년이 다 되어가던 해에는 편지를 보내도 답장이 없고, 소식도 알 수 없었다. 월드비전에 소년의 근황을 알아봐 달라고 부탁했다. 월드비전에서 '얼마 전에 병으로 죽은 것으로 확인된다'라는 연락이 왔다.

한국에 데리고 와서 고등학교를 졸업시키고 대학교도 보내 훌륭한 청년으로 키우고 싶었는데…… 여기까지가 이생의 인연이었을까. 소년과 내가 함께 꾼 꿈은 수포로 돌아가고 말았다. 가끔 그 소년의 해맑은 웃음이 떠오른다. 하룻밤 짧은 만남이었지만 애절한 추억으로 남았다.

38년 묵은 감사패

한 중학교에서 교감으로 일하고 있을 때였다. 어느 날 교무실에서 경상도 말씨를 쓰는 사람이 교감선생님을 찾는 전화를 걸어왔다고 전했다. 전화를 걸어온 사람이 내 나이를 묻기에 대략 알려주었더니 전화번호를 물었다는 것이다.

"그 사람 이름이 뭔데요?"

"이제혁이란 분이랍니다."

"이제혁, 가만 있어라…… 많이 들어본 이름인데…… 그래요, 전화번호 알려드리세요."

곧 전화가 왔다.

"너 주정이가?"

"예, 제가 박주정인데, 누구세요?"

"나 제혁이다, 제혁이."

"제혁이?"

"저기 경북 상주에서 내려와서 중학교 같이 다녔던 친구! 독서실에서 만났던가? 그래 맞다, 너는 전라도에서 전학 와서 부산에서 중학교를 다녔고, 나는 경북 상주에서 부산으로 전학을 와서 너를 만나게 된 거잖아. 나는 그때 공부에 영 관심이 없었고, 너는 1등이었고. 그런데 네가 어느 날 독서실 가자고 해서 내가 너를 따라갔잖아."

"그래, 난 기억이 잘 안 나는데 그때가 2학년 1학기 때인가? 2학년 때 우리 반이었던 것 같아. 너 얼굴 좀 넓적하고 눈 동글동글하지?"

"맞다. 진짜 반갑다. 내가 너를 찾으려고, 얼마나 고생했다고. 몇십 년을 찾았는지 알아?"

"왜 나를 그렇게 찾았어?"

"너 기억 안 나나? 중학교 2학년 때 같은 반이었는데, 너는 너무 어렵게 살았잖아. 내가 알아. 나도 점심을 많이 굶었으니까. 내가 점심을 가지고 가서 언젠가 너한테 도시락을 주니까 네가 안 먹대? 왜 안 먹었는지 몰라. 자존심이었겠지. 그런 네가 독서실에 간다고 해서 따라갔는데, 네가 밤에 잠을 안 자고 밤샘을 하는 거야. 그리고 10분 쉬고, 학교 수업시간하고 똑같이 계획표도 만들어두고. 저녁부터 새벽까지 시험공부를 하는 네 모습을 보고 나도 그때 따라 했었어. 네가 공부하는 방법도 가르쳐줬어."

"그래? 나는 기억이 잘 안 나."

수십 년 묵은 실타래가 조금씩 풀리고 있었다.

"그런데 네가 4월에 전학을 갔어. 우리가 3월부터 공부했는데 4월 월말고사에서 반에서 3등으로 올라갔어. 너를 따라 공부를 해가지고 그래. 네 덕분에 내가 공부를 시작하게 된 거라고. 그래가 2학기 말쯤에는 우수상도 받고 그랬다아이가. 내가 지금 카톡으로 보내줄게. 그때 상장을 지금도 갖고 있거든. 너한테 보여주려고 그 상장을 지금도 가지고 있어. 그런데 너는 중학교 2학년 때 왜 갑자기 전라도로 전학을 가버린 거야? 그러니까 네 소식도 모르고 아무것도 몰랐지. 난 몇십 년 동안 네가 정말 보고 싶었어. 그때 내가 너한테 공부하는 법을 배워서 나 이만큼 잘살아."

"어디서 뭘 해?"

"응, 나는 경남 양산에 있는 큰 회사 사장이야."

"그래, 정말 잘됐다. 근데 나는 너랑 같이 지냈던 것이 얼른 떠오르지가 않네."

"그래, 너는 생각이 많은 아이였고, 좀 어른스러웠어. 자존심도 썼고. 너가 전라도로 전학을 가버리고, 나는 그 뒤에도 공부를 열심히 했어."

"허허, 반갑다. 그런다고 이때까지 나를 찾았어?"

"그렇지, 언제 한번 보고 싶다. 내가 갈끼다."

"아니야, 아니야. 나 곧 부산에 강의하러 가니까 그때 보자."

나는 부산으로 강의를 하러 갔다. 어려운 아이들을 데리고 살았던 이야기를 부산에 있는 선생님들에게 들려주기 위해 마련된 자리였다.

제혁이는 강의장으로 와서 조용히 내 강의를 다 들은 모양이었다. 어릴 때 잠깐의 기억만 있지 내가 어떻게 살고 있는지를 몰랐었는데 강의를 통해 알게 된 것이다. 강의를 마치고 나오는데 체구가 꽤 큰 사람이 나를 쳐다보고 있었다. 옛 얼굴이 남아 있어 알아볼 수 있었다. 제혁이는 나를 보자마자 얼싸안았다. 그러고는 근처 식당으로 안내하더니 38년 전 점심 도시락보다 서른여덟 배 정도로 푸짐한 저녁을 사주었다.

"주정아, 네가 아까 강의 때 어려운 아이들을 위해서 학교를 만들었다며! 나 있잖아, 라이온스클럽 회장이거든. 나 여기 있는 회원들하고 돈 모아서 너희 학교를 후원하고 싶어."

얼마 뒤 제혁이는 광주에 와서 용연학교 학생을 대상으로 자기의 학교부적응 시절과 용연학교를 설립한 내 이야기를 중심으로 강의했다. 그리고 상당히 많은 금액을 가져와 용연학교에 있는 학생 모두에게 장학금을 주었고, 지금도 간혹 장학금을 보내오곤 한다.

용연학교에 강의를 온 날 제혁이는 또 다른 것을 하나 가지고 왔다. 감사패였다. 1976년 부산남중학교 교장선생님이 주신 성적 우수상을 복사해서 감사패를 만들어 온 것이다. 손만 대면 학교 직인의 붉은 인주가 묻어날 것 같은 38년 전의 상장이 아래 내용 상단에 자리하고 있었다. 그 감사패에는 이렇게 쓰여 있었다.

친구의 학습 도움으로 우등상을 받게 되었지만
전학으로 헤어져 아쉬운 마음으로 간직하다
38년 만에 만나게 되어
고마움의 인사를 하고자 이 패를 드립니다.

2014. 9. 25.
부산남중 친구 이제혁

제혁이는 나보고 잘 살았다고 하지만, 몇십 년 전 까마득한 친구를 기억하고 찾아서 이렇게 좋은 일까지 하니 사실은 제혁이가 더 잘 산 것 같다. 독서실의 동행 그리고 가난을 옆에 끼고 공부했던 내 모습이 얼마나 큰 깨우침을 주었기에 평생을 기억했단 말인가. 감동과 감사한 마음을 어떻게 표현할 길이 없다.

중학교 2학년 때 독서실에 동행했던 인연이 오래 묵어서 38년 만에 감사패로 돌아왔다. 지금까지 대통령 표창이나 모범 공무원 훈장을 여러 차례 받았다. 훈포장을 준 대통령에게는 미안한 말씀이지만, 나라님이 주신 상보다 친구 제혁이가 준 이 감사패가 내게는 더욱더 소중하다.

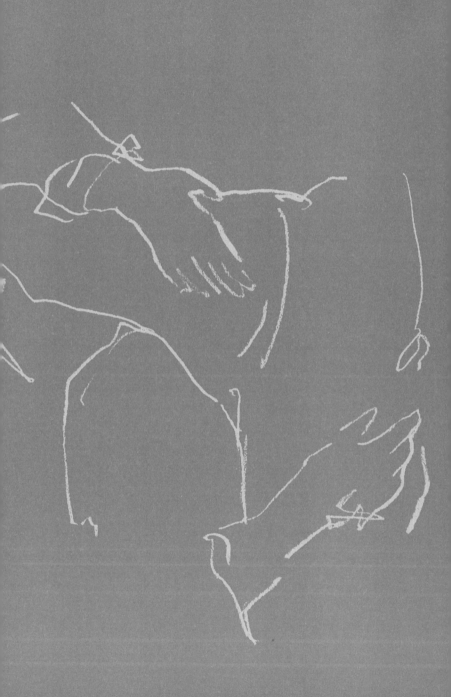

5

주정이의 자식들

교육청과 보호관찰소의 협업 1호

교육감님이 찾는다고 급하게 비서실에서 연락이 왔다. 염주체육관 사거리에 있는 광주보호관찰소에 함께 가자고 했다. 교육감, 광주보호관찰소장 그리고 생활지도 장학사인 나까지 세 명이 마주 앉았다. 보호관찰소장은 간절하게 말했다. 하소연에 가까웠다.

"보호관찰관의 숫자는 한정되어 있는데 관리 대상 청소년이 너무 많아 힘이 듭니다. 관찰관 한 명당 100명이 넘는 아이들을 살펴야 합니다. 그러다보니 전문적 인성 지도나 체계적인 보살핌은 엄두도 내지 못하고, 그저 문자나 전화로 어디서 무엇을 하는지, 사고나 치지 않는지, 집에는 잘 들어가고 있는지, 이런 것들만 겨우 점검하고 있는 상황입니다. 보호관찰 인력이 충원되지 않으면 충분한 관리는 기대하기 어려워서 이렇게 교육감님께 도움을 주십사 말씀드립니다."

교육감님은 고개를 끄덕이더니 내게 물었다.

"박 장학사, 나는 솔직히 이런 제도에 대해서 잘 알지 못했어요. 그런데 이렇게 심각하다니 어떻게 도울 방법이 없을까요?"

말이 떨어지자마자 내 고질병이 또 발동했다.

"예, 제가 현황 파악을 하고, 도울 방법을 좀 더 궁리해서 광주보호관찰소와 협조하겠습니다."

나는 곧바로 현황 파악부터 했다. 광주 시내 보호관찰 대상 중·고생을 조사해보니 너무 많았다. 보호관찰소장이 말한 대로 소수의 보호관찰관으로는 감당하기 어려운 숫자였다. 학교 현장 교사들이 보호관찰관 역할을 대신한다면 더 큰 효과를 낼 수 있겠다는 생각이 들었다. 그렇다고 해서 학생부장에게 이 역할까지 떠맡길 수는 없는 노릇이었다. 너무나 힘들어서 기피하는 부서라는 점을 나부터도 잘 알고 있으니, 입 밖에 꺼낼 입장도 못되었다.

보호관찰을 받는 학생은 학교에서도 여러 사건에 얽혀 있었다. 솔직히 지도하기가 매우 힘들어 방치된 경우가 많았다. 그렇기에 보호관찰 학생의 지도를 맡겠다고 선뜻 나서는 교사는 드물 수밖에 없었다. 나는 거꾸로 생각을 해봤다. 소위 '문제아' '꼴통'이라 불리는 학생들도 자기가 좋아하는 선생님 한두 분은 있기 마련이다. 이 아이의 마음을 그 선생님들께 간절하게 전달하면 기꺼이 맡아주지 않을까.

먼저 학교를 다니고 있는 보호관찰 대상 학생을 정확히 파악했다. 이어 그 아이들에게 가장 편하고 좋아하는 선생님이 누구인지 물었다. 나는 아이가 말한 선생님을 찾아가 설득하고 부탁했다.

"선생님, 보호관찰을 받는 동안 이 아이를 선생님이 도와주시면 좋겠습니다. 학생부장이나 담임선생님 이야기를 꺼내면 즉각 거부 반응을 보이는데, 이 학생이 선생님 이야기를 하면 제일 좋아한다고 말합니다."

개인적으로 특별한 사정이 있는 몇 분을 제외하고는 선생님들이 대부분 흔쾌히 수락했다. 그리하여 200여 명의 멘토 선생님이 정해졌다. 이러한 과정을 거쳐서 '광주교원범죄예방위원제'가 출범했다.

반응은 뜨거웠다. 효과도 즉각 나타났다. 보호관찰 학생들이 가장 좋아했다. 보호관찰 학생들은 매달 1회씩 보호관찰소에 가야 하는데 이게 면제가 되었다. 보호관찰소가 있는 쪽으로는 고개조차 돌리기 싫어하는데 얼마나 마음 편한 면제인가 말이다. 이 제도가 만들어지기 전에는 담임교사도 매달 조심스럽게 조퇴 처리를 했다. 학생이 보호관찰소에 간다는 사실이 알려지면 안 되기 때문이다.

더 큰 효과도 있었다. 보호관찰 학생의 생활 태도가 급변했다. 멘토 선생님의 지도에 순응하면서 학교생활 자체가 달라졌다. 멘토 선생님은 아이와 함께하며 느낀 점, 관찰 내용 등을 한 달에 한 번 보고서 형식으로 보호관찰소에 제출했다. 만남 횟수, 어떻게 지내고 있는지, 아이의 변화 과정 등을 정리했다.

보호관찰관은 이 보고서 내용을 바탕으로 보호관찰 학생을 파악할 수 있게 되었다. 매달 1회 출석 면제뿐 아니라 예전에 비해 더 성실하게 생활하고 있으면 보호관찰 기간을 단축하는 혜택까지 주었다. 그 반대의 경우에는 보호관찰관의 지도와 매월 출석이 재개되니 멘토 선생님의 보고서는 대단한 위력을 가졌다.

이 제도가 정착되면서 떠오른 단어가 '상생'이다. 멘토 선생님은 학생에게 직접적인 온정을 베풀 수 있고, 학생은 좋아하는 선생님의 도움으로 여러 혜택을 받아 정상적인 학교생활을 할 수 있었기 때문이다. 아이들은 보호관찰관 대신 자신과 긍정적인 관계가 형성된 선생님이 잘 대해주니 학교에도 잘 나왔다. 선생님의 평가에 따라 보호관찰 기간이 정해지기 때문에 멘토 선생님의 지도에도 잘 따랐다.

교육청에서는 범죄예방위원으로 참여한 선생님의 사기 진작과 역량 강화를 위해 1년에 두 차례 성대한 워크숍을 마련했다. 선생님들의 노고를 위로하고 힐링의 시간을 선사하는 워크숍이어서 장소와 식사 등에도 신경을 많이 썼다. 또 매년 교수를 강사로 모셔서 전문적인 상담 사례를 듣고, 아이들 지도법, 상담 기법 등을 배우며 효과적인 멘토링이 될 수 있도록 뒷받침했다. 이 선생님들이 아이와 함께하는 동안 활동비용을 한 달에 5만 원으로 책정하여 지원하기도 했다. 1년에 1억 2천만 원의 예산이 소요되었다.

3년, 5년…… 햇수가 늘어날수록 보호관찰 학생 수가 줄어들었다. 아이들과의 관계도 좋아졌다. 통상 재범률이 14퍼센트였는데 보호관찰 멘토링제를 운영한 결과 3퍼센트로 대폭 줄어들었다. 이 사실이 널리 보도되고 알려지자 정부 부처가 움직이기 시작했다. 교육부와 법무부가 협약을 맺고 전국 시도로 확산시켰다. 보호관찰관의 고충을 덜어주고자 시작한 하나의 날갯짓이 아이들의 재범률을 낮추었고, 그 파급 효과가 전국으로 퍼져나갔다. 이렇게 사법기관과 교육청의 협업 사업 1호가 광주에서 탄생하게 되었다.

화장실에서 아기를 낳고

가족과 함께 식당에서 밥을 먹고 나서던 참이었다. 어떤 여성이 쫓아와 무슨 말을 하려다 머뭇거렸다. 가족들에게 먼저 나가 기다리라고 했다.

내게는 예기치 않은 만남이 많았다. 대체로 장소는 여러 사람들이 모이는 곳이었다. 우체국 앞, 식당, 경찰서, 병원 등. 내가 직접 경험하고서도 믿기 어려운, 소설 같은 우연이 늘 반복되었다. 수천, 수만의 학생, 교원들과 부대낀 세월이 30년을 넘겼으니 어찌 보면 그럴 만하기도 했다.

"무슨 일이신가요?"

"아, 아, 예예. 선생님, 저는…… 거기서 아이를 낳고, 지금은 이곳에서 일하고 있어요. 낳은 아이는 데려와서 제가 키우고 있습니다."

이제 막 학생 티를 벗은 앳된 모습에 부끄러움과 고마움이 섞인 낮은 목소리였다.

"아이 아빠도 같이 살고 있네요. 모두 선생님 덕분입니다. 감사해요."

나는 그의 두 손을 잡고 놓을 수가 없었다. 참으로 감동이었다. 아기, 학생 엄마, 아빠가 된 어느 남성, 이 세 사람의 생명이 새롭게 다가온 느낌이었다. 이것이야말로 교육이 절망 속에서도 희망을 가져온 생생한 사례가 아니겠는가.

"저희 좀 도와주세요. 그런데 알려지면 큰일 납니다. 아무도 모르게 비밀리에 도와주셨으면 합니다."

어느 날, 한 학교 보건선생님이 전화를 걸어왔다.

"어떻게 하면 될까요?"

"학교에 급히 와주실 수 있나요?"

"혹시 자살 사건인가요?"

"그건 아닙니다."

"그러면 체벌 사건입니까?"

"그건 아닙니다. 묻지 말고 그냥 와주십시오."

즉시 해당 학교로 차를 몰았다. '묻지 말고 와달라, 묻지 말고…… 체벌도, 자살도, 폭력도 아니라면 도대체 무슨 일일까.' 대체로 목소리만 듣고도 무슨 일인지 감을 잡는 내 안테나도 이번 일만큼은 지직거렸다. 학교에 도착하니 보건선생님이 나와 있었다. 나를 보건실로 안내하면서 자초지종을 설명했다.

"우리 중학교 2학년 학생이 아기를 낳았어요."

"어디에서요?"

"화장실에서요."

"그래서 지금 아기는 어디에 있나요?"

그러자 보건실 맨 안쪽 가림막 침대에 누인 아기를 보여주었다.

"산모 학생은 어디에 있나요?"

"모르겠어요. 도망갔어요."

"누군지는 압니까?"

"네, 대강 알아요."

처음 겪는 일이어서인지 보건선생님은 많이 당황한 듯 보였다. 사실, 모두가 그랬다. 누군들 태연할 수 있겠는가. 나도 마찬가지였다.

"일단 아기 생명부터 구합시다. 이것저것 생각할 것 없이 우선 살려야 할 것 아닙니까?"

보건선생님은 아기를 안고 병원으로 향하고, 나는 산모 학생을 찾기 위해 나섰다. 여기저기 수소문 끝에 친구 자취방에 있는 학생을 찾아내 병원으로 데리고 갔다. 산부인과에 가서 상황을 설명하고 도움을 요청했다. 병원에서는 산모의 부모에게 알려야 한다고 했다. 학생의 가정 상황을 모르는 터라 망설여졌다. 여학생이 학교에서, 그것도 화장실에서 아기를 낳았다고 누가 상상이나 하겠는가. 난감함의 연속이었다.

'아기 아빠는 누구이며, 어떻게 찾아 알릴 것인가? 태어난 아기를 어디에서 어떻게 키울 것인가? 산모 학생은 앞으로 학업을 어떻게 해야 할까……'

어려운 문제였다. 고뇌의 나날을 보내고 있는데, 해당 학교에서 학생을 징계하려고 위원회를 개최한다는 소식이 들렸다.

산모 학생은 몸을 풀고 학교에 가려고 하는데 '이건 정말 아니지 않나' 하는 생각이 들었다. 가정 상황을 알아보니, 산모 학생의 부모는 자녀를 거의 방치하다시피 했다. 이번 출산 문제도 방관을 넘어 무관심에 가까웠다. 아기 아빠가 누구인지도 모른다고 했다. 결국 그 여학생을 다른 학교로 전학 보내고, 아기 아빠를 찾는 일은 포기했다. 아기는 산모 학생의 엄마가 데리고 갔다.

이 일을 겪으며 며칠 동안 밤새 생각했다. 산모 학생의 모습이 내 발목을 잡고는 놓아주지 않았다. 최근 미혼모 학생의 통계자료를 찾아봤으나 구체적이지 않았다. 비슷한 사례도 알아봤다. 학생 개인이나 학교가 감당하고 처리하기에는 너무 어렵고 중대한 사안이었다. 신속히 움직여야 하는 긴급한 일이기도 했다. 교육청 차원에서 해결 방안이 필요했다. 그래서 먼저 직속 과장에게 보고했다.

"학교에 재학 중인 학생이 임신해서 애를 낳거나 낙태를 하는 건수가 상당합니다. 이 문제에 대해 교육청 차원에서 대책을 세워야겠습니다."

"그것은 사적인 영역인데 어떻게 교육청에서 대책을 세운단 말입니까?"

"물론 그렇기도 합니다. 하지만 임신, 출산 관련 예방교육도 중요하지만, 이런 일이 벌어졌을 때 낙태를 해서는 안 되잖습니까?"

"아기를 낳아도 학생이 기를 수 없는데 어떻게 하자는 건가요?"

"그래도 임신했을 때는 낙태를 하지 않고 출산을 잘할 수 있도록 도와줘야 하지 않겠습니까? 그리고 낙태는 불법입니다."

"그럼, 어떻게 할 건데요?"

"학생이 임신하면 산부인과로 안내하고, 필요한 기간 동안 그 학생이 다닐 수 있는 학교에 보내주는 겁니다. 물론 드러내 놓고 그런 학교를 만들자는 것은 아닙니다. 일정한 공간이 필요하다는 겁니다. 거기서 출산할 때까지 산모 학생이 치료받고, 보호받고, 교육받을 수 있게 해야 합니다. 공간은 제가 알아보겠습니다."

광주에 위탁교육기관인 '희망샘'이라는 곳이 있다. 희망샘은 고아를 보호하는 시설이다. 나는 원장님을 찾아가 산모 학생이 출산할 때까지 그곳에서 데리고 있어 달라고 부탁했다. 관련 예산은 교육청에서 지원하기로 약속했다. 원장님은 흔쾌히 승낙했다. 산모 학생의 의식주를 비롯해 치료와 건강관리까지 맡아주겠다고 했다. 이렇게 해서 '미혼모위탁 교육기관'이 만들어졌다.

교육청에서는 학업 진도가 뒤처지지 않도록 강사를 파견해 수업했다. 또 시험 기간에는 학교의 시험 일정에 맞추어 시험을 치를 수 있도록 사회복지사가 도왔다. 최대한 수업 결손이 생기지 않도록 배려했다.

재미있는 일도 있었다. 중학생이 먼저 들어가 위탁교육을 받고 있었는데, 얼마 뒤 고등학생이 들어갔다. 먼저 들어온 중학생이 고등학생 언니에게 이렇게 말했다.

"언니, 애가 발로 막 배를 차지? 배 아프지 않아? 그럴 땐 이렇게 만져줘야 해."

아이들은 서로 위로하고 처지를 공감하면서 어려움을 이겨 냈다. 나는 희망샘을 방문할 때마다 당부하곤 했다.

"아픔이 많은 아이들입니다. 낙인찍히지 않도록 비밀을 지켜주시고 따뜻하게 대해주세요."

출산한 뒤에도 해결해야 할 문제가 한 보따리였다. 낳은 아기를 입양시킬 것인지, 직접 키울 것인지, 아기 아빠와의 관계, 양가 부모와의 문제 등. 어느 것 하나 쉽지 않았다. 다만, 임신한 학생에 대한 나의 의지와 목표는 분명했다.

'낙태는 절대로 안 된다.'

'경황이 없더라도 산모가 마음을 추슬러 순산하게 한다.'

'출산 후 건강관리를 잘한다.'

'학업을 지속하도록 한다.'

이런 원칙을 가지고 일을 처리했다. 여러 학생들이 순산하여 학교로 돌아갔다. 태어난 아기들이 좋은 보금자리를 찾아갈 수 있도록 최선의 노력을 기울였다.

식당에서 일하는 여성은 이런 과정에서 엄마가 되었고, 성인이 되었고, 아내가 되었으니 어찌 붙잡은 손을 쉽게 놓을 수가 있겠는가.

더 이상의 죽음은 없어야 한다

깊은 잠에 빠졌던 새벽 2시쯤 전화가 왔다. 한 아이가 자살을 했다고 한다. 자살 관련 업무를 맡고 처음으로 죽음의 현장을 찾아간 날이었다. 위치를 물어보니 우리 집과 가까운 거리에 있는 아파트였다. 이미 앰뷸런스와 경찰차가 와 있었다. 노란띠를 둘러 현장 출입을 통제했다. 아이는 18층에서 뛰어내렸다. 비참한 광경이었다. 지금도 그날의 현장을 잊을 수가 없다. 사고현장에서 가족들은 바닥을 내리치며 통곡했다.

"아이고, 어떻게 이럴 수가 있냐, 나도 너 따라가겠다, 이놈아."

장학사가 된 지 석 달도 안 되어서 또 한 고등학생이 나무에 목을 맸다. 안타까운 사태는 멈추지 않았다. 2년이 넘도록 나는 '뒤처리'만 했다. 내 자신이 너무 무기력하게 느껴졌다. 스스로를 미워하고 자책했다. 이것은 아니다 싶었다.

학생은 이미 세상을 떠났다. 시신 수습이나 사건 처리, 부모에게 전하는 위로의 말 외에 내가 할 수 있는 일이 없었다. 어떤 말도 위로가 될 수 없다는 걸 모르지 않았다. 사람으로서, 선생으로서 할 수 있는 도리가 그것밖에 없어서 마른침을 삼켜가며 겨우 말했다. 학교나 교육청은 무엇을 했느냐는 원망이 많았다. 내가 한 일은 그야말로 사후약방문이었다.

'도대체 학교는 무엇을 해야 하고, 교육청은 어떤 역할을 해야 하는가. 아이들이 이렇게 죽으면 가서 시신을 치우고 뒤처리만 하면 담당 장학사로서 할 일은 끝난 것인가.' 수많은 날을 고민했지만 답이 나오지 않았다. 밤에 전화가 오면 덜컥 가슴이 내려앉았다. 수화기를 드는 손이 떨리고, 심장이 쿵쾅거렸다. 이런 날들이 계속되면서 우울증이 나를 옥죄기 시작했다.

여러 사건을 대책 없이 수습하는 것보다는 단 한 명이라도 예방해서 구하는 것이 우리가 해야 할 일이라는 생각이 들었다. 지금까지의 경험을 토대로 교육자가 해야 할 일을 정리하고 실천 방안을 모색했다.

먼저, 담임선생님이나 보건교사, 상담교사가 조기에 '징후를 발견'하는 것이 중요하다. 나아가 학생들에게는 생명의 소중함을 알릴 수 있는 실질적인 '예방 교육'이 필요하다. 마지막으로, 자녀들이 우울해하거나 심리적인 문제가 발생했을 때 대처 방법을 알게 하는 '학부모 교육'이 꼭 있어야 한다. 학생에게는 피부에 와 닿는 내실 있는 반복 교육이, 그리고 자녀 문제를 기관과 연대해서 치유할 수 있는 학부모 교육이 함께 이뤄져야 실효를 거둘 수 있다.

광주 시내에 있는 이 분야 전문가들을 모으기 시작했다. 전남대학교 간호학과 김수진 교수를 회장으로 해서 각 분야 전문가를 모으는 한편, 관심 있는 선생님들도 초청했다. 약 100여 명의 전문가 집단이 구성되었다. 이분들과 함께 학생과 학부모를 대상으로 교육할 각종 자료를 만들었다. 생명을 구하는 일이라 모두들 열정이 넘쳤고 진행이 빨랐다. 지루하지 않으면서도 진지한 내용의 자료를 만드느라 상당한 시간이 소요되었다.

교육 준비가 끝나고 각 학교에 공문을 보냈다. 생명존중교육 요청이 들어온 학교마다 방문해 예방 교육을 실시했다. 강당 같은 곳에 학생들을 모아 하는 대규모 교육보다는, 여러 명의 강사가 찾아가는 학급별 밀착 교육을 진행했다.

전문 강사들이 학생, 학부모, 교사 연수에 투입되었다. 아이들이 왜 우울해하는가, 아이들의 우울증을 빨리 발견하는 방법, 중증 정도에 따라 대처하는 방법, 위기관리 위원회를 여는 방법 등을 교육했다. 선생님들과 학교장들이 크게 환영했다. 학생과 학부모도 잘 받아들였다. 심리 문제가 발견된 아이들의 경우 첫 번째 조치는 자살 충동을 다스리는 것이다. 우리는 여기서 그치지 않았다. 학교에서 꿈을 찾고 자신의 목표를 향해 매진하는 것을 최종 목표로 삼았다.

이 '찾아가는 생명존중강사단' 프로젝트도 온 나라에 소문이 퍼졌다. 전국 각지에서 우리가 만든 자료를 보내달라는 요청이 줄을 이었다. 자료를 보내주고 인터넷에도 탑재했다. 교육부뿐만 아니라 여러 기관에서 수차례 격려를 받았다.

이제 15년이 흘렀고 지금도 이 사업은 계속되고 있다. 한때 학생 자살률이 높았던 광주였지만 그 수가 많이 줄었다. 함께 해준 생명존중 강사님들과 생명의전화 실장님에게 늘 감사하고, 빚진 마음이다.

마음보듬센터

길은 길로 이어지고, 일은 일로 연결되는가. 생명존중 강사단을 파견해 자살예방교육을 진행했다. 목적은 단 하나, 아이들을 살리는 것이었다. 우리의 노력은 상당한 성과를 거뒀다. 학교에 생명존중 분위기가 싹트고, 교사, 학생, 학부모의 공감대 형성이 더없이 좋아졌다. 물론 한계도 확인되었다. 학교에서 위기학생이 발견되더라도 상담선생님의 도움만으로는 부족했다. 또 다른 손길이 필요했다.

우울함을 느끼고 힘들어하는 학생에게 병원에 가라고 하면 대부분 가지 않았다. 부모도 왜 자기 아이를 정신병자 취급하느냐며 화를 냈다. 정신과 치료 병력이 있으면 사회생활을 하는 데

지장이 있을까 봐 부모들은 아이를 병원에 보내지 않았다. 우리나라는 유독 신경정신과에 예민하게 반응한다. 신경정신과에 대한 선입견만 없어도 극단적인 상황이 많이 줄었을 것이다.

마음이 아픈 아이들은 가정 형편이 어려운 경우가 많았다. 병원 치료를 권하면 부모들 반응은 이랬다.

"죽게 내버려 두세요."

"죽을 아이 아니에요, 그냥 놔두세요."

"너무 걱정하지 마세요."

제주도교육청에서 전문의사를 채용해 해결한 사례를 알게 되었다. 즉시 제주도로 가 궁금한 것을 묻고 이야기를 들어봤다.

"의사분들을 채용하는 게 가장 효율적인 방안인데 정말 쉽지 않은 일입니다."

"어째서 그렇지요?"

"소아정신과 의사를 모시기가 쉽지 않습니다."

"그러면 제주도교육청에서는 어떻게 추진할 수 있었는가요?"

"예, 특별히 도와주는 의사 선생님이 한 분 계셔서 가능했습니다."

"예산은 얼마나 소요될까요?"

"전문의사 1인당 월 천만 원 정도는 생각하셔야 할 겁니다."

생각보다 많은 액수였다. 광주시는 제주도보다 규모가 크기에 어려운 학생도 많았다. 더 많은 의사 선생님이 필요했다. 의사 두 명, 임상심리사 한 명, 정신보건 간호사 한 명에 장학사와 주무관도 배치해야 했다. 당연히 필요 예산도 1년에 10억 원 정도로 상당했다.

어느 정도 가닥이 잡히자 바로 시작했다. 그런데 첫걸음부터 난관에 봉착했다. 의사 및 임상심리사, 정신보건 간호사 채용 공고를 내려는데 그분들을 고용할 때 직제상 공무직으로 할 것인지, 공무원으로 할 것인지가 문제였다. 법령과 조례가 없어서 행정부서에서는 채용할 수 없다고 했다. 그런 사례도 없기에 절대 하지 말라고 만류했다. 비참한 현장을 생각하면 물러설 수 없는 일이었다. 6개월여를 다투고, 설명하고, 방안을 제시하여 결국 의료진 모집 공고를 냈다.

그런데 지원자가 없었다. 많은 사람이 '되지도 않을 일을 저러고 다닌다'며 비아냥거렸다. 광주시의회에 가서 예산 지원을 요청했다. 시의회에서도 반대가 터져 나왔다.

"병원이 있는데 거기 가서 치료받게 하고 그 병원을 지원해 주면 되지, 왜 굳이 의사를 뽑으려고 합니까? 10억이 적은 돈도 아닌데."

"학생들이 병원에 가지 않을 뿐만 아니라 돈을 지원하는 시스템도 없습니다. 센터에 의사 한 명 있고, 다른 한 명은 돌아다니면서 아이들을 만나면 효율적입니다. 어떻게 생명을 돈으로 따질 수 있습니까?"

난상토론이 벌어졌다. 한 명의 시의원을 제외하고는 모든 의원이 나를 질타했다. 답변을 하느라 곤욕을 치렀다. 병원들도 이런 움직임에 반발한다는 이야기가 들렸다. 상황이 이렇게 흘러가자 교육청 관계자들조차 이제 그만 물러서라며 포기를 종용했다.

난 물러서지 않았다. 밤마다 시의원들을 찾아다니며 설득했다. 이 제도가 단 한 명이라도 더 살릴 수 있다면 성공이고, 그것은 의원님 덕분이라고 했다. 결국 의원들은 내 뜻을 받아주었다. 이렇게 '마음보듬센터'가 탄생했다. 진월동에 있는 옛 광주과학고등학교에 터를 잡았다.

두 분의 의사 선생님, 임상심리사, 간호사와 행정팀이 배치되었다. 그런데 또 다른 문제가 생겼다. 의료진과 교육청 공무원 사이에 갈등이 생겼다. 서로 다른 성격의 집단이 만나다보니 당연히 그럴 수 있었다. 문제가 생길 때마다 나는 갈등을 중재하는 가교 역할을 했다. 이 또한 쉽지 않은 일이었다.

전문의 한 분은 마음보듬센터에 상주하고, 다른 한 분은 학교를 순회하며 보건실에서 아이들 건강을 살폈다. 단지 치료만

받는 게 아니라, 센터에 공부할 수 있는 공간까지 있으니 학생들이 아주 좋아했다. 부모들은 마음을 놓았고, 학생들의 얼굴은 환해졌다. 이 제도 또한 전국에서 눈여겨보았다. 하지만 선뜻 시도한 지역은 없었다.

몇 해 동안 운영하다 보니 또 다른 어려움이 찾아왔다. 의사 선생님은 1년 계약이 끝나면 현직으로 복귀했다. 일 자체는 보람을 느낀다고 하지만 아무래도 병원보다 급여가 낮기에 고민했다. 우리도 마냥 붙잡을 수가 없었다. 지금은 여러 의사 선생님들이 월요일부터 금요일까지 번갈아가며 파트타임으로 상담을 이어가고 있다. 의사 선생님의 손길을 받은 아이들은 건강하게 상급학교에 진학해 잘 자라고 있다.

청소년기는 질풍노도의 시기라고 한다. 깊은 강, 위험한 숲을 헤쳐나가야 하는 어려운 시기이다. 아이들의 내면에는 무엇이든 극복하고 성장할 수 있는 놀라운 힘이 있다. 그 힘을 끌어내는 데는 어른의 도움이 필요하다. 약간의 도움만으로도 장애물을 뛰어넘을 수 있다. 아이들은 공동체의 미래다. 마음보듬센터는 몸과 마음을 다독이는 방식으로 아이들을 돕고 있다.

연꽃 같은 딸

"형님, 학생 아버지가 알코올중독이고, 이혼하고 중독 치료를 받기 위해 격리 중이었습니다. 그런데 이 아버지가 병원을 이탈해 집에 와서 애들 보는 앞에서 자살을 시도하고 있답니다. 초등학생 아이가 학교로 전화를 했는데 어떻게 대응하는 게 좋을까요?"

어느 늦가을, 호형호제하는 초등학교 교장선생님이 전화를 했다. 숨이 넘어갈 것 같은 목소리였다. 하루하루 병원 응급실 같은 이런 긴박한 전화로 시작해서 녹초가 되어 집으로 돌아가는 것이 일상이다.

"그 집 주소를 알려주게나."

곧바로 그 집으로 향했다. 3층 주택이었다. 집 앞에서 한 여성이 머뭇거리고 있었다. 이 가정을 담당하는 사회복지사였다. 차마 들어가지 못하고 주저하며 집 안을 살피고 있었다. 다가가서 어떻게 된 일인지 물었다.

"저는 여기 애들 돌보는 사회복지사인데요, 아이 아버지가 문을 걸어 잠그고 세 아이와 동반자살을 하겠다고 저렇게 난리입니다. 경찰에 연락은 했는데 아직 안 오고 있네요."

"그러면 왜 안 들어가세요?"

"무서워서 못 들어가겠어요."

문을 두드렸지만 열어주지 않았다. 안에서는 아이들 울음소리만 들렸다. 계속 문을 두드리며 문 좀 열어달라고 했다. 그랬더니 아버지가 대답했다.

"누구시오?"

"교육청에서 나왔습니다."

"왜 왔소?"

"신고전화 받고 왔습니다. 어려운 일이 있는 것 같은데 애들도 돌보고, 필요한 것 있으시면 돕고자 왔습니다. 문 좀 열어주세요."

"그럴 필요 없어요. 살고 싶지도 않고, 그냥 우리 마지막 가는 길이니 상관하지 마세요."

버럭버럭 소리만 질렀다. 공권력을 투입해 해결할 수밖에 없는 상황이었다. 경찰이 왔을 때 가족이 창문으로 뛰어내리면 어떡하나, 걱정이 앞섰다. 창문 아래쪽에 매트리스를 깔아달라고 요청했다. 그러려면 119가 출동해야 한다고 했다. 소방대원이 오기를 기다리면서 계속 간청하니까 아버지가 문을 열어주었다.

집 안에 들어가니 고등학교에 다니는 큰딸이 아버지를 붙잡고 있었다. 초등학생과 중학생 동생은 겁에 질려 울고 있었다. 집기들은 부서져 나뒹굴고, 아버지의 눈동자는 완전히 풀려 있었다.

아버지를 자극하지 않기 위해 차분하게 대화를 이어갔다. 사회복지사와 경찰은 밖에서 대기하고 있었다. 함께 들어가면 돌발행동이 나올 것 같아 밖에서 기다리라고 부탁했다.

두어 시간 정도 지나자 나도 많이 지쳤다. 아버지도 지쳐 보였다. 그는 내게 물었다.

"왜, 무엇 때문에 우리를 이렇게 괴롭히는 겁니까?"

"아버님, 아이들 인생도 있는데 아버지가 함께 죽자고 하는 것은 아닌 것 같습니다. 하여튼 우리가 이 아이들을 돌볼 방법을 찾을 테니까 걱정하지 마시고 아버지는 치료를 잘 받으시고 빨리 나으시면 좋겠습니다."

그러자 아버지는 자기와 아이들을 버린 아내에 대해 원망과 분노를 쏟아냈다.

나는 그를 달래며 이야기했다.

"오늘 밤은 제가 아이들을 우리 집으로 데려가 재우고 내일 다시 차분하게 얘기를 하면 어떻겠습니까? 알코올중독 치료를 받는 동안 아이들을 도와줄 방법을 여러 관청이나 단체와 협의해보겠습니다."

아버지는 많이 지쳐 힘들어했다. 이따금 정상적인 아버지의 모습을 보이기도 했다. 그때 마침 알코올중독을 치료하는 곳에서 아버지를 찾으러 왔다. 기관에서 강제로 연행해 차에 태웠다. 나는 세 아이를 데리고 집으로 가려고 했다. 그런데 큰아이는 가지 않겠다고 했다.

"너는 왜 안 가려고 하니?"

"아버지가 또 탈출해서 여기를 오면 3층에서 뛰어내릴지 모르니 제가 기다렸다가 말려야 합니다."

그 이야기를 들으니 가슴이 먹먹했다. 연꽃 같은 딸이었다. 아버지의 폭력으로 힘들었을 텐데 딸아이는 아버지를 걱정하고 있었다. 초·중학생 두 아이만 내 차에 태웠다. 진눈깨비가 내리고 있었다. 입술이 퍼렇게 질린 두 아이는 온몸을 부들부들 떨었다.

예고 없이 두 아이와 집에 들어가자 가족들이 당황했다. 자초지종을 설명하자, 둘째 딸이 자기 방에서 재우겠다고 했다. 긴장이 풀리고 지쳐서 벽에 기대고 있는데 둘째가 물었다.

"아빠, 동생들이 배가 고픈 것 같은데 뭘 먹여도 되나요?"

"아, 내가 그걸 깜빡했구나. 그래도 되지. 애들한테 뭐가 먹고 싶은지 물어봐."

"동생들이 누룽지가 먹고 싶대요."

둘째 딸이 누룽지를 끓여 먹였다. 밥을 먹고 나서도 아이들은 잠을 이루지 못했다. 방과 거실을 자주 들락날락했다. 나도 눈꺼풀만 무거웠지 쉬이 잠들지 못했다.

다음 날 아침, 교장선생님이 아이들을 데리러 왔다. 둘째 딸은 아이들에게 필요한 물건을 사서 들려 보냈다. 앞으로 아이들의 생활을 어떻게 챙길 것인지가 문제였다. 교육청, 학교, 아동복지센터 관계자와 사회복지사가 모여 대책회의를 가졌다. 그간의 사정을 들으니 아버지의 난동은 하루이틀 일이 아니었다. 이골이 난다는 듯 회의 참석자 일부는 시큰둥한 반응을 보였다.

"그 아버지는 술만 마시면 가구 부수고, 자살 소동을 벌였어요. 그 사람 난리만 피우지 자살은 하지 않을 겁니다."

이렇게 냉소하는 사람도 있었다.

아버지는 그렇다 치더라도 3남매를 이대로 내버려 둘 수는 없었다.

"얼마나 지치고 반복되었으면 그렇게 생각하셨는지 이해가 갑니다. 저는 한 번인데도 정말 힘이 드네요. 그렇지만 만에 하나라도 불의의 사고가 발생할 수도 있으니 어떻게든 도울 수 있는 대책을 세우는 것이 좋지 않을까요?"

나는 모금 운동을 해서 매달 일정 생활비를 애들에게 보내주자고 제안했다. 그리고 초·중학생에게는 대학생 멘토링제를 실시해보자고 했다.

문제는 아버지였다. 아버지는 여전히 아이들과 주변을 힘들게 했다. 하지만 그 와중에도 아이들은 조금씩 제 자리를 찾아 성장하고 있었다. 우선 금전적으로 도움을 받게 되었고, 대학생들이 멘토가 되어 학습뿐 아니라 학교와 가정 생활을 안정적으로 할 수 있게 밀착해서 도와주었다.

연꽃 같은 큰아이는 전문대에 진학해 자신의 꿈을 키워갔다. 완벽한 보호 프로그램은 아니었지만 벼랑 끝 같은 힘든 시기에 많은 도움이 되었다고 생각한다.

누구에게나 청소년 시기는 힘들고 어렵다. 그만큼 중요한 때이기도 하다. 위기에 처한 아이들에게 안전망을 제공하고 그들을 따뜻하게 품어준다면, 소중한 생명을 보호하고 함께 동반자의 길을 걸어갈 수 있을 것이다.

"박 선생님 때문에 참았다"

교육청 정문에서 교육감 면담을 요구하는 외침 소리가 계속 들렸다. 몇 시간째였다. 여러 차례 반복된 외침이지만 해결책은 없었다. 그래도 한 번쯤은 교육감님과의 만남을 주선해야 했다.

"교육감이 책임지세요. 우리 아이가 초등학교 때부터 학교폭력을 당해 이젠 만신창이가 되어버렸으니 교육감이 책임지세요, 내신성적 관계없이 ○○고등학교에 반드시 넣어주세요."

어머니의 요구사항이었다.

"그것은 교육감의 권한 밖입니다. 입시제도 안에서 해결해야 하는데 불가능합니다. 제 임기가 끝난 다음의 일이기도 합니다. 도와드리기 어렵습니다."

교육감님의 이야기를 들은 어머니는 품속에서 준비해온 소주병을 꺼냈다. 병에는 휘발유가 들어 있었다. 어머니는 주저하지 않고 휘발유병에 불을 붙이려 했다. 옆에 있던 나는 순간적으로 덮치다시피 해서 제지했다. 하마터면 큰일 날 뻔했다. 직원들이 에워싸고 있는 동안에도 교육청을 불태워버리겠다고 소리소리 질렀다.

규빈이는 초등학생 때부터 따돌림과 학교폭력을 당했다고 했다. 이 사건으로 규빈이 엄마는 초등학교 담임선생님들을 고발했다. 학교폭력으로 아이가 괴롭힘을 당하고 있는데도 학교가 아이를 보호하거나 도와주지 않고 아무런 역할도 하지 않았다며 매일 교육청에 찾아와 항의했다.

학교와 교사의 입장은 전혀 달랐다. 어느 쪽의 말을 믿어야 할지는 다음 일이고, 한 가지 확실한 것은 규빈이 엄마가 큰 고통과 슬픔에 빠져 있다는 사실이었다. 경제적으로 궁핍했고, 정신적으로도 피폐해져 있었다. 규빈이가 힘들어하는 모습을 보이면, 그 원통함을 풀기 위해 학교나 교육청, 혹은 다른 기관에 소리치고 다녔다.

한번 마주하면 하소연이 서너 시간이었다. 그분이 오면 모두 자리를 피하고 도망가기 바빴다. 여러 시간 이야기를 듣고 나면 진이 빠지다보니 당연한 일이기도 했다. 누가 봐도 지나친 행동이 분명했다. 하지만 그것이 과대망상이든 아니든, 그 어머니가 고통 속에서 허우적대고 있는 것만은 분명했다.

가난한 살림이어서 남루한 옷차림으로 힘겹게 외쳤다. 보고 있으면 가슴이 쓰리고 짠했다. 정상적인 방법으로 문제를 풀려고 하지 않으니 서로 오해만 깊어갔다. 그렇다고 돈을 요구하는 것도 아니었다.

관련자들을 처벌해달라고 요구했지만, 학교 측의 말은 어머니의 주장과 너무 동떨어져 있었다. 학교도 관심을 보이고 많은 노력을 기울였다. 어디서부터 오해와 불신의 골이 깊어졌는지 짐작이 가지 않았다. 시간도 많이 흘렀다.

규빈이가 중학교 1학년 때 규빈이 어머니를 처음 만났다. 규빈이가 대인기피증 때문에 식당에서 밥을 먹을 수 없다고 했다. 학교에 잘 보내지 않고 집에 가둬 놓다시피 해서 아이는 하루하루 피폐해져 가고 있었다.

규빈이가 중학교에 입학하자 어머니는 학교에 별도의 식사 공간을 요구했다. 다른 학생들과 함께 급식실에서 먹을 수 없다는 것이었다. 난감한 일이었다. 공동급식을 하는데 한 아이만을 위해 따로 밥을 줄 수는 없는 노릇이었다. 연일 언론에 보도가 되고 광주교육계가 떠들썩했다. 학교의 잘못으로 대인기피증이 생겼으니, 학교가 필요한 조치를 해주어야 한다는 주장이었다.

학생을 굶길 수는 없어서 학교에서 어렵게 별도 공간을 만들었다. 당시 교장선생님의 고뇌와 힘들어하던 표정이 지금도 떠오른다. 어머니의 요구를 들어주어 따로 식사할 수 있게 했는데 문제는 출결이었다. 아이의 결석이 잦았다. 예측할 수 없이 띄엄띄엄 등교했다. 갈수록 아이가 힘들어하고 집에 있는 시간이 늘자, 어머니는 또 다른 문제 제기를 시작했다. '교육감 면담 요구'였다.

그런데 교육감님에게서 원하는 답을 듣지 못하자 휘발유병을 꺼낸 것이다. '선생님들의 멍에도 풀어주고, 규빈 엄마의 소원도 들어주고…… 이 문제를 어떻게 해결해야 할까……'

규빈이 어머니는 면담 뒤에도 매일 교육청 앞에서 '교육감 물러나라'를 외치며 시위했다. 그런데 신기하게도 내게는 악담을 하지 않았다. 소리 지르고 대드는 것이 아니라 어느 때부터는 '박주정 같은 사람만 있으면 다 용서하겠다'는 말을 하고 다녔다. 아마도 자기 말을 끝까지 들어주고 지지해주었기 때문인 것 같다.

내가 사정하면서 그만 돌아가시라고 간청하면, 들어주는 시늉도 하고 호응해주었다. 밉고 곱고를 떠나 인간적으로 안쓰러워 많은 정성을 들였다. 집으로 돌아갈 교통비가 없다고 하면 직접 집에까지 태워주길 여러 번이었다.

규빈이는 결국 학교에 다니지 않았다. 중학교를 졸업하지 못했다. 더이상 그 어머니를 도와줄 수 없었고, 도울 힘도 남아 있지 않았다. 간혹 그 어머니 생각이 났지만 세월은 소리 없이 흘렀다.

어느 날 출장을 갔다가 사무실에 들어가니 비서가 말했다.

"교육장님, 신원을 밝히지 않은 분이 휴대전화를 했는데 연결해드리지 못했습니다. 전화번호는 남겨 놨습니다."

누군지는 모르지만 전화를 했다.

"여보세요."

전화기 너머의 목소리는 규빈이 어머니였다. 나는 듣자마자 단번에 알 수 있었다.

"규빈이 어머니세요?"

"네, 선생님."

"제가 여기 있는 걸 어떻게 아셨어요?"

"선생님! 씨비에스CBS 〈새롭게 하소서〉에 나온 것을 보고, 거기서 알았어요. 눈물이 나면서 목소리라도 듣고 싶어서 선생님을 다시 찾았네요."

소식 끊긴 지가 10년이 지났다.

"아이고 규빈이 어머니, 그러면 그냥 방문하시면 되지 왜 전화를 해요?"

"들어갈 용기가 안 생겨서요."

"규빈이는 요새 어떻게 지내나요?"

"……"

뭔가 잘못되었음을 직감할 수 있었다.

"울지 마시고 여기로 한번 오세요, 네?"

"아니요. 그건 어려울 것 같네요, 선생님."

"그러면 밖에서 같이 식사를 하십시다."

"네, 그러면 좋겠습니다. 정말 저를 만나주시겠어요?"

"만나지 못할 이유가 어딨어요? 어머니도 참."

전화기 너머로 흐느끼는 소리를 들으며 통화를 끝냈다.

약속한 날, 함께 식사하면서 어머니에게 물었다.

"그날 통화할 때 왜 우셨어요?"

"제가 너무 괴롭혔는데 똑같은 마음으로, 따뜻한 말씨로 대해주시고 더구나 수년이 흘렀는데 제 목소리까지 바로 아시고……"

그분은 규빈이 문제로 남들을 힘들게 했지만, 사실 본인도 상처를 많이 받았다. 규빈이 형이 군대 가기 직전에 동생 문제로 항의하다가 경찰서에 불려가는 등 고초를 많이 겪었다. 가정의 경제 사정은 말이 아니고, 돌봐줄 사람은 없고, 아이는 학교에 잘 가지 않았다. 큰아들도 정상적인 사회생활이 어려웠던 모양이다.

그동안의 우여곡절을 두 시간 동안 이야기했다. 가슴 아프고 슬픈 사연이 가득했다. 주저앉지 않고 이 순간까지 온 것만도 기적처럼 느껴졌다. 한 사람, 한 가정의 고통의 무게는 도대체 얼마나 될까……

"어머니, 제가 무엇을 해드리면 될까요? 규빈이는 지금 어떻게 지내나요?"

"이제 성인이 되었지요."

"대학교는 갔나요?"

"중학교도 그만뒀는데 어떻게 대학교에 가겠습니까?"

"그럼, 어떻게 지내고 있나요?"

"수염을 기르고, 집에서 아예 나오지도 않고, 저도 애가 너무 무섭습니다."

규빈이는 자폐 상태로 완전히 세상과 고립되어 지낸다고 했다.

"그러면 어머니, 규빈이한테 뭘 해주었으면 좋겠어요?"

대답하려던 찰나에 규빈이 어머니의 휴대폰이 울렸다. 시댁에 누가 돌아가셔서 급히 올라가야 한다고 했다.

"택시비는 있는가요?"

"네, 있습니다."

자리를 뜨려다 잠시 멈춰서 규빈이 어머니가 말했다.

"제가 그때 참은 건 박 선생님 때문입니다. 안 그랬으면 교육청에 불 지르고 저도 죽었을 겁니다."

그렇게 불같이 뜨거운 말을 남기고 서울로 향했다.

'잘 마무리하지도 못했고, 그 아이의 장래를 열어주지도 못했구나.' 나는 죄책감에 며칠 밤을 뒤척였다. '그때 좀 더 노력했더라면 규빈이와 어머니의 삶이 지금과는 많이 달라졌을 텐데……'

자책의 밤들을 보내며 학교 울타리 안에서 단 한 명의 학생도 낙오되지 않기를 나는 마음속 깊이 기도하고 기도했다.

역지사지와 경청

　　한 고등학교 교감선생님이 병가를 내고 출근하지 않는다고
했다. 이유를 들어보니, 재학생 아버지가 교감선생님을 엄청 힘
들게 한다는 것이었다. 집요한데다 법률 지식도 해박해서 보통
분이 아니라고 했다. 그분의 주장은 이랬다.

　　'우리 아들이 이 고등학교에 오기 전 중학교에서 일곱 명의
아이들에게 괴롭힘을 당했다. 아들이 너무 힘들어서 죽고 싶다
고 한다. 지금이라도 그 아이들을 처벌하고 조치해달라. 그리고
이것은 나라에서 배상을 해줘야 한다.'

　　중학교 때 이 학생을 괴롭혔다는 아이들은 일곱 군데 각기
다른 고등학교에 다니고 있었다. 아이 아버지는 그 일곱 개 학교

에 처벌을 요구했고, 각 학교에서 학교폭력대책자치위원회를 열어 조치해달라고 요구했다. 이런 경우 피해 학생이 다니는 학교와 가해 학생들이 다니는 일곱 개 고등학교가 공동으로 학교폭력대책위를 열어야 하는데, 굉장히 복잡했다. 한 번도 경험하지못한 일이기도 해서 갈피를 잡기 어려웠다. 피해 학생과 상담했던 일지를 다른 사람에게 공개했다는 문제로 법적 싸움도 진행중이었다. 교감선생님은 고발당했다. 연일 시달린 교감선생님은몹시 힘들고 고통스러워했다.

교육청이 개입하지 않을 수 없었다. 우선 나는 학생 아버지에게 만나자고 했다.

"아이가 학교폭력을 당한 것이 2~3년 전의 일인데 지금도힘들어한다니 정말 죄송한 마음입니다. 이제 고등학교에 진학해서 새 출발을 하는 단계이니 앞으로 학교생활을 잘할 수 있도록교육청에서 도와드리겠습니다."

아버지는 그동안 아이가 겪었던 고통을 이야기하면서 계속학교와 교육청을 압박하고 매일 교육감 면담을 요구했다. 내가중간에서 나름대로 마음을 돌리기 위해 애써보았지만 막무가내였다. 결국 교육감 면담은 이뤄졌으나 뚜렷한 결론을 내릴 수가없었다. 흔히 쓰는 말로 법과 원칙에 따라 진행하라는 지시가 내려졌다.

몇 년 전 사건인 데다가 일곱 개 학교로 흩어진 가해 학생들을 다시 조사하고 진상을 알아내기가 너무 어려웠다. 가해 학생들의 의견 또한 각각 달랐다. 아버지의 주장과는 차이가 있었다. 방법이 없었다. 아이가 고등학교에 잘 적응하는 것으로 목표를 정하고 아이 아버지에게 동의를 구했다. 아버지는 받아들이지 않았다.

　　밀고 당기기가 6개월 동안 계속되었다. 퇴근하려는데 연락이 왔다. 그분이 교육감실에 들어가 퇴근을 막으며 다시 면담을 요구하고 있었다. 나는 그분과 독대를 하고 어떤 형태로든 정리하기로 마음먹었다.

　　"솔직히 말씀해주셔요. 뭘, 어떻게, 얼마나 해드리면 되겠습니까?"

　　드러내고 말하지는 않았지만 경제적인 보상을 원하는 것 같았다. 피해 보상을 받으려면 가해 학생을 고소하여 법적인 심판을 받으면 되는데 그렇게 하지는 않고 학교와 교육청만을 상대하겠다는 것을 보면 말이다.

　　'그래, 피해 학생이 다니는 고등학교와 일곱 개 학교를 살리는 길은 이분과 담판을 짓는 것밖에 없겠구나.' 나는 고심 끝에 보상금 명목의 금액을 마련해주기로 하고 몇 부서와 의견을 나누었다. 그런데 이 돈은 교육청에서 공식적으로 지출할 수 있는 성격이 아니었다. 굿네이버스를 통한 지원이 가능하다고 하여 굿네이버스에 상의했다.

　어느 토요일, 교육청 직원들이 옛 도청 앞에서 바자회를 열었다. 땡볕 아래 노상 좌판을 열었는데 수익이 상당했다. 이 바자회의 취지를 알고 있는 교육청 선생님들과 직원들의 성원이 있었기에 큰 성과를 거둘 수 있었다.

　그날 수익금 전액을 굿네이버스에 기부했다. 굿네이버스가 아버지에게 그 금액을 전달하는 형식이었다. 계획대로 굿네이버스에서 아버지에게 보상금을 전달하기로 했다. 그런데 또 문제가 생겼다. 아버지가 돈의 수령을 거부했다.

　"돈을 주려고 했으면 교육청에서 줘야지, 굿네이버스인가 이런 자선단체에서 불쌍한 사람 도와주듯 생색내는 것은 받을 수 없습니다."

　난감했다. 더 솔직하게 말하면 어떤 배신감이랄까. 하지만 그것은 내 내면의 갈등이고, 수개월 동안 고통받은 수많은 사람들을 떠올리면 이 정도는 감수해야 할 비루함이었다. 나는 아버지의 입장을 충분히 이해한다는 자세로 상세히 설명했다.

　"이 돈은 굿네이버스에서 주는 형식이지만, 사실 모금 활동은 교육청에서 자발적으로 한 것입니다. 우리 교육청 직원들이 아버지와 학생에 대한 위로의 마음으로 모은 정성이니 달리 생각 마시고 받아주셔요."

이야기를 듣던 아버지는 고개를 끄덕이며 '고생했다'고 말하고 조용히 떠났다. 아버지는 교감선생님에 대한 고소 등을 모두 취하했다. 학교에도 평온이 찾아왔다.

아이가 학교폭력의 피해를 입은 건 사실이지만, 아버지의 여러 주장들은 확인할 수 없는 것이었다. 문제는 자신의 입장에서 억울하다는 감정이 쌓이면, 그 억울함은 쉽게 해소되지 않는다는 점이다. 형식이 무엇이든, 억울한 감정을 조금이라도 덜어주는 게 중요하다. 그러고 나면 문제가 풀리거나, 풀릴 수 있는 계기가 마련될 수 있다. 다소 과한 주장이라도 피해자 입장에서 생각하고, 그 주장에 귀를 기울이면 해결책을 찾을 수 있다는 사실을 또 한 번 느꼈다.

여러 사건을 처리하고, 수많은 민원인을 만난 경험을 통해 얻은 결론은, 역지사지易地思之와 경청傾聽의 중요성이다. 역지사지와 경청, 모두가 알지만 실천하기는 결코 쉽지 않은 덕목이다.

'숫자' 대신 '품자'

교육청 장학사 시절 '중도 탈락 학생'이라는 말에 가슴이 아팠다. 요즘은 이 말을 '학업 중단 학생'이라는 표현으로 바꾸어 쓴다. 교육청은 '중도 탈락 학생'의 현황을 매달 교육부에 보고했다. 교육부에서는 '중도 탈락 학생'을 줄이고 예방을 위해 노력해달라는 공문을 계속 보냈다. 앞서 소개한 금란교실이나 용연학교도 중도 탈락 예방을 위한 노력의 일환이었다. 보호관찰멘토링제 또한 비행을 저지른 학생을 잘 관리해 학교에서 이탈하지 않도록 하기 위한 장치였다.

그런데 중도 탈락한 학생들의 숫자만 보고했지, 그들에 대한 대책이나 복교 프로그램은 없었다. 광주의 경우 학업 중단(자퇴+퇴학) 학생이 한 해 2천 명에 육박했고, 이 숫자는 계속 늘어만 갔다. 물론 중학생은 의무교육이기에 퇴학 자체가 없다. 유사한 징계가 '유예처분'이다. 학적을 유지할 수는 있지만 진급은 할 수 없는 제도이다. 학생들은 대부분 학교에 복교하지 못했다.

학업 중단으로 학생들이 학교 밖으로 나가면 상황 파악이 어렵다. 적잖은 아이들이 비행과 범죄에 연루된다는 사실은 알고 있었다. 학업 중단 학생을 둔 학부모들은 불안과 짜증, 분노의 감정으로 힘들어했다. 학생과 학부모 사이의 갈등이 심해졌다. 교육청을 찾아와 학교와 교사를 원망하는 부모들이 늘어났다. 교육청에서는 학교와 해결하라며 다독여 돌려보낼 뿐이었다.

언제부터인가 내 마음에는 탈락 학생 '숫자'가 아니라, 탈락 학생 '품자'가 들어앉기 시작했다. 학교를 그만두고 어디에선가 방황하고 있을 그들을 생각하니 손에 일이 잡히지 않았다. 많이 고민했다. 직업병이다.

'이미 학교를 그만둔 아이들을 다시 학교로 복귀시키는 방법은 없을까.' 교육감님에게 속마음을 털어놨다.

"교육감님, 요새 제 마음속에 자꾸 떠돌아다니는 아이들이 있습니다. 중도 탈락 학생 부모들이 교육청을 찾아와 힘들게도 합니다만, 그것은 견뎌왔습니다. 그런데 교육부에 탈락 '숫자'나 보고하는 것이 무슨 의미가 있을까 싶습니다. 뭐라도 해야 할 것 같습니다. 바깥으로 나간 아이들을 학교로 데리고 와야겠습니다."

"이미 나가버린 아이들을 어떻게 학교로 다시 데리고 온단 말인가. 취지는 충분히 공감하지만 지금 학교에 있는 아이들만이라도 탈락하지 않게 하는 것이 중요하지."

"그렇지 않습니다. 해보겠습니다. 밖으로 나간 아이들도 데리고 들어올 수 있습니다."

"어떻게 한단 말인가요?"

"일단 지난 3년간 중도 탈락한 학생들의 명단을 학교로부터 받겠습니다. 거기에는 주소도 있고, 전화번호도 있을 것입니다. 물론 이사를 가버렸다면 어떻게 할 수 없겠죠. 하지만 이사하지 않았거나 연락만 닿는다면 그 아이들을 찾아가서 학교로 다시 복교할 수 있도록 해주겠다고 말하겠습니다."

2학년에 퇴학했다 할지라도, 학교로 돌아오면 1학년부터 다시 시작해야 한다. 교육부 규정이었다. 나이 차이도 있고 창피하기도 해서 다시 돌아올 가능성은 희박했다. 그래서 그만뒀던 학년에 다시 복학할 수 있게끔 규정을 고치는 데 노력했다. 전국 어디에서도 선례가 없는 일이라 쉽지 않았다. 두 달여 기간 동안 청원해서 노력한 끝에 마침내 규정을 고칠 수 있었다.

학교를 그만둔 연 2천여 명, 3년간의 탈락 학생 명단을 취합했다. 6천여 명 중에서 유학을 갔거나 스스로 자퇴를 한 학생

은 뺐다. 학교에 다니고 싶었지만 어떤 조치로 인해 학업을 중단
한 아이들만 찾아냈다. 그랬더니 연간 1천 500여 명, 3년 기간이
니 약 4천 500여 명 정도가 모아졌다.

장학사들 몇 명이 이렇게 많은 집을 찾아다니는 것은 불가
능했다. 이 업무를 위해 직원을 한시적으로 뽑았다. 뽑힌 직원들
에게 학업 중단자들의 심정을 알려주고 진심으로 이해할 것을
당부했다. 가정 방문할 때 가져야 하는 자세를 설명했고, 상담
내용은 꼭 일지로 기록해야 한다고 말했다. 부모와 아이들을 찾
아가서 학업 복귀를 권유하면, 전부는 아니더라도 상당수 성공
할 수 있으리라고 기대했다.

오판이었다. 막연한 기대감이었다. 아이들 사는 곳을 방문
했던 세 명의 직원들이 더 이상은 못 하겠다고 했다. 시작한 지
이틀만이었다.

"아니, 이제 시작인데 왜 그러시죠?"

직원들은 내 말에 한심하다는 듯한 표정을 지었다.

"집에 사람이 거의 없고, 문이 잠겨 있는 경우도 많고, 부모
하고 연락도 안 되고, 아이들 휴대폰 번호도 바뀌었고, 간혹 전
화 연결이 돼도 아주 퉁명스럽게 분노에 찬 목소리로 우리에게
화부터 냅니다."

나는 다시 생각했다. '맞다, 이것도 일방행정이다. 아무

리 좋은 일도 먼저 상대방의 입장을 한 번쯤 생각해봐야 했는데…… 아이들이나 부모는 잘잘못을 떠나 학교가 학업을 중단시켜 놓고, 이제 다시 돌아오라고 하면 선뜻 받아들이기가 어려울 것이다.' 이런 생각에 이르자 처음부터 다시 시작해야겠단 마음이 들었다. 집 주소로 편지 형식의 안내문을 보냈다.

"학부모님과 학생께! 공교육에서 여러분을 안지 못하고 내보낸 것을 참회합니다. 그래서 여러분을 만나 앞으로 학교에 복교하는 것을 안내해드리겠습니다. (중략)
광주광역시교육청"

간절한 마음을 담았다. 우편물을 발송하고 찾아가자 반전이 일어났다. 편지를 읽어본 학부모들은 생각보다 크게 고마워했다. 제발 학교로 돌아가게 해달라고 하소연했다. 하소연은 대체로 이랬다.

'아이가 밤이고 낮이고 없다. 집에 들어오지를 않는다. 비행에 연루되어 여기저기 불려 다닌다. 아이 하나 때문에 온 가족이 너무너무 힘들다. 한이 맺히도록 많이 원망했는데 지금이라도 이렇게 해주니 고맙다. 꼭 복교할 수 있게 해달라.'

우리는 1년 동안 열심히 찾아다녔다. 상당히 많은 아이들이 복교 의사를 밝혔다. 그런데 복교를 시작하자 문제가 생겼다. 아이들은 퇴학 당시보다 더 거칠어져 있었다. 말투는 사납고, 용모는 쉽게 이해할 수 있는 모습이 아니었다. 문제를 일으키기 시작했다. 학교에서는 또 아우성이었다. 지금 있는 아이들 관리도 힘든데 더 힘든 아이들을 무작정 복교시키면 어떻게 하냐는 항의가 빗발쳤다. 틀린 말이 아니었다. 곧바로 보완조치를 취했다. 아이들을 바로 학교에 보내지 않고, 먼저 3주간의 적응 교육을 진행했다. 금란교실이나 다른 위탁 기관에 맡겨 학교 적응 프로그램을 운영했다. 이 프로그램을 이수하지 않으면 복교를 허락하지 않는다는 조건을 달았다. 교육을 받고 학교로 돌아간 아이들은 이전보다 훨씬 잘 적응했다.

약 3년 동안 복교 정책을 추진했다. 상당히 호응이 좋았다. 많은 학생들이 학교로 돌아가 무사히 졸업했다. 학교를 떠난 학생들을 복귀시킨다는 발상 자체가 무모해 보이기도 하지만 적극행정이었다고 생각한다.

서류를 다루는 일반행정도 마찬가지지만 특히 사람이 대상인 교육행정은 미래지향적이고 창의적이어야 한다. 사회 환경이 급변하고, 학생들의 인식체계는 무한대로 확장하고 있는데 수십 년 전의 관행을 되풀이해서는 안 된다고 확신한다. 교육이 가져야 할 고유의 가치와 목적을 지키면서도, 교문 밖의 상황도 빠르게 흡수하는 유연함이 필요한 시대이다.

어제의 방식 그대로 오늘도 일하는 것은 어렵지 않다. 소극행정이다. 어려운 시험을 치르면서 '인재'를 공채한다는 것은 업무를 창의적으로, 적극적으로 수행할 수 있는 인적 역량을 찾는 과정이다. 공직, 그중에서도 교육 분야는 적극행정을 어느 곳보다 적극적으로 권장해야 한다. 행정의 대상부터가 과거의 틀에 얽매이지 않는 좌충우돌 아이들이다. 진부한 방식은 통하지 않는다.

법을 위반하지만 않으면 무엇이든 해보라는 게 적극행정이다. 실패하거나 다소 부작용이 나타나더라도 책임을 묻지 않는다. 좋은 사례가 나오면 표창하고 전국으로 확산시킨다. 빛의 속도로 변화하는 시대에 발맞추려는 정부 나름의 노력이 '적극행정'으로 나왔다. 나는 아주 좋은 정책이라고 생각한다.

조금 모험이라는 생각이 들더라도 학생을 포기하지 않는, 학생과 한몸으로 나뒹구는 그런 적극행정을, 그런 교육행정을 펼치고 싶었다. 한 마리 방황하는 양도 놓치지 않는.

학생 인권과 은사님

교육감님이 '학생인권조례' 제정을 주문했다. 학교 선생님들이, 학생 지도하기가 너무 어렵다고, 학생들이 버릇이 없어서 힘들다고 목소리를 높일 때였다. 학생 체벌로 인한 학부모 민원도 만만치 않았다. 학교 현장의 학생부장들은 학생의 인권도 중요하지만 교사의 교권이 땅에 떨어졌다고 아우성이었다.

의견이 분분했지만 '학생인권조례'가 만들어졌다. 학생부장들을 모아 '학생인권조례' 설명회를 가졌다. 민주인권과장으로서 인사말을 하고, 담당 장학사가 인권조례에 대해 설명하는 순서였다. 인사말을 하고 사무실로 왔는데 어떤 장학사가 뛰어오더니 큰일 났다고 했다. 인권조례를 설명하는데 학생부장들이

화가 많이 나서 진행이 불가능하다는 것이었다.

나는 다시 회의장에 들어가 학생부장들에게 인권조례의 어느 항목이 받아들이기 어려운지 물었다.

한 분이 손을 들었다. 피곤에 찌든 모습이었다. 강한 어투로 말했다.

"과장님, 우리 학교 한번 와보셨어요? 제가 얼마 전 교문 지도를 하고 있었어요. 학생들이 너무 늦게 오기에 교문 앞에서 '어서 좀 와, 빨리 좀 와'라고 소리를 쳤어요. 그래도 세월아 네월아 걸어오기에 교문 밖에 나가서 그 애들 손을 잡고 교문 앞으로 끌어들였어요. 그러자 그 여고생은 저를 성추행으로 고소했어요. 저는 불려가서 조사까지 받았습니다. 인권조례가 만들어지기 전에도 이렇게 우리가 할 수 있는 활동 범위가 줄었는데, 여기에다 또 체벌하지 마라, 욕하지 마라, 화내지 마라, 교복 착용 지도하지 마라, 두발자율화 해라, 치마폭 길이 재지 마라, 이렇게 하면 도대체 학교는 무얼 해야 한다는 건가요?"

"이 상황에서 우리가 무얼 할 수 있을까요?"

"우리도 윗고개만 틀어버리고 못 본 척 할 수도 있습니다."

한 분이 말을 하자 여기저기서 웅성거렸다. 나는 바르게 서서 그분들의 이야기를 아무 대꾸 없이 듣고만 있었다. 그랬더니 장내가 좀 조용해졌다. 말을 꺼냈다.

"생활지도부장님 여러분, 저도 학교에서 생활지도부장을 수년 했고, 여러분들의 심정을 누구보다 잘 압니다. 이 인권조례는 아이들의 권리를 보장해주자는 것이고 교복이나 두발 같은 것들은 지엽적인 문제입니다. 이게 지금 시작할 때 어려워 보이지만 언젠가는 정착할 겁니다. 협조해주시고 더불어서 교권조례도 여러분들과 함께 논의해서 만들어내겠습니다. 어찌 되었든 이번에 만든 인권조례에 근거해서 학생의 개성과 인권을 존중해주시고, 체벌은 절대 있어서는 안 됩니다."

협조를 바란다는 말로 회의를 마쳤다. 학생부장들에게서 '이제까지 가장 정이 들었고, 자기들을 잘 이해해준다고 생각했는데 배신감을 느낀다'란 내용의 문자가 쏟아졌다. 고통스러웠다.

교육청으로 중학교 학부모의 강력한 항의 전화가 왔다. 아이가 매를 맞아 너무 화가 나는데, 교육청은 그 사실을 알고 있냐는 것이었다.

바로 그 학부모를 만났다. 한문 시간에 아이가 책도 가져오지 않고 한문 수업을 듣지도 않자, 선생님이 불러내어 훈계를 했는데, 듣고 있던 아이가 되려 선생님에게 욕을 했다고 한다. 흥분한 선생님은 아이를 밀치고 뺨도 때렸다고 했다. 학부모의 흥분은 가시지 않았다.

학교를 방문하기 전에 그 선생님의 이름이 무엇인지 물었다.

어디서 많이 들어본 이름이었다. 계속 이름을 되뇌이다 보니 번뜩 생각이 났다. 내가 중학교를 다닐 때 아주 잘생긴 총각 선생님이 있었는데, 바로 그 선생님이었다. 성격이 온화하고 세심한 분이었을 뿐 아니라 수업도 잘했다. 선생님은 어릴 때 앓은 소아마비로 몸이 불편했다.

혹시 그 선생님일까? 은사님이라면 어떻게 조사를 하지? 교육청 장학관으로서 망설여졌다. 학교에 다시 전화를 해서 그 선생님이 혹시 다리가 불편한지 물었다. 그렇다고 했다. 지금 나이가 어떻게 되냐고 물었더니 내가 예상한 것과 비슷했다.

그 선생님이 맞다는 생각이 들었다. 몇십 년의 세월이 지나 제자가 선생님을 조사한다는 것이 난감했다. 하지만 문제는 풀어야 했다. 선생님과 통화를 하기로 했다. 나는 신분을 밝히지 않았다.

"선생님, 학교에서 학생 체벌 문제로 학부모의 민원이 있었습니다. 선생님께서 지도하실 때 많은 어려움이 있었을 거라고 생각이 듭니다. 아이를 잘 가르치고 싶으셨던 마음을 충분히 알수 있었습니다. 그런 욕심이 없었다면 아이가 책을 가지고 오든 말든, 수업에 참여하든 말든 그만두었을 텐데요. 잘 가르치고 싶어서 훈계를 하셨던 걸로 알고 있습니다. 그런데 그 아이가 욕을 하자 선생님께서 뺨을 때리셨나요?"

"아이고 죄송합니다. 책도 없지, 수업 태도도 그렇지, 그리고 대들어서 순간 못 참고 그렇게 됐습니다."

선생님은 장학관인 내게 순순히, 그러면서 한숨을 섞어 이야기했다.

"선생님, 지금 학생 엄마가 선생님을 꼭 징계해달라고 항의하고 있습니다. 제가 방법을 한 가지 제안하겠습니다. 선생님과 그 학생 엄마를 만나게 해드릴테니 진심 어린 사과를 한 번만 해주십시오."

"예, 그러면 좋지요. 정말 후회 많이 하고 있습니다. 그렇게 하겠습니다."

어머니에게 전화했다. 그리고 솔직하게 말을 했다.

"어머님, 그 선생님은 제가 알고 있는 선생님입니다. 제 중학교 때 은사님이신데, 다리가 좀 불편하지만 굉장히 열정 있는 선생님입니다. 아드님이 공부를 하든지 말든지 방치했다면 이런 일이 벌어졌겠습니까? 제가 통화해보니 가르치고 싶었던 심정이 느껴집디다. 그 선생님이 어머니께 사과를 한다고 합니다. 한 번 받아주시겠습니까?"

어머니는 몇 번 망설이더니 그렇게 하겠다고 했다. 아울러 한 가지를 더 부탁했다.

"어머님, 공교롭게도 제자가 장학관이고 조사자입니다. 이 문제를 제대로 풀려면 이렇게 하시게요. 선생님이 먼저 사과를 하면, 어머니도 말미에 자녀에게 문제가 있는지 잘 보살펴달라고, 그 말 한마디만 해주셔요."

어머니는 또 망설였다.

"그렇게 해야 아이도 기를 펴고, 선생님도 잘 지낼 수 있을 것 같습니다."

그날 밤 학부모를 만나서 푸짐하게 저녁을 대접하고 마음을 풀어주었다. 그분은 내 입장을 이해해주었다. 다음 날 어머니와 선생님이 만났다. 선생님은 고개를 숙이고 말을 했다고 한다. 어머니는 용서했을 뿐만 아니라 자기 자녀의 잘못된 행동에 대해서도 인정했다고 한다. 감사했다. 바로 선생님에게 전화를 걸었다.

"선생님, 마무리가 잘 될 것 같습니다. 고생 많으셨습니다. 교육청에서도 더이상 조사를 하지 않을 것 같습니다. 앞으로도 그 아이를 잘 챙겨주셔요."

내가 마무리 말을 하는 동안 선생님은 아무 말도 하지 않고 있었다.

"미안합니다만, 혹시 장학관님 이름이 어떻게 되시나요?"

"그건 왜 물으세요?"

"아니요."

선생님은 머뭇거렸고, 나는 다시 한번 물었다.

"선생님, 왜 물으세요?"

선생님은 또 아니라고 했다. 그래서 내가 물었다.

"선생님, 혹시 제 목소리가 낯익으세요?"

"네, 그렇습니다. 혹시 박주정 장학관 아니세요?"

"아닌데요, 왜 그런 말씀을 하세요?"

"우리 제자가 교육청에 장학관으로 있는데 목소리가 너무 비슷해서 한번 여쭤본 겁니다."

"그분은 따로 계셔요, 저는 아닙니다."

나는 약간 과장된 어투로 단호하게 말하고 전화를 끊었다.

선생님이 정년 할 때 찾아갔다. 선생님은 "네가 교육청에 근무한 줄은 알았지만 찾아가지 못했다."면서 고백처럼 말했다.

"얼마 전에 내가 학생을 때려서 교육청에 소란을 피웠는데 혹시 너 그분 아느냐?"

"선생님, 저는 잘 모릅니다. 그런 일이 있었어요?"

선생님과 헤어져 돌아오는데 가슴이 먹먹했다. 학생 인권, 선생님 교권…… 이런 단어들이 나올 때마다 은사님이 떠오른다. 시대가 급격하게 변하고 개인의 인권이 급부상하는 시대에 교사로서 표현하는 방법이 다를 수 있겠지만, 선생님은 여전히 학생들을 가슴에 품고 있었다.

주정이의 자식들

이쪽에서 쫓아가면 저 골목으로 달리고, 저쪽을 순회하면 옆 단지로 뛴다. 담배 피우는 학생들 이야기이다.

내가 교장으로 근무했던 공업고등학교는 전교생이 1천여 명쯤 되었는데, 그중 많은 학생들이 담배를 피웠다. 학교가 흡연 금지 구역이니 학교 근처 골목이나 원룸 주차장, 아파트 계단에서 피웠다. 근처는 온통 담배꽁초요, 널린 꽁초만큼 민원도 수북했다. 교장 혼자서는 감당할 수가 없다. 선생님들은 지쳐서 손을 놓았다. 그렇다고 포기할 수는 없었다.

지금은 교장과 교사가 계획을 세우고 학생들이 따라오는 그런 시대가 아니다. 예산을 세울 때도 학생들 의견을 들어보는 게 좋다. 선생님의 시각, 어른의 눈으로는 놓치는 분야가 꼭 있기 때문이다. '우리는 이러이러한 걸 배우고 싶다'는 학생의 목소리에 귀 기울이는 시대가 되었다. 또 학생들의 문제는 스스로 해결할 수 있도록 도와주는 것이 효과적이고 교육적이다.

학생회를 통해 학생 흡연 문제를 해결하고 싶었다. 선생님들에게 먼저 양해를 구했다.

"선생님들, 오해하지 마십시오. 저는 학생회를 통해서 우리가 지금까지 해결하지 못한 흡연 문제를 해결하고 싶습니다. 상당수 학생들이 담배를 피우는 것 같은데 건강뿐 아니라, 보기도 안 좋고, 민원에 시달려 너무나 힘듭니다. 학교 근처 온 사방과 화장실에 담배꽁초가 수북합니다. 그런데 우리가 쫓아다닌다고 해결할 수 있는 일이 아닙니다. 학생회 차원에서 스스로 캠페인도 하고, 자기들끼리 교육도 하고, '이건 아니다'라는 의식을 갖게끔 해야 합니다. 그래서 학생회에 힘을 실어주고자 합니다."

학생들에게 교장실 문도, 내 마음의 문도 활짝 열었다.

"애들아, 언제든지 교장실에 와라. 여기 와서 너희들 불편한 사항을 언제든지 이야기해. 그런데 어떤 선생님이 우리를 때려요, 선생님이 욕해요, 이런 이야기는 갖고 오지 마라. 이렇게 하면 좋을 것 같아요, 어떤 교육공간을 만들어주세요, 음료수대를 설치해주세요, 우리한테 예산을 얼마 주세요, 이런 운동을 하고 싶으니 이런 기구를 사주세요, 이런 대화와 건의를 하는 학생회를 만들어라."

열심히 얘기했더니 얼마 뒤부터는 학생들이 스스럼없이 오갔다. 편안한 소통 분위기가 만들어졌다. 이런 분위기에 힘입어 흡연 문제를 학생회 스스로 해결해보도록 격려를 아끼지 않았다. 그런데 학생회에서 주도하다 보니 학생들 간에 편이 나뉘었다.

"교장선생님, '교장 짭새'라고 하면서 비난하는 아이들이 있어요."

학생들 간에 편이 나뉘고, 갈등이 생기자 학생회를 통한 흡연 문제 해결 시도를 중단했다. 하지만 학생들이 내 노력만큼은 인정해주었다. '기술인의 요람'을 뜻하는 〈기람제〉라는 전통 깊은 학교 축제가 있는데, 이 축제의 제목이 '주정이의 자식들'이었다.

'축제만을 위해서 학교에 나오는 애들이 있을 정도로 애지중지하는 행사인데, 축제 이름이 주정이의 자식들이란다. 내가 뭐라고…… 정말 순수하구나. 조금만 애써주면, 그래서 어느 벽만 넘으면 아이들은 금방 따라오는구나.'

솔직히 약간의 편견도 가지고 있었다. 예전에 내가 애들과 함께 살던 시대(1992년~2002년)에 비해 지금의 아이들은 말도 통하지 않고, 정말 힘든 아이들이라고 생각했었다.

나는 마음을 가다듬고 학생들과 더 깊이 소통하기로 했다. 학교 예산을 편성할 때는 학교운영위원회에 학생 대표도 참여토록 했다.

"애들아, 운영위원회에 들어와서 너희들이 필요한 예산을 직접 이야기해보거라."

한편으로는 꿈도 없이 무기력하게 다니는 학생들에게 희망을 심어주기 위한 프로그램을 마련했다. 훌륭한 외부 강사를 초청해 특강을 마련하기도 했다. 학생들의 취업을 늘리고자 기업체도 수없이 방문해 읍소했다. 자신의 기능을 발휘할 수 있는, 원하는 직장을 가져야 자존감 있게 사회생활을 할 수 있기에 간절한 마음으로 돌아다녔다.

우리 학교는 늘 입학 정원이 미달이었다. 신입생이 오지 않는 이유는 다양했다. 학령기 학생 수도 감소했고, 예전에 비해 취업도 잘 되지 않았고, 생활지도 문제 등이 종합적으로 겹친 결과였다. 실업계 고등학교에 대한 학부모들의 부정적 인식도 신입생 수 감소에 영향을 미쳤다.

그러나 이 학교 동문들은 대단했다. 자부심을 가질 만큼 잘나가는 선배들이 아주 많았다. 어려운 집안 여건에도 공부를 열심히 했고, 치열하게 살았던 산업역군들이다. 자부심 가득한 선배들은 언제부턴가 후배들의 모습에 실망해 외면하다시피 했다.

어느 날 동문회에서 동문 주소록을 만들겠다고 졸업생 명부를 달라고 했다.

"좋네요. 드리죠."

편하게, 스스럼없이 대답했다. 동문회장이 반문했다.

"개인정보라고 꺼려하는 분위기인데 이리 쉽게 주세요?"

"아니, 왜 안 주려고 그러던가요?"

"학생, 학부모 동의를 얻어야 한답니다."

"그럼 동의를 얻으면 되죠. 동의를 얻지 못할 이유가 뭐가 있습니까?"

"선생님들이 그걸 좀 꺼려하셨어요."

"왜요?"

"동문회에 들어오려면 졸업할 때 5천 원씩 내야 하거든요. 가입비를 내기도 싫고, 또 담임선생님들이 걷어야 하니 싫어해요."

"그거 제가 할게요. 동문이라는 것은요, 중요합니다. 그거 제가 걷어 드릴게요."

"아니, 그 많은 것을 어떻게 걷어 줘요?"

담임선생님들에게 부탁했다.

"선생님들, 각 반을 다니면서 동문의 필요성을 이야기하고 싶으니 한 시간만 할애해주십시오."

3학년, 18개 반을 돌아다니며 말했다.

"너희들이 사회에 나갔을 때 안아줄 고등학교 동문이 있으면 얼마나 좋겠냐? 동문은 필요하고 중요하다! 동문회에다가 이름 올리는 거 싫으냐?"

"아니요!"

"그런데 말이다, 동문 주소록을 만들려면 돈이 든단다. 5천 원씩 내야 한다는데, 정말 어려우면 선생님이 내줄게. 졸업할 때 다른 돈 좀 아끼고, 짜장면 한 그릇 안 먹는다 치고 우리 5천 원씩 내자."

"네, 그렇게 할랍니다."

18개 반 학생 전체 회비를 전했더니 동문회장이 깜짝 놀랐다. 믿기지 않는다는 표정이었다.

"세상에, 이런 교장선생님은 처음 봤습니다. 선생님이 하는 일은 저희가 모든 걸 돕겠습니다. 뭘 도와주면 좋겠습니까?"

"동문 여러분, 우리 선생님 힘으로 할 수 없는 큰 숙제가 있습니다."

"그게 뭡니까?"

"아이들이 학교 안에서 담배를 못 피우게 하니까 바깥으로 나가 피웁니다. 종일 수많은 애들이 아파트 단지를 돌아다니면서 담배를 피웁니다. 민원이 끊이지 않습니다. 주변 아파트 주민들과 매일 입씨름을 합니다. 배움터 지킴이도 두 분이나 모셨는데 도저히 못 하겠다고 그만두셨습니다. 동문들이 조를 짜든가 해서 아침에 등교맞이도 해주시고, 금연 캠페인도 해주시면 좋겠습니다."

"교장선생님, 기아자동차에 있는 우리 동문만 해도 400명이 넘고요. 짱짱합니다. 걱정하지 마십시오."

총동문회 모임에서 나를 초청했다.

"이상한 교장선생님이 우리 학교에 오셨다. 숙원사업이 단번에 해결되었다. 맨발로 뛰어나와 반기고, 점심 대접도 푸짐했다. 음식이 문제가 아니라 정성으로 맞이해준 마음에 감동했다. 동문 출신 교장도 아닌데 이렇게 잘할 수가 없다."

총동문회장이 나를 소개하면서 "학교에 어려움이 있다 하니 힘껏 도와드리자."고 말했다. 동문들은 의기투합하기 시작했다.

첫날 아침, 동문 스무 명이 교문 앞에 줄지어 서 있었다.

버스 정류장부터 교문까지 동문 선배들이 어깨띠를 두르고 후배들을 맞이하기 시작했다. "후배 여러분 사랑합니다. 후배 여러분 감사합니다. 후배 여러분, 금연합시다."라고 외쳤다.

3월 개학할 때부터 3개월간 하루도 빠지지 않았다. 처음에는 학생들이 본체만체하고 인사를 해도 도망가더니 두어 달이 지나자 변화가 나타났다. 선배들이 이름을 불러주니까 매우 좋아했다. 어느덧 학생들도 동문 선배의 금연 운동에 동참했다.

동문들은 신이 나서 피켓과 어깨띠를 준비하고, 후배 학생에게 나눠줄 간식도 가져왔다. 두 시간 동안 학교를 순회하고, 후배들을 도왔다. 동창회의 단합이 자연스럽게 이루어졌다. 중단되었던 장학금도 다시 시작되었다.

긍정은 또 다른 긍정을 끌어들인다. 두 번째 제안이 들어왔다.

"교장선생님, 학생들 수업 말입니다. 우리 동문도 교실에서 후배들을 만나고 싶습니다."

"아, 그거 참 좋습니다. 사실 저도 그런 생각을 진즉부터 해왔습니다. 직접 경험하신 것을 들려주면 그것처럼 생생한 교육이 어딨겠습니까. 선생님들과 의논해서 시간을 마련해볼게요."

"우리 동문 중에 신지식인이 많습니다. 명인, 명장 선배들이 들어가서 자신의 이야기도 하고, 희망을 갖도록 신나게 말해볼랍니다."

전기과, 기계과, 토목과 등 각 과마다 '내 후배 교실에는 내가 들어간다'며 희망하는 동문이 줄을 이었다. 실제 경험하고 노력해서 성공한 사례를 소설처럼 재미있게 이야기하니 재학생의 반응도 매우 좋았다.

오랜 세월 교육청에서 수많은 사업과 제도를 창안했는데,

학교장으로 근무하면서 기억에 남는 대표적인 학교 정책 사례가 '명장 특강'이다. 이 사례는 훗날 광주시 서부교육지원청 교육장으로 근무할 때 추진한 〈K-명장과 함께하는 진로 캠프〉 정책의 출발점이 되었다.

7년 만의 준공

"네, 광주시교육청 박주정 장학관입니다."

수화기 너머로 다급한 목소리가 들렸다.

"여기는 보건소인데요, 광주에서 온 중학생들이 물놀이를 하다가 사고가 났습니다. 그중 한 명이 사망해서 보건소에 있는데 부모를 찾아도 연락이 되지 않아서 교육청에 먼저 연락했습니다."

전화를 끊자 옆에 있던 장학사들이 물었다.

"무슨 일인가요?"

"지금 다녀와야겠어요. 한 아이가 물놀이를 하다가 익사했다고 하네요."

"저희도 같이 가죠."

차를 몰아 함께 순창으로 향했다. 먼 거리가 아닌데도, 길이 끝나지 않을 것처럼 멀게 느껴졌다. 가는 동안 우리는 말이 없었다. 교육청 생활팀은 항상 그랬다. 언제 무슨 일이 터질지 알 수 없는 긴장과 불안의 연속이었다. 불행한 소식을 자주 접하다보니 팀원들은 늘 우울했다.

보건소에 도착하니 풀죽은 아이들 몇 명이 보였다. '아마도 저 아이들과 물놀이를 하다 사고가 난 게로군.' 속으로 생각하며 시신을 확인하기 위해 들어갔다. 퉁퉁 부은 시신 위에 흰 천이 덮여 있었다. 참담했다. 밖에서 서성이는 아이들 곁으로 다가갔다.

"애들아, 사고 난 아이가 너희들 친구니?"

"네."

아이들은 고개를 숙이며 대답했다.

"어떻게 된 거야?"

"애들이랑 같이 계곡에 물놀이를 갔어요. 그 계곡 옆에서 우리 삼촌이 음식점을 해서 거기로 간 거예요."

"그래서, 어쩌다 빠졌어?"

"같이 물놀이를 했어요. 깊지도 않았거든요. 근데 그 친구가 갑자기 허우적거리는 거예요. 그래서 쫓아가서 같이 꺼냈는데 죽어 있었어요."

"너희들 혹시 준비 운동 같은 건 하고 들어갔어?"

"아니요."

"그냥 옷 입은 채로 들어갔어요."

심장마비가 아니었을까 짐작했다.

얼마 뒤 부모가 와서 아이를 안고 통곡하는 모습을 물끄러미 쳐다봤다. 어떤 위로의 말도 할 수가 없었다. 돌아오는 길에 생각했다. '아무리 안전 교육을 해도 그것이 내면화되지 않으면 사고는 계속 발생할 수밖에 없다. 그래, 수영을 가르쳐야겠다. 기초 수영, 생존 수영.'

수영 교육에 대해 구체적으로 알아보았다. 수영을 가르치는 곳은 대부분 유료였다. 학생들에게 무료로 교육할 수 있는 공간이 필요했다. 아이들에게 생존 수영을 가르칠 공간을 만들어야겠다고 교육감님에게 건의하자, 바로 추진해보라고 했다.

그 아이의 장례식에 참석하고 돌아오던 날 해양수련원에 대한 생각이 떠올랐다. 내 고향 고흥에도 있고, 언젠가 가봤던 충남 대천해수욕장에도 있는 '학생해양수련원' 같은.

'이번 사고는 계곡이었다. 바닷가에서도 이런 사고가 얼마든지 일어날 수 있는데 우리 교육청에만 해양수련원이 없네.'

전국의 현황을 알아보니 제주도를 제외하고는 모든 시도

교육청이 학생해양수련원을 운영하고 있었다. 광주광역시만 없었다.

'그래, 학생해양수련원을 만들자.' 해양수련원을 만들려면 어느 정도 예산이 드는지 알아보았다. 다른 교육청에 문의했더니 약 1천억 원 정도가 소요된다고 했다. 너무 큰 돈이었다. 교육청에서 하나의 사업에 1천억 원을 쓴다는 것은 불가능한 일이었다. 그러면 어떻게 한단 말인가. 일단 교육감님에게 상황을 보고했다.

"그런 게 만들어지면 좋겠지요. 저기 교육부 중투, 중앙투자심사를 받아서 예산을 지원받을 수는 있을 겁니다. 그런데 중앙정부에서 쉽게 움직일지, 그것이 숙제네요."

"그래도 중투 심사에 한번 올려보고 싶습니다."

"좋아요. 일단 시도해봅시다. 추진해보세요."

필요한 서류를 준비해 중투 심사에 올렸다. 교육부에서 중투 심사에 와 필요성과 당위성을 설명하라는 연락이 왔다. PT 자료를 만들었다. 생존 수영교육의 필요성, 익사사고 예방, 체험 수련활동 다양화, 호연지기 앙양, 다가올 해양시대 준비 등의 내용을 담았다. 그런데 교육부 측 인사가 그냥 돌아가라고 했다. 먼저 발표한 팀이 시간을 오래 사용해 시간이 없다, 다음에 연락할 테니 그때 다시 오라고 했다. 다급한 마음에 물었다.

"그러면 다음에 발표해도 올해 해양수련원을 개소할 수 있습니까?"

"발표가 늦어지면 내년으로 넘어갈 수도 있습니다."

나는 통사정을 했다.

"제가 광주에서 왔습니다. 지금 우리에게는 너무나 필요한 일입니다."

"그래도 다음에 발표하시죠."

조금 귀찮은 듯 말했다.

"그러면 5분만 시간을 주십시오. 발표 시간은 30분이지만 5분만 들어주십시오."

"그래요, 그렇게 하세요."

쫓기듯이 5분을 발표했는데 질문이 많았다. 5분 계획했던 발표가 질문에 답하다 보니 한 시간이 흘렀다. 심사위원들이 관심을 갖기 시작했다. 여러 사업 중에서 우리 사업의 필요성이 잘 전달된 느낌이었다. 좋은 결과를 기대하며 내려왔다.

한 달 뒤 교육부가 '350억 원 지원'을 발표했다. 위치를 빨리 선정하고, 향후 계획을 보고하라고 했다. 몇 군데 추천을 받아 가보았지만 마땅하지 않았다. 전남의 모든 지자체에 공문을 보내 후보지를 추천해달라고 했다. 11개 지역에서 응모를 했다. 그중 고흥군의 입지조건이 가장 좋았다. 지역이 결정되고 바로 공사에 들어갔는데 문제가 생겼다. 인접한 큰 호텔에서 반대를 했다. 이유는 해양수련원이 들어오면 호텔 주차장 부지가 줄어든다는 것이었다.

매일 교육청에 와서 꽹과리를 치며 시위를 했다. 나에 대한 온갖 음해와 투서도 날아들었다. 투기 혐의로 조사도 받았다. 차라리 사업을 반납하자는 말까지 나왔다. 그들을 만나 설득 작업을 벌였다. 쉽게 물러서지 않았다. 합의점을 찾지 못한 채 공사가 시작되었다. 호텔 측의 방해가 계속되어 공사는 더디게 진행됐다.

그러는 사이 교육감이 바뀌고, 3년이란 긴 세월이 흘렀다. 자재 가격이 두 배 가까이 올랐다. 350억 원 가지고는 엄두도 내지 못하게 되었다. 최소한 150억 원 정도를 더 투자해야 마무리할 수 있는 상황이었다. 다행히 새 교육감도 지원을 아끼지 않아 수년 만에 완공할 수 있었다. 사연도 많았고, 물리적인 공사 공정도 힘들었다. 최초의 중투 심사부터 완공까지 오랜 시간이 걸렸다. 하지만 학생들을 생각하면서 잘 견뎌왔다.

최적의 교육과정과 최고로 좋은 장비를 마련하기 위해 추진위원들은 전국 시도의 해양수련원을 견학했다. 수십 번의 회의와 컨설팅이 이뤄졌다. 그 결과 전국에서 가장 아름답고 역사적 의미가 큰 고흥군 발포만의 '광주학생해양수련원'이 탄생했다.

전문적 소양을 갖춘 최고의 수련지도사를 공채했고, 나는 본청 과장으로 있으면서 수련원이 정상적으로 개원할 수 있도록 임시로 초대 원장을 겸임했다.

수련원 주변 마을 사람들에게 많은 원망도 들었다. 해양수련원이 들어옴으로써 여러 가지 어려움이 있다고 했다. 우리는 복지사업 등을 통해 그분들에게 도움을 주었다. 1년에 약 5천 명 정도의 학생들이 광주학생해양수련원에서 호연지기를 기르며 안전 교육과 함께 수련 활동을 하고 있다.

학생의 죽음 앞에서 꼭 해양수련원을 만들겠다고 결심한 굳은 마음이 없었다면 중도에 그만두었을지 모를 일이었다. 부딪치고, 설득하고, 사방을 누비면서 많은 분들의 도움으로 이뤄낸 값진 결과였다.

희망편의점

2020년 12월 28일 월요일 오후 5시. 광주광역시 남구청소년수련관 7층 건물에서 한 학생이 투신하려고 했다. 출동한 경찰관과 소방대원이 낙하지점에 대형 매트를 펼쳤다. 아이는 매트가 깔리지 않는 곳으로 투신해 그 자리에서 사망했다.

너무 마음이 아파서 자세한 사정을 알아보았다. 아이는 보육시설에서 생활하고 있었다. 보육시설 학생들은 만 18세가 되면 정착금 500만 원을 받고 세상 밖으로 나가야 했다. 아이의 죽음은 돈도 부족하지만, 급격한 환경 변화에 따른 심리적 갈등, 오갈 데 없는 현실이 만들어낸 비극이었다.

무언가 바꾸지 않으면 똑같은 비극이 반복될 게 뻔했다. 하루빨리 대책을 만들고 싶었다. 하지만 시설 아이들의 관리는 교육청 소관이 아니었다. 남구청과 광주시청의 업무였기에 교육청이 관여하는 것은 월권이었다. 반대의견도 많았다. 관할을 따질 문제가 아니었다. 거기에 있는 학생들도 우리 서부교육지원청, 광주시교육청의 학생이 아닌가. 이런 생각에 이르자 그대로 있을 수만은 없었다.

우선 우리 지역 시설에 있는 학생의 현황을 파악하고 도울 방법을 찾기로 했다. 놀랍게도 2천여 명이 넘는 학생들이 시설에서 생활하고 있었다. 코로나19 상황에서 자살 사건이 벌어지고, 답답한 환경 때문에 우울증이 열 배 이상 늘었다는 언론 보도가 있었다. 더구나 시설에 있는 아이들은 코로나19로 자유롭게 밖에 나갈 수 없는 등 관심의 사각지대에 있었다. 서부교육지원청만으로는 한계가 있었다. 교육장으로서 관련 기관장들을 만나 설득하고 도움을 요청하자, 그들은 거두절미하고 이렇게 물었다.

"그러니까 아이들을 위해 뭐를 하고 싶은 거예요?"

"예, 맨 먼저 학생들의 기를 좀 살려주고 싶습니다. 코로나19 때문에 안에만 갇혀 있어서 너무 힘들어합니다. 얼마나 답답하겠어요? 아이들을 토요일, 일요일에 정말 재미있고 의미 있는 곳으로 데리고 가서 체험을 시켜주고 싶어요. 우선 두 개

아동복지시설과 집에서 아이들을 데리고 있는 다섯 개의 그룹홈 등 200여 명의 남구 아이들을 대상으로 시범사업을 해보고 싶습니다."

"그런 다음은요?"

"첫 번째 계획을 실시하면서 병행하고 싶은 일이 있습니다. 이 아이들은 부모가 없기 때문에 우울증이 굉장히 심합니다. 그래서 우울증을 체계적으로 진단할 수 있는 의료진을 구성해서 일대일 면담을 하고 싶습니다. 최소한 자살은 막아야 하니까요."

"그 정도면 되는가요?"

"마지막으로 학원을 다니고 싶어하는 아이들이 있습니다. 자신의 꿈을 키우기 위해서 말입니다. 그런데 학원비가 없어서 못 간다고 합니다. 그 아이들에게 학원비를 대주고 싶습니다."

아이들은 학교에 가지 않는 주말을 가장 힘들어했다. 복지 시설에서는 사고를 예방하기 위해 활동을 자제시키고 외출을 제한했다. 혈기왕성한 아이들로서는 답답할 수밖에 없다. 폭력 등 여러 가지 좋지 않은 일들이 계속 벌어졌다.

토요일과 일요일에는 차를 빌려 아이들을 데리고 남원, 여수 등 여러 곳의 수련장을 찾아갔다. 여러 방식의 단체활동을 비롯해 즐거운 게임으로 아이들의 닫힌 마음을 풀어주었다.

진로 문제에는 더 구체적인 손길이 필요했다. 고등학교를 졸업하고 나름대로 자기 길을 찾아가야 하는데 시설에서 생활하다가 정착금 500만 원을 주면서 나가라고 하니 목숨을 끊는 게 아닌가.

173명의 학생이 어떤 꿈을 가지고 있는지 조사했다. 패션 디자이너, 바리스타, 게임 전문가 등 다양한 빛깔의 희망이 확인됐다. 각 분야의 전문가분들을 찾아 173명의 멘토에게 1 대 1 결연 후 개별적으로 진로 멘토링을 시작했다.

"다양한 꿈을 가진 이들에게 멘토가 되어주십시오. 정기적으로 만나고 지도해주시면 좋겠습니다."

전문가 분들은 대부분 흔쾌히 승낙했다. 필요한 예산은 시의회 의원들을 설득해 지원받을 수 있게 되었다. 멘토 한 분이 학생 한 명씩 맡아서 개인적인 스케줄을 잡아 활동을 시작했다. 전문가 멘토들은 자신이 살아온 이야기로 대화를 시작했다. 장소를 바꿔가며 다양한 곳에서 만나 고수의 숨결로 가르치니 아이들이 몹시 좋아했다. 우리 활동을 공무원들의 전시 이벤트라고 의심했던 시설의 원장들도 진심을 알고 감사의 뜻을 전해왔다.

"상상도 못한 일을 이렇게 베풀어주시니 정말 고맙습니다."

"무엇보다도 교육장님의 진심을 느꼈습니다."

"어쩌면 그렇게 우리를 냉대하지 않고, 성심껏 아이들을 도와주시나요?"

과분한 칭찬과 격려가 고마웠다. 이분들의 희망 가득한 표정에서 큰 보람을 느꼈다. 그래서 이 사업을 '희망편의점'이라 불렀다. 편의점에서 필요한 물건을 고르듯, 아이들 각자가 희망 하나씩을 선택할 수 있다는 의미도 가지고 있다. 이 희망편의점 또한 우리 교육청에서 성공한 사업 중 하나이다.

우울증이 심한 아이들의 의료진 면담도 진행했다. 아이들의 우울증은 설문지로 확인했다. 설문을 통해서 고위험군과 준위험군으로 구분했다. 아이들을 위해 의료진을 구성해 상담과 치료를 병행했다. 의료진 구성에 어려움이 있었지만 정신건강의학과 의사 중에서 봉사해주실 분들을 찾아 늘려갔다.

마지막으로는 학원비를 지원했다. 각 시설에 수요 파악을 요청했다. 학생들이 희망하는 학원과 경비를 알려달라고 했다. 이 현황을 가지고 다섯 개 단체에 읍소했다. 200만 원부터 3천만 원까지 약 4천여만 원의 장학금을 지원받기로 했다. 장학금은 일정 금액을 일률적으로 지원하지 않았다. 가고 싶은 학원에 등록을 하면, 확인해서 그 학원으로 바로 보내주었다. 학원비 지원을 통해 학생들은 희망을 가지고 안정적인 생활을 하면서 자신의 꿈을 키워나갈 수 있게 되었다.

이 사업을 준비하는 초기에 유관기관의 협조를 얻고자 광주남부경찰서, 남구청, 광주시의회, 광주시청, 남구 소재 두 개

시설장과 다섯 개 그룹홈 대표들을 모두 초대해 사업의 취지와 앞으로의 계획을 설명한 뒤에 MOU를 체결했다. 진척 단계마다 주말 수련장 활동, 명장의 꿈을 키워가는 영상 등을 빠짐없이 기록하고 정리해서 기관장들에게 보고했다. 기관장들도 시설 아이들이 긍정적으로 변해가는 모습을 확인하면서 적극적으로 지원해주었다.

이분들의 도움이 없었다면 결코 할 수 없는 일이었다. 이분들이야말로 희망편의점의 진정한 창립 주역들이다.

신속대응팀 '부르미' 탄생

2015년, 광주시교육청에서 민주인권생활지원과장을 맡고 있을 때 일이다. 어느 날 중학생이 학교 옥상에서 뛰어내려 생명이 위독하다는 긴급전화가 걸려왔다. 긴급한 상황이 생기면 교육청에 곧바로 보고하도록 조치했었다. 그래서 상황 발생과 동시에 전화가 걸려왔다.

아이의 생사가 오가는 상황이었다. 전화를 받은 교육청 담당자가 '몇 시에 떨어졌느냐' '왜 그런 일이 발생했느냐' '학교에서는 어떤 조치를 했느냐' '안전교육은 실시했느냐' '학교폭력예방교육은 시켰느냐' 등의 질문을 이어가며 옥신각신하고 있었다. 촌각을 다투는 상황에서 시간을 허비하고 있는 모습을 보고 있자니 한심하고 부끄럽단 생각이 들었다.

　나는 그날 바로 모든 담당자들을 불러 모아 화가 난 목소리로 크게 말했다.

　"여러분, 오늘처럼 우리가 전화 응대를 하면 학교에서, 그리고 선생님들이 어떻게 생각하겠습니까. 앰뷸런스가 오고 아이는 사경을 헤매고 학교는 난리가 났는데, 죄인 취조하듯이 선생님을 몰아붙이면서 그렇게 시간만 끌면 되겠습니까. 앞으로 학교에서 사건이 발생하면 이유를 따지지 말고, 공문이나 형식적인 절차 없이 즉시 현장으로 달려갑시다. 가서 문제부터 해결하고, 잘못한 게 있더라도 그다음에 이야기하십시다. 그렇게 합시다."

　당시의 경험을 계기로 '위기학생 신속대응팀'을 만들었다. 팀 이름은 '부르면 즉시 달려간다'란 의미에서 '부르미'라고 지었다. '2430 부르미 시스템'은 학교든, 어디든, 위기상황에서 전화 한 통으로 요청하면 '24시간 언제든지 30분 안에 긴급 출동'하는 조직이다. 공문 없이, 근무시간 따지지 않고, 밤낮도 주말도 구분 없이 신속하게 대응해서 단 한 명의 아이도 놓치지 않겠다는 목표로 출범했다. 나는 3대 핵심과제를 만들고 단장 역할을 자처했다.

　"언제든 달려간다."

관할, 책임, 시간 가리지 않고 무조건 현장으로 가 학생부터 구조한다.

"끝까지 책임진다."

구조에서 멈추지 않고, 생활환경이나 심리상태 등 삶의 여건까지 개선해 재발을 막는다.

"모두가 함께한다."

교육청뿐 아니라 지자체, 경찰, 소방서 등 유관기관과 전문가가 문제 해결에 함께 힘을 모은다.

나는 장학사 시절부터 지금까지 십수 년 동안 100회 이상 사고현장을 보았다. 자살한 현장, 피범벅인 교통사고 도로변, 퉁퉁 부은 익사체, 일가족 화재 현장, 학교폭력으로 중태에 빠진 학생, 쓰레기더미 같은 집에 방치된 아동학대, 성폭력 피해자와 가족들의 고통 등을 직간접으로 지켜보면서 역할의 한계를 자책했다. 글로 표현할 수 없는 안타까움과 트라우마로 심한 우울증을 앓기도 했다. 무겁게 짓누르는 이런 책무감이 '부르미' 출범의 밑바탕이 되었다. 학교폭력과 자살 사건이 끊이지 않는 와중에도 잘잘못을 따지는 담당자들의 대응 모습에 속죄하는 마음을 담은 결과물이기도 하다.

'부르미'는 자살 사건만 다룬 팀이 아니었다. 학생 간의 폭력, 학생과 교사와의 다툼, 교사와 학부모 간의 갈등, 안전사고 등 다양한 사건으로 출동했다. 2015년부터 지금까지 8년간 한 해 평균 160회, 총 1천260여 회를 출동해 아이들의 소중한 생명을 구하고 위기 상황을 수습했다. 하지만 이처럼 밤낮으로 뛰어다녀도 해결하지 못한 문제가 더 많았다. 각종 사고로 목숨을 잃은 아이들이 너무 많았다. 말로 표현할 수 없는 아픔이 내 가슴속에 남아 있다.

'부르미'는 아이들의 문제라면 이유 여하를 막론하고 출동하는 시스템이다. 시스템이란 매뉴얼이고, 매뉴얼이 있었다면 지금까지 일어난 사건, 사고를 많이 막을 수 있었다고 생각한다. 문제는 '설마' 하는 안전불감증이다. 스칸디나비아 국가들의 산업현장 인명 피해는 우리나라의 1/15에 불과하다. 비결은 사고예방부터 사고처리까지 매뉴얼로 작동하는 예방시스템과 정책에 있다. 우리 현실은 어떤가. 특히 안전사고 예방정책은 실질을 추구해야 하는데 수많은 이유가 우리 앞을 가로막고 있다. 어떤 새로운 정책을 도입하고자 할 때 어려움이 너무 많다.

"이 일은 우리 기관 일이 아닌데요."

"지금까지 그런 사례가 없습니다."

"형평성에 어긋나서 안 됩니다."

"전담 인력이 없을 뿐만 아니라, 법이 개정되지 않으면 어렵습니다."

　　안 된다는 이유가 오만 가지이다. 하지만 적극행정의 상징인 '부르미'는 3대 과제를 수행하기 위해 세 가지 '부르미 정신'을 정립했다.

　　"네, 우리가 하겠습니다."

　　"우리 학생 일이니 당연히 우리가 앞장서야죠."

　　"우리 부서 일은 아니지만 그 부서에 찾아가서 여러분의 입장을 대변해드리겠습니다."

　　교육계에서 전국 최초로 만들어진 신속대응팀인 '부르미'는 학생이 있는 곳이면 어디든지 전화 한 통화로 신속하게 출동해 초기 대응한다. 응급조치로 끝나지 않고, 이후 40여 유관기관과 협력하여 학생이 안정을 되찾을 때까지 지원함으로써 모두가 행복한 교육을 만들어간다. 이것이 '부르미'의 기본 업무이다. 광주시교육청 '부르미'는 지금 이 시간에도 어디선가 위기에 처한 아이들을 위해 비지땀을 흘리고 있을 것이다.

'부르미'는 그해 여름밤을 알고 있다

'부르미'가 출범한 바로 그해 여름, 하늘에 구멍이 난 듯 비가 억수로 퍼부었다. 악명 높기로 유명한 민원인 두 명이 교육청으로 찾아와 나와 우리 직원들을 괴롭혔다. 밤 12시가 되어서야 그분들을 보내고 귀가했다. 엄청나게 피곤했다. 막 잠자리에 들려는데 교육청 부르미 전화에 1번으로 착신된 내 휴대폰이 울렸다. 반사적으로 벌떡 일어나 큰 목소리로 전화를 받았다.

"네, 민주인권생활지원과 박주정 과장입니다. 무엇을 도와드릴까요?"

"과장님, ○○고등학교 교감입니다. 비가 이렇게 많이 퍼붓는데, 우리 여고생 한 명이 담임선생님께 죽고 싶다는 문자를 남기고 나가버렸습니다. 도와주십시오."

"네, 알겠습니다. 걱정하지 마십시오. 우선 학생 휴대폰 번호가 필요합니다."

'부르미' 출범 이후 최초의 긴급출동이었다. 곧바로 소방서에 연락해 교감선생님에게 받은 여학생의 휴대폰 번호를 알려주고, 위치추적을 요청했다. 자동차 시동을 걸면서 핸드폰 단축번호 1번, 2번, 3번을 차례로 눌러 두 명의 장학사와 한 명의 상담사에게 상황을 알렸다. 내가 목적지를 말하면 그들은 무조건 그 위치로 달려올 것이었다. 내 차는 일단 거리로 나섰다. 위치를 찾았다는 연락이 왔다. 광주 인근의 강가 어디 즈음이라고 했다. 현장으로 달리면서 장학사와 상담사에게 위치를 알렸다.

우리 모두 비슷한 시간에 도착했다. 경찰차와 소방차는 이미 도착해 있었다. 강물이 무섭도록 부풀어 금방이라도 둔치와 민가까지 넘칠 기세였다. 다행히 아이를 찾았다는 안도감에 감사한 마음이 들었다. 차에서 내리자마자 현장 지휘자로 보이는 이에게 가서 넙죽 인사를 했다.

"감사합니다. 정말 감사합니다."

"뭐가 감사하다는 거요?"

"아이를 찾아주셔서 감사하다는……"

"찾긴 뭘 찾아요, 휴대폰 위치를 찾은 거죠. 이 위치 기준으로 반경 1킬로미터 이내에 휴대폰이 있을 겁니다."

피곤한 데다 마음이 급한 나머지 '위치를 찾았다'는 연락을 '아이를 찾았다'는 연락으로 착각했다.

"그러면 아이를 안 찾고 뭐하는 겁니까?"

"비가 이렇게 퍼부으면 헬리콥터도 날 수가 없어요. 안개하고 폭우 때문에 더이상 수색은 어려워요. 어떻게 해야 할지……"

"아이가 뛰어내렸으면 다리에서 뛰어내렸을 것 아닙니까? 다리 밑에는 가봤나요?"

"당연히 가봤죠. 우리가 놀고 있는 것이 아닙니다."

그들을 신뢰하지 못한 무례한 질문이었다. 나중에 사과했지만, 당시엔 내 정신이 아니었다. 속이 탔다. 뭐라도 하지 않으면 미쳐버릴 것 같았다.

"내가 다시 한번 가볼랍니다."

"아이고 선생님, 위험해요, 잠깐만……"

그들의 만류를 뿌리치고 다리 밑으로 향했다. 내리막길인데다 조심성 없이 발을 내딛다보니 순간, 장마철 바위에 낀 이끼에 미끄러져 물속으로 빠지고 말았다. 묵직한 강물이 억센 힘으로 내 몸을 밀어냈다. 어찌할 틈도 없이 장마로 불어난 물에 휩쓸렸다. 내가 죽을 판이었다. 나의 무모한 말, 무모한 행동이 부끄러웠다. 하지만 어쩌랴, 우선 살아야 했다. 나는 부끄러움도 잊고 "살려주세요, 살려주세요!" 악을 썼다. 구급차에서 밧줄을 내려주어 꼭 붙잡았다. 붙잡고 끌려 올라가는데 위쪽에서 "저런, 미친 선생이네."란 말이 들려왔다. 틀린 말이 아니었다. 창피해서 고개를 들 수가 없어 아래쪽만 쳐다봤다. 그런데 다리 기둥 부근에 하얀 물체 같은 것이 보였다. 착시일까? 올라와 조명을 비춰보자고 말했다. 사람이 있었다. 그 여학생이 하얀 원피스를 입고 다리 기둥을 붙들면서 버티고 있었다. 죽으려고 물속으로 뛰어들었다가 갑자기 죽는 게 무섭고 살고 싶은 마음이 들어 다리 기둥을 오랜 시간 붙잡고 있었던 것이다. 내가 구조된 방식대로 여학생을 구조했다.

다음 날, 여학생의 집을 방문했는데, 슬레이트 지붕조차 반쯤 기울어 있었다. 비닐로 덮었지만 비가 새고 열악해서 폐가처럼 보였다. 가족 상황은 더욱 안타까웠다. 아버지는 알코올중독, 어머니는 중풍, 동생들 두 명은 초·중학생이었다. 그 여학생이 실질적인 가장으로 아르바이트를 해 겨우겨우 끼니를 이어가고 있었다.

여학생의 목숨은 살렸지만 참으로 난감했다. 삶의 여건이 개선되지 않는다면, 여학생이 다시 강물로 뛰어든다 한들 말릴 수 있을까. 이 가정이 살아가려면 근본적인 대책이 필요했다. 그렇다고 교육청 단독으로 해결하기에는 한계가 있었다. 유관기관의 도움과 협조가 절실했다. 이런 경우를 너무 많이 경험했기에 '부르미'의 3대 과제를 제시하고 추진했던 것이다.

위기의 여학생에게 달려가 구했으니 첫 번째 과제는 마친 셈이다. 끝까지 책임지고 모두 함께 돕는 두세 번째 실천 과제가 우리 앞에 놓였다. 이 가정을 살려야겠다는 생각에 역할 분담을 위한 관계기관 솔루션회의를 열었다. 집짓기운동본부, 굿네이버스, 월드비전, 초등학교·중학교·고등학교 담임선생님, 시청·구청·동사무소 담당자까지, 조금이라도 도움을 받을 수 있는 곳이면 가리지 않고 솔루션회의에 모셨다.

가장 시급한 여학생의 심리치료와 상담은 교육청이 맡기로 했다. 대학생 멘토링을 활용해 초·중학교 동생들의 학업을 도왔다. 학용품 및 체험학습비는 학교장이 책임지고, 부서진 집수리는 집짓기운동본부에서 맡았다. 또 집수리 기간에 아이들의 거처는 NGO단체에서 해결하기로 했다. 생활비 마련을 위해 후원회를 만들기로 했고, 부모의 치료는 자치단체에서, 치료 후 직업 알선은 내가 책임지기로 했다.

협업의 결과는 기대 이상이었다. 집이 말끔하게 리모델링되었고, 6개월 뒤 여학생은 완치되어 학교로 복교했다. 그리고 1년 뒤 고등학교를 졸업하고 대기업에 입사해 동생들을 돌보게 되었다. 부모들도 꾸준히 치료를 받고 있다. 알코올중독이던 아버지는 치료를 받으면서 직장을 구해 일을 시작했다. 여학생의 가정에 평온이 찾아왔다.

이후에도 '부르미'는 여러 학생들의 목숨을 구했고, 가족의 삶을 회복시켰다. 모든 긴급출동이 성공적인 것만은 아니었다. 최선을 다했으나 최고의 결과에 이르지 못한 경우도 있었다. 하지만, 당시에는 아쉬운 결과였을지라도 조금 더 시간이 지난 이후에 '자력'으로 일어선 이들도 적지 않았다. 굳이 '부르미'의 첫 성과를 기록한 이유는 '성공적인 시스템 작동'을 강조하기 위해서이다. 물리적인 생명 구조가 사회적인 생명 구조로까지 이어져야 진정한 구조가 된다는 점을 '첫 성과'가 보여주었다. 여럿이 모이면 놀라운 힘을 발휘할 수 있다는 걸 새삼 배운 '부르미'의 첫 번째 사례였다.

단비의 전화 한 통

어느 해 가을, 한 학교의 교장으로 있을 때 일이다. 경찰관으로 청소년 업무를 맡고 있는 큰딸 단비에게서 전화가 걸려왔다.

"아빠, 오늘 한 남학생을 상담했는데 ○○고를 다녀요. 그런데 내가 바로 조치해줄 수 있는 게 없어서 너무너무 속상해요. 아빠가 '부르미' 단장이었으니 좀 도와주세요."

"이야기를 해봐. 무슨 일인데?"

"○○고에서 학교 전담 경찰관인 내게 상담 의뢰가 와서 그 학생을 만났는데 사연이 복잡하고 어디서부터 도와야 할지 모르겠어요."

"어떻게 복잡한데?"

"이 학생이 손목을 긋고 자해를 했어요. 이야기를 들어보니 상담만으로 해결될 일이 아닌 것 같아요."

마음 쓰리게 절절한 사연은 이랬다. 부모가 사업을 하다가 실패하여 20억 원 정도의 빚을 졌다. 엄마는 멀리 친정으로 가 버리고, 아버지는 두문불출이었다. 자녀는 3형제였다. 손목을 그은 아이는 고등학교 2학년이고, 중학생과 초등학생 동생이 있었다. 처음에는 할아버지 집에서 살았는데, 할아버지조차 더이상 못 데리고 있겠다며 내보냈다.

3형제는 원룸에서 경제적으로 너무나 힘들게 살고 있었다. 사용료 미납으로 수도와 전기가 끊겼다. 아이들은 아침을 먹지 못하고 등교했다. 초등학생 아이 의복이 하도 남루해 담임선생님이 형편을 알게 되었다. 생활비를 벌기 위해 고등학생은 식당에서 아르바이트를 했다. 형이 올 때까지 동생들은 아동센터, 교회, 친구 집을 전전하면서 밥을 얻어먹었다. 고등학생의 스쿨버스비, 수학여행비, 교재비 등은 학교에서 모금해주었다. 원룸은 곰팡이, 쓰레기더미로 정상적인 생활이 불가능했다. 이마저도 유지가 불가능해 거리로 나앉아야 할 상황이었다. 큰아이는 우울 증세를 보이고 자해를 반복했다. 막내에게는 탈모 증세가 나타났다.

아버지는 신용불량자인데다 집에 오면 폭력을 휘둘렀다.

어쩌다 어머니에게 전화를 하면 아이들을 귀찮아했다. 주민센터에서 긴급 생계자금 140여만 원을 6개월간 보내줬는데, 떠나버린 엄마가 관리하고 있었다.

단비는 교육청 '부르미'에 도움을 요청하려다 먼저 나에게 상의한 것이다. 아빠가 '부르미' 단장으로 일했던 것을 자랑스럽게 여긴 딸이다.

나는 담임선생님에게 전화를 했다.

"선생님, 그 학생 이야기를 학교전담 SPOSchool Police Officer에게 들었는데 믿기지 않을 정도로 충격입니다. 사실인지요?"

"네, 아무 보탬 없이 실정 그대로를 말씀드린 겁니다."

"그러면 그 아이에 대한 상황을 더 자세히 적어주시겠습니까? 제 메일로 보내주십시오."

학교에서 보낸 메일에는 이제까지의 생활과 어려운 상황이 자세하게 적혀 있었다. 딸이 말한 것보다 더 험하고 엉망이었다. 학교에 연락했다.

"이 아이를 돕고자 하는데 무엇을, 어떻게 도와주면 좋겠습니까?"

"저희도 막막해서 도울 방법을 찾지 못하고 있습니다."

"그래요? 그렇다면 제가 이 아이를 도울 사람들을 모아볼게요. 이분들과 학교에서 솔루션회의를 하고 구체적인 방법을 찾아보겠습니다."

서부교육지원청에 지원을 요청하고 거기에서 여러 차례 솔루션회의를 열었다. 고등학생 상담 및 치료는 A상담소장과 ○○병원에서 맡기로 했다. 나는 후원회를 만들기로 했다.

"우선 3년 정도 기간을 가지고 이 애들을 도와줍시다. 당장 돈 몇백만 원 줘서 끝낼 일이 아닌 것 같습니다. 내가 매달 200만 원 정도의 후원금을 만들겠습니다. 그 애들한테 직접 주면 안 되겠고, 후원자를 굿네이버스와 연계해서 그곳에서 후원금을 보내는 방법으로 합시다."

"매달 200만 원씩 만들어낼 수 있겠습니까?"

"그건 내가 책임지겠소. 십시일반 해볼랍니다."

막내는 하교 후 머물 곳이나 돌봐줄 사람이 필요했다. 서부교육지원청에 학습 멘토를 요청했더니 대학생 한 명을 연결해 공부를 도와주고 잘 보살펴주었다. 둘째는 미용학원에 다니겠다고 해서 그 학원비도 후원회에서 지원하기로 했다.

3형제가 함께하는 저녁 시간은 지역 봉사단체인 '가족사랑 봉사단'에서 맡아주었다. 일주일에 세 번씩 방문해 식사를 확인하고 돌보는 '엄마' 역할을 했다. 곰팡이가 피고 불결한 집 관리는 굿네이버스에서 도왔다. 경제적 지원을 지속하기 위해 두 분이 후원회장을 맡았다. 역할을 맡은 모든 분들에게 왼손도 모르게 숨어서 도와야 한다고 강조했다. 특히 아이들의 신분이 노출되어 상처받는 일이 없도록 신신당부했다.

이 가정을 복원하기 위해서는 거처 없이 떠도는 아버지를 집으로 돌아오게 해야 했다. 한 분이 아버지를 설득하고 안정된 직장을 구하기로 약속했다. 이렇게 각자의 역할과 중장기 계획을 세웠다.

3형제를 돕는 일은 2019년부터 계속되고 있다. 한 달에 후원하는 사람만 80명이 넘는다. 한 가족을 위해 지위나 빈부를 떠나 손길을 내밀고 각자의 역량으로 응원하고 있다.

아이들은 학교생활을 잘하고 있다. 생활환경이 바뀌니 표정도 밝아졌다. 중학생은 벌써 미용 관련 자격증을 땄다. 초등학생 아이는 학교를 잘 다니고 학업 성적도 올랐다. 고등학생은 졸업해 작은 회사에 취직했다.

아버지를 가정에 돌아오도록 하는 노력은 성공하지 못했다. 아버지는 지금 겪고 있는 가족의 고통이 전생에 죄를 지었기 때문이고, 자기가 고통을 겪는 방식으로 이 업보를 모두 감당해야 한다고 믿었다. 그렇지 않으면 애들이 더 큰 고통을 받게 된다면서 집으로 돌아올 생각을 하지 않았다. 어머니의 방임도 그대로였다.

개인과 기관이 협업한 '부르미'는 울음마저 지워진 3형제에게 따뜻한 손길을 내밀었다. 도무지 수습할 수 없을 것만 같은 처참한 환경, 여러 후원자를 발굴하고 연계하기 등 수많은 어려움이 있었지만, 쑥쑥 자라는 3형제의 맑은 얼굴을 떠올린 순간 이 어려움들은 모두 행복한 추억으로 바뀐다.

K-명장과 함께하는 진로 캠프

코로나19 팬데믹으로 암흑과 절망의 2년여 시간을 보냈다. 원격수업을 도입했으나 선생님도 학생들도 익숙하지 않았다. 선생님들은 이전보다 훨씬 많은 준비를 했지만 효과적인 교수 방법을 찾지 못해 고전했고, 학생들은 클릭만 하다가 한 학년을 마쳤다. 깊이 사귄 친구도 없고, 선생님 얼굴을 제대로 볼 기회도 부족했다. 특히 초·중·고 1학년 신입생들은 새 학기 특유의 활기를 맛볼 수 없었다. 성년이 된 대학교 신입생도 마찬가지였다.

코로나19 2년 차에는 등교와 재택수업을 병행하면서 국영수 등의 교과 수업이 조금씩 자리를 잡아갔다. 하지만 집단 활동이나 실습이 많은 교과의 어려움은 여전했다. 특히 진로교육의 경우 강사님을 모시거나, 관심 분야별 이동 수업을 해야 하는 데, 코로나19 때문에 진로체험 프로그램 운영이 불가능했다.

우리는 한국전쟁 동란 중에서도 아이들의 꿈을 키우는 교육을 멈추지 않았다. 먼지가 풀풀 날리는 맨바닥 천막교실에서 포탄 소리를 들으면서 가르치고 배웠다. 언제 끝날지도 모르는 코로나19 때문에 아이들의 꿈을 키우는 진로체험 프로그램을 포기한다는 것은 옳지 않다고 여겼다.

진로체험 프로그램을 추진하되, 이전의 관행은 과감히 버리고 새로운 시대의 트렌드에 맞는 분야를 찾기로 방향을 정했다. 지금까지는 '직업교육박람회'에 다녀오는 정도가 진로체험 프로그램이었다. 박람회장에 가면, 무언가 좋은 기계나 제품을 전시해놓고 업체가 홍보를 했다. 학생들이 다가가면 "만지지 마, 보기만 해." 이런 식이었다. 체험학습이라지만 체험할 수가 없었다. 아이들이 흥미를 가질 리 만무했다.

4차산업혁명 시대의 직업은 획기적으로 변할 수밖에 없다. 이에 대비해 광주서부교육지원청에서는 'K-명장' 프로그램을 마련했다.

명장은 그 분야의 최고 마이스터, 한 분야에서 앞서가는 신지식인이다. 나는 작정하고 각 분야의 명인과 명장들을 두루 만나보았다. 직접 만나보니 역량이 대단한 분들이었다. 드론, 방송,

게임, 식문화, 자동차, 의류, 바이오식품, 공예, 미용, 웹툰 등.

다양한 분야에 빼어난 마이스터들이 활약하고 있었다. 최고의 거장이 될 때까지 수많은 시행착오를 겪은, 해당 분야의 레전드들이었다. 그들은 자신이 보유한 유무형의 자산을 아이들에게 물려주고 싶어했다. 나는 학생들과 마이스터를 연결해주고자 했다.

우선 학생들에게 어떤 꿈을 갖고 있고, 어느 분야의 진로수업을 듣고 싶은지 설문조사를 했다. 조사 통계를 바탕으로 열개 분야를 정하고, 이 분야의 명인·명장들을 모셨다. 대부분의 일이 그렇지만, 이 사업 또한 예산이 필요했다. 그것도 1~2억 정도가 소요되는 상당한 금액이었다. 의회와 시교육청의 협조가 절실했다. 의회에 나가 직접 계획을 발표했다.

"저희들 계획은 이렇습니다. 집단 강의나 단순한 반별 진로 프로그램이 아닙니다. 학생들이 원하는 분야의 명인·명장들을 모시고, 그 아이들을 지도할 진로교사 한 명과 열 명의 학생이 배우게 됩니다. 아이들의 요구를 조사한 결과 IT와 드론 분야, 방송, e-게임 분야, 식문화, 자동차, 의류, 바이오식품, 공예, 미용, 웹툰으로 압축되었습니다. 사전에 학생, 학부모에게 충분히 홍보하고 인터넷으로 접수할 예정입니다."

실제로 공지한 날, 열 개 분야가 1분도 채 못 되어 접수가 끝나버렸다.

　명장들은 자신이 살아온 이야기, 체험담을 아이들에게 들려주면서 흥미를 유발시켰다. 교육은 철저히 현장 체험 위주로 진행했다. 대화 형식의 수업 과정에서 마이스터들이 실제 직업과 연계하여 진로 컨설팅을 해주었다. 프로그램은 총 20시간 20차시로 진행되었다. 프로그램의 대미는 '여행'이었다. 마지막으로 학생들은 명장과 함께 여행하면서 자신의 진로를 내면화시켰다. 아이들과 학부모들 모두가 좋아했고, 만족도도 매우 높았다. 우리 선생님들은 강의, 실습, 체험 현장을 영상으로 상세하게 담아 참가하지 못한 학생들을 위해 모든 학교에 배포했다.

　〈청소년들이 길을 묻다, 'K-명장과 함께하는 진로 캠프'〉는 코로나19로 어려움을 겪던 시기에 혜성처럼 나타난 프로그램이었다. 많은 관심을 받았고, 참여 열기 또한 높았다. 일회성으로 끝낼 프로그램이 아니었다. 자녀들이 참여하지 못한 학부모들은 '더 확대해달라'고 교육감이나 교육청에 계속 항의전화를 했다.

　"지금까지 했던 진로 캠프 중에서 이렇게 실질적이고 효과가 좋은 프로그램은 없었다고 합니다. 훌륭한 분들이 애들을 직접 만나 관심 분야를 재미있게 가르쳐주는 방식이 와닿았다고 많은 학부모들이 이구동성으로 말합니다. 제발 확대하고 계속 개설해주세요."라는 식의 항의성 요청이 쇄도했다.

　다른 진로 캠프와 비교하여 'K-명장과 함께하는 진로 캠프'가 특별한 성과를 거둔 이유는 무엇일까? 여러 요인이 있겠지만, 무엇보다 학생들의 관심과 흥미를 중심에 놓고 진행했기 때문일 것이다. 전체 학생을 강당에 모아 놓고, 특강 형식의 진로교육을 할 경우 자신의 관심분야가 아니면 아이들은 외면하기 일쑤였다. 학교마다 진로교사가 있지만 예산과 인력을 확보하는 데 한계가 있다. 교육청 차원의 큰 틀에서 시범사업 형식으로 추진한 이유이다.

　처음 시작할 때부터 곧바로 'K-명장과 함께하는 진로 캠프'를 생각한 것은 아니다. 원래는 KBS나 MBC에 명장들이 출연해 강의하는 연속 프로그램으로 기획했다. 방송국과 접촉해봤더니 필요한 시간을 확보하기 어려웠고, 비용도 우리 생각과는 큰 차이가 있었다. 나는 부푼 의욕만큼 크게 좌절했다. 풀이 죽은 채 골똘히 생각에 잠겨 있던 어느 날 업무 담당 장학사가 제안을 했다.

　"교육장님, 꼭 그렇게 방송이나 위탁만을 생각할 게 아니라 서부교육지원청 자체적으로 한번 해보면 어떨까요? 확보해주신 사업비 내에서 24차시 프로그램으로 만들어낼 수 있습니다. 한번 해보시지요."

승영숙 장학관과 실무를 맡은 김형진 장학사의 조언이었다. 두 분의 의욕과 적극적인 제안에 감동했다. 관행에 얽매이지 않고, 집요한 열정으로 학생들에게 필요한 것을 찾아내는 '적극행정'을 주창해왔다. 이런 분들이야말로 적극행정의 화신이었다. 두 분의 의견을 받아들인 결과 명장 프로그램이 탄생할 수 있었다. 또한 이 분들의 도움을 얻어, 유익하고 인기 있는 프로그램이 될 수 있도록 세부적인 부분까지 설계할 수 있었다.

자동차 분야의 정나연 명장이 명장 프로그램의 시발점 역할을 해주었다. 공업고등학교 교장 시절, 정나연 동문은 교장실에 찾아와 여러 차례 대화하면서 후배들을 위해 할 수 있는 역할을 적극적으로 찾고 있었다. 어느 날 이분이 한 가지 제안을 했다. 교실에 들어가 수업을 하겠다는 것이었다.

"지금 우리는 명장이라 불립니다. 하지만 이 칭호를 듣기까지 피나는 노력과 긴 세월이 있었습니다. 경험과 지식, 다시 말해 이론과 실천 양면에서 모든 것을 다 갖춘 사람들이 명장인데, 이분들을 진로교육에 쓰세요. 학교나 교육청에서 왜 안 쓰는지 모르겠어요."

눈이 번쩍 뜨이는 기막힌 아이디어였다. 왜 진즉 이런 생각을 못 했을까, 자책감이 들었다.

"돈이 없지 않습니까?"

"물론 사람마다 다르겠지만 돈보다 우선하는 게 있습니다. 나이가 들다보니 가진 걸 누군가에게 알리고 전수하고 싶은 생각이 큽니다. 젊을 때는 누가 알까 봐 경계했는데 이제는 물려주고 싶지요. 그냥 프로그램만 만들어주시면 수업 한번 해볼랍니다."

"그렇게 만들면 여러분들 이야기를 열 분도 안 듣습니다. 학생들을 모아놓으면 대부분 잠자고 딴생각해요."

"아니, 자신 있다니까요."

"그럼 한번 해보시겠습니까?"

"그럼요, 자신 있습니다."

의욕 넘치게 시작했지만 내 우려는 빗나가지 않았다. 이 분이 한 학교에 초청을 받아 강의했는데 중학생들의 심드렁한 반응에 많이 놀란 것이다. 우리는 다시 대화를 나눴다.

"세상에, 요즘 애들이 이렇게 안 들어요? 이럴 수가 있어요? 내 강의에 문제가 있는 건가요, 애들 태도가 원래 그런가요?"

"그러니까 말입니다. 그 방식으로는 안 되고 좀 더 프로그램을 짜임새 있게 만들어야 합니다."

이런 아쉬운 경험이 있어서 다른 방법을 찾던 중 업무 담당 장학사의 혜안으로 'K-명장'이라는 신조어를 키워드로 한 명품 진로 프로그램이 탄생하게 되었다. 수업하는 명장이나, 명장 후계자를 꿈꾸는 학생들이나 반응이 폭발적이었다.

"정말로 눈물이 날 정도로 기쁩니다. 어린 나이인데도 그렇게 진지할 수 없고, 반응이 기대 이상입니다. 감사합니다."

학생들은 수동적으로 수업을 따라가지 않았다. 명장들한테 직접 듣고 질문하면서 프로그램을 같이 만들어가는 참여자의 역할을 했다. 속 깊게 변화하는 아이들을 보면서 부모님들은 감동했다. 막연했던 자신의 꿈을 구체화할 수 있는 실천적 진로 프로그램이었다.

'K-명장과 함께하는 진로 캠프' 프로그램은 바로 다음 해에 시교육청 차원으로 확대되었고, 사업 규모와 예산이 더 커져서 자유학기제나 고교학점제로 연결해나가고 있다. 이 프로그램 또한 전국적으로 확산되지 않을까 조심스럽게 확신해본다.

선생 박주정과

707명의

아이들